美文阅读精品

世界上最优美的
哲理美文

鸿儒文轩　主编

内蒙古出版集团
内蒙古文化出版社

图书在版编目(CIP)数据

世界上最优美的哲理美文 / 鸿儒文轩主编 . 一呼伦贝尔 : 内蒙古文化出版社 ,2012.3

ISBN 978-7-5521-0011-2

Ⅰ.①世…Ⅱ.①鸿…Ⅲ.①散文集 – 世界Ⅳ.① I16

中国版本图书馆 CIP 数据核字（2012）第 053175 号

世界上最优美的哲理美文
SHIJIESHANG ZUI YOUMEI DE ZHELI MEIWEN
鸿儒文轩　主编

责任编辑	白　鹭
装帧设计	红十月设计室

出版发行	内蒙古文化出版社
地　　址	呼伦贝尔市海拉尔区河东新春街4 – 3号
直销热线	0470 – 8241422　　邮编　　021008

排版制作	北京鸿儒文轩文化传播有限公司
印刷装订	三河市华东印刷有限公司
开　　本	710mm × 1000mm　　1/16
字　　数	200千
印　　张	18
版　　次	2012年7月第1版
印　　次	2022年4月第2次印刷
印　　数	6001—10000 册
书　　号	ISBN 978-7-5521-0011-2
定　　价	52.00元

〔前 言〕

哲理，是感悟的参透、思想的火花、理念的凝聚、睿智的结晶。它纵贯古今，横亘中外，包容大千世界，穿透人生社会，寄寓于人生百态家长里短，闪现出思维领域的万千景观。人生在世，为了追求自身的幸福，实现人生的目的，在千里迢迢的生活之旅上，会遭遇各种各样的事情，认识形形色色的人物，在这些人和事的碰撞中，头脑中可能会有瞬间智慧的闪光，这些闪光往往就是哲理的体现。

高明的作者，善于抓住哲理闪光的瞬间，形诸笔墨，写就内涵丰厚、耐人寻味的美文。这类文章除了有独特的见解、优美的意境外，还有清新隽永、质朴无华的文采。时常咏颂这类美文，不仅能在潜移默化中受到启迪和熏陶，还能使自己的思想受到洗礼和升华。

人的生命形态主要由许许多多细小的琐事组成，惊险奇特，英烈悲壮，可遇而不可求，是生活的非常态；平平凡凡，寻寻常常，随处皆是，也是生活的常态。那些注目寻常琐事，并在其中能感发出无尽趣味来的人，他的心境必不至枯涩，他的心泉必不至干涸，而一旦动笔写作便自然容易找到感觉，坠入境界，放任自由。对琐事不大放在心上的人，在平常生活中发现不了诗意的人，其人必定干枯无趣，其心必定顽劣粗糙，自然极难与笔墨有缘。

只有当你在生活中"步步留心，时时在意"的时候，你才能从平常的生活中感发出具有共鸣效应的整体情感，生发出启迪人智的哲理思考，也便有可能与写作结下一份良缘。应该说，绮语清词，嘉言华章是天地间早就有了的，它在随笔式的自由写作中最易被呈现出来，只是它需要凝神遐思，用心体味方能妙手偶得。

写作和其他种类的艺术一样，只是人的一种生命享受与精神自救。用一颗善良之心、真诚之心去贴近平常的生活，从中感悟人生的真谛，触摸时代的脉搏，寻觅真善美的所在，并忠实地将其诉诸笔端，这就是美文写作的秘境。

为了使广大读者领略哲理美文的神韵，我们特地编辑了这本《世界上最优美的哲理美文》，本书精选了鲁迅、许地山、冰心、林语堂、余秋雨、贾平凹，以及泰戈尔、歌德、蒙田、爱默生、惠特曼等数十位中外著名作家的作品，从多个侧面表现了哲理美文的神韵和风采。这些作品知识丰富，思想深刻，语言机智，寓意含蓄，是广大青年朋友阅读和珍藏的良好版本，也非常适合各级图书馆装备陈列。

[目 录]

第一部分
人到无求品自高

第二部分
握住自己的命运

第三部分
爱是一切的泉源

第四部分
生活即追求力量

第五部分
敞开的成功之门

第一部分

人到无求品自高

夜 颂

◎鲁 迅

爱夜的人，也不但是孤独者，有闲者，不能战斗者，怕光明者。

人的言行，在白天和在深夜，在日下和在灯前，常常显得两样。夜是造化所织的幽玄的天衣，普覆一切人，使他们温暖，安心，不知不觉的自己渐渐脱去人造的面具和衣裳，赤条条地裹在这无边际的黑絮似的大块里。

虽然是夜，但也有明暗。有微明，有昏暗，有伸手不见掌，有漆黑一团糟。爱夜的人要有听夜的耳朵和看夜的眼睛，自在暗中，看一切暗。君子们从电灯下走入暗室中，伸开了他的懒腰；爱侣们从月光下走进树阴里，突变了他的眼色。夜的降临，抹杀了一切文人学士们。当光天化日之下，写在耀眼的白纸上的超然，混然，恍然，勃然，粲然的文章，只剩下乞怜，讨好，撒谎，骗人，吹牛，捣鬼的夜气，形成一个灿烂的金色的光圈，像见于佛画上面似的，笼罩在学识不凡的头脑上。

爱夜的人于是领受了夜所给与的光明。

高跟鞋的摩登女郎在马路边的电光灯下，阁阁的走得很起劲，但鼻尖也闪烁着一点油汗，在证明她是初学的时髦，假如长在明晃晃的照耀中，将使她碰着"没落"的命运。一大排关着的店铺的昏暗助她一臂之力，使她放缓开足的马力，吐一口气，这时之觉得沁人心脾的夜里的拂拂的凉风。

爱夜的人和摩登女郎，于是同时领受了夜所给与的恩惠。

一夜已尽，人们又小心翼翼的起来，出来了；便是夫妇们，面目和五六点钟之前也何其两样。从此就是热闹，喧嚣。而高墙后面，大厦中间，深闺里，黑狱里，客室里，秘密机关里，却依然弥漫着惊人的真的大黑暗。

现在的光天化日，熙来攘往，就是这黑暗的装饰，是人肉酱缸上的金盖，是鬼脸上的雪花膏。只有夜还算是诚实的。我爱夜，在夜间作《夜颂》。

六月八日

本篇最初发表于一九三三年六月十日《申报·自由谈》

从幽默到正经

◎鲁　迅

"幽默"一倾于讽刺，失了它的本领且不说，最可怕的是有些人又要来"讽刺"，来陷害了，倘若堕于"说笑话"，则寿命是可以较为长远，流年也大致顺利的，但愈堕愈近于国货，终将成为洋式徐文长。当提倡国货声中，广告上已有中国的"自造舶来品"，便是一个证据。

而况我实在恐怕法律上不久也就要有规定国民必须哭丧着脸的明文了。笑笑，原也不能算"非法"的。但不幸东省沦陷，举国骚然，爱国之士竭力搜索失地的原因，结果发见了其一是在青年的爱玩乐，学跳舞。当北海上正在嘻嘻哈哈的溜冰的时候，一个大炸弹抛下来，虽然没有伤人，冰却已经炸了一个大窟窿，不能溜之大吉了。

又不幸而榆关失守，热河吃紧了，有名的文人学士，也就更加吃紧起来，做挽歌的也有，做战歌的也有，讲文德的也有，骂人固然可恶，俏皮也不文明，要大家做正经文章，装正经脸孔，以补"不抵抗主义"之不足。

但人类究竟不能这么沉静，当大敌压境之际，手无寸铁，杀不得敌人，而心里却总是愤怒的，于是他就不免寻求敌人的替代。这时候，笑嘻嘻的可就遭殃了，因为他这时便被叫作："陈叔宝全无心肝"。所以知机的人，必须也和大家一样哭丧着脸，以免于难。"聪明人不吃眼前亏"，亦古贤之遗教也，然而这时也就"幽默"归天，"正经"统一了剩下的全中国。

明白这一节，我们就知道先前为什么无论贞女与淫女，见人时都得不笑不言；现在为什么送葬的女人，无论悲哀与否，在路上定要放声大叫。

这就是"正经"。说出来么，那就是"刻毒"。

三月二日

本篇最初发表于一九三三年三月八日《申报·自由谈》，署名何家干

落花生

◎许地山

我们屋后有半亩隙地。母亲说，让他荒芜着怪可惜，既然你们那么爱吃花生，就辟来做花生园罢。我们几姊弟和几个小丫头都很喜欢——买种底买种，动土底动土，灌园底灌园；过了几个月，居然收获了！

妈妈说："今晚我们可以做一个收获节，也请你们爹爹来尝尝我们底新花生，如何？"我们都答应了。母亲把花生做成好几样底食品，还吩咐这节期要在园里底茅亭举行。

那晚上底天色不大好，可是爹爹也到来，实在很难得！爹爹说："你们爱吃花生么？"

我们都争着答应："爱！"

"谁能把花生底好处说出来？"

姊姊说："花生底气味很美。"

哥哥说："花生可以制油。"

我说："无论何等人都可以用贱价买它来吃，都喜欢吃他。这就是他底好处。"

爹爹说："花生底用处固然很多，但有一样是很可贵的。这小小的豆不像那好看的苹果、桃子、石榴，把他们底果实悬在枝上，鲜红嫩绿的颜色，令人一望而发生羡慕底心。他只把果子埋在地底，等到成熟，才容人把它挖出来。你们偶然看见一棵花生瑟缩地长在地上，不能立刻辨出它有没有果实，非得等到你接触它才能知道。"

我们都说："是的。"母亲也点点头。爹爹接下去说："所以你们要像花生，因为它是有用的，不是伟大、好看的东西。"我说："那么，人要做有用的人，不要做伟大、体面的人了。"爹爹说："这是我对于你们底希望。"

我们谈到夜阑才散，所有花生食品虽然没有了，然而父亲底话现在还印在我心版上。

信仰底哀伤

◎ 许地山

在更阑人静底时候，伦文就要到池边对他心里所立底乐神请求说："我怎能得着天才呢？我底天才缺乏了，我要表现的，也不能尽地表现了！天才可以像油那样，日日添注入我这盏小灯么？若是能，求你为我，注入些少。"

"我已经为你注入了。"

伦先生听见这句话，便放心回到自己底屋里。他舍不得睡，提起乐器来，一口气就制成一曲。自己奏了又奏，觉得满意，才含着笑，到卧室去。

第二天早晨，他还没有盥漱，便又把昨晚上底作品奏过几遍；随即封好，教人邮到歌剧场去。

他底作品一发表出来，许多批评随着在报上登载八九天。那些批评都很恭维他：说他是这一派，那一派。可是他又苦起来了！

在深夜底时候，他又到池边去，垂头丧气地对着池水，从口中发出颤声说："我所用底音节，不能达我底意思么？呀，我底天才丢失了！再给我注入一点罢。"

"我已经为你注入了。"

他屡次求，心中只听得这句回答。每一作品发表出来，所得底批评，每每使他忧郁不乐。最后，他把乐器摔碎了，说："我信我底天才丢了，我不再作曲子了。唉，我所依赖底，枉费你眷顾我了。"

自此以后，社会上再不能享受他底作品；他也不晓得往哪里去了。

原刊 1922 年 4 月《小说月报》第 13 卷第 4 号

坚毅之酬报

◎邹韬奋

一个人做事，在动手以前，当然要详慎考虑；但是计划或方针已定之后，就要认定目标进行，不可再有迟疑不决的态度。这就是坚毅的精神。

大思想家乌尔德（William Wirt）曾经说过："对于两件事，要想先做哪一件，而始终不能决定，这种人一件事都不会做。还有人虽然决定了一件事的计划，但是一听了朋友的一句话，就要气馁；其先决定这个意思，觉得不对，既而决定那个意思，又觉得不对；其先决定这样办法，觉得不对，既而决定那样办法，又觉得不对；好像船上虽然有了罗盘针，而这个罗盘针却跟着风浪而时常变动的；这种人决不能做大事，决不能有所成就，这种人不能有进步，至多维持现状，大概还不免退步！"

有一个报界访员问发明家爱迪生："你的发现是不是往往意外碰到的？"他毅然答道："我从来没有意外碰到有价值的事情。我完全决定某种结果是值得下工夫去得到的，我就勇迈前进，试了又试，不肯罢休，直到试到我所预想的结果发生之后，我才肯歇！……我天性如此，自己也莫名其妙。无论什么事，一经我着手去做，我的心思脑力，总完全和他无顷刻的分离，非把他做好，简直不能安逸。"

坚毅的仇敌是"反抗的环境"，但是我们要知道"反抗的环境"正是创造我们能力的机会。反抗的环境能使我们养成更强烈的抵御的力量；每战胜过困难一次，便造成我们用来抵御其次难关的更大的能力。

文豪嘉莱尔（Carlyle）千辛万苦的著成一部《法国革命史》。当他第一卷要付印的时候，他穷得不得了，急急忙忙地押与一个邻居，不幸那本稿子跌在地下，给一个女仆拿去加入柴里去烧火，把他的数年心血，几分钟里烧得干干净净！这当然使他失望得不可言状，但是他却不是因此灰心的人。又费了许多心血去搜集材料，重新做起，终成了他的名著。

就是一天用一小时工夫求学问，用了十二年工夫，时间与在大学四年的专门求学的时间一样，在实际经验中参证所学，所得的效益更要高出万万！

原载 1927 年 11 月 27 日《生活》周刊第 3 卷第 4 期

生命的宝灯

◎庐　隐

亲爱的：

我渴，我要喝翡翠叶上的露珠；我空虚，我要拥抱温软的主躯；我眼睛发暗，我要看明媚的心光；我耳朵发聋，我要听神秘的幽弦。呵！我需要一切，一切都对我冷淡，可怜我，这几天的心情徨于忧伤。

我悄对着缄默阴沉的天空虔诚的祷祝，我说："万能的主上帝，在这个世界里，我虽然被万汇摒弃，然而荼毒我的不应当是你，我愿将我的生命宝藏贡献在你的丹墀，我将终身作你的奴隶，只求你不要打破我幻影的倩丽！"

但是万能的主上帝说："可怜的灵魂呵，你错了，幸福与坎坷都在你自己。"

呵，亲爱的，我自从得到神明的诏示后，我不再作无益的悲伤了。现在我要支配我的生命，我要装饰我的生命，我便要创造我的生命。亲爱的，我们是互为生命光明的宝灯，从今后我将努力的挹住你在我空虚的心宫——不错，我们只是"一"，谁能够将我们分析？——只是恶剧惯作的撒旦，他用种种的法则来隔开我们，他用种种阴霾来遮掩我们，故意使我们猜疑，然而这又何济于事？法则有破碎的时候，阴霾有消散的一天，最后我们还是复归于"一"。亲爱的，现在我真的心安意定，我们应当感谢神明，是它给了我们绝大的恩惠。

我们的生命既已溶化为"一"，那里还有什么伤痕？即使自己抓破了自己的手，那也是无怨无忌，轻轻的用唇——温气的唇，来拭净自痕，创伤更变为神秘。亲爱的，放心吧，你的心情我很清楚，因为我们的心弦正激荡着一样的音浪。愿你千万不要为一些小事介意！

这几天日子过得特别慢，星期（天）太不容易到了。亲爱的，你看我是怎样的需要你呵。你这几天心情如何？我祝福你快乐！

鸥

暴风雨之前

◎ 瞿秋白

　　宇宙都变态了！一阵阵的浓云；天色是奇怪的黑暗，如果它还是青的，那简直是鬼脸似的靛青的颜色。是烟雾，是灰沙，还是云翳把太阳蒙住了？为什么太阳会是这么惨白的脸色？还露出了恶鬼似的雪白的十几根牙齿？这青面獠牙的天日是多么鬼气阴森，多么凄惨，多么凶狠！山上的岩石渐渐的蒙上一层面罩，沙滩上的沙泥簌簌的响着。远远近近的树林呼啸着，一忽儿低些，一忽儿高些，互相唱和着，呼啦呼啦……喊喊嘶嘶……宇宙的呼吸都急促起来了。一阵一阵的成群的水鸟，不知道在什么地方受着了惊吓，慌慌张张的飞过来。它们想往那儿去躲？躲不了的！起初是偶然的，后来简直是时时刻刻发见在海面上的铄亮的，真所谓飞剑似的，一道道的毫光闪过去。这是飞鱼。它们生着翅膀，现在是在抱怨自己的爷娘没有给它们再生几只腿。它们往高处跳。跳到那儿上？始终还是落在海里的！海水快沸腾了。宇宙在颠簸着。一股腥气扑鼻子里来。据说是龙的腥气。极大的暴风雨和霹雳已经在天空里盘旋着，这是要"挂龙"了。隐隐的雷声一阵紧一阵松的滚着，雪亮的电闪扫着。一切都低下了头，闭住了呼吸，很慌乱的躲藏起来。只有成千成万的蜻蜓，一群群的哄动着，随着风飞来飞去。它们是奇形怪状的，各种颜色都有：有青白紫黑的，像人身上的伤痕，也有鲜丽的通红的，像人的鲜血。它们都很年青，勇敢，居然反抗着青面獠牙的天日。据说蜻蜓是"龙的苍蝇"。将要"挂龙"——就是暴风雨之前，这些"苍蝇"闻着了龙的腥气，就成群结队的出现。暴风雨快要来了。暴风雨之中的雷霆，将要辟开黑幕重重的靛青色的天。海翻了个身似的泼天的大雨，将要洗干净太阳上的白翳。没有暴风雨的发动，不经过暴风雨的冲洗，是不会重见光明的。暴风雨呵，只有你能够把光华灿烂的宇宙还给我们！只有你！但是，暂时还只在暴风雨之前。"龙的苍蝇"始终只是些苍蝇，还并不是龙的本身。龙固然已经出现了，可是，还没有扫清整个的天空呢。

生　存

◎瞿秋白

仅只一"生存"对于他（腊斯夸里尼夸夫）总觉不足，他时时要想再多得一些。

——《罪与罚》陀思妥耶夫斯基

电灯光射满室，轻轻的静静的回舞他的光线，似乎向我欣然表示乐意。基督救主庙的钟声，在玻璃窗时时震动回响，仿佛有时暗语，我神经受他的暗示。我一人坐着，呆呆的痴想。眼前乱投书籍报章的散影，及小镜的回光。我觉得，心神散乱，很久不能注意一物。只偶然有报上巨大的字母，乌黑的油印能勉强入我眼帘。

我想要做点事情，自己振作振作，随手翻开一本钞本，上有俄文字注着英法中文，还有我一年半以前所钞写的。随意望着钞本看去。当然，我看这钞本并不是因为我又想研究这些俄文字，不过想有点事情做，省得呆坐痴想，心绪恶劣。然而……然而你瞧，我又出神。我竟不能正正经经用功，怎么回事？……

我看见钞本上有：——mentir，lie，诳言等字，不禁微微的一笑——想必当时也没有知道"为什么而笑"。

——什么，你笑么？——忽然听得有人在背后叫我。我吓得四周围看了一看：在屋子里面一个人亦没有。只有一只老白猫坐在地板上，冷冷的嘲笑的神态，眼不转睛的望着我。

"难道这是他说的，"我心上不由得想着，又用用心看好了那白猫，听他再说不说。"奇怪！真奇怪！怎么猫亦说起人话来呢！"唔！又听着：

——你心上喜欢，高兴，你以为，你勉强的懂得几国文字了，（哼，我们看来，当然，还不过是大同小异的"人"的声音罢了；或者是白白的一块软东西上，涂着横七竖八的黑纹。）怎么样？是不是？哼，几国文字！……你可知道，每一国的文字都有"讹言"一字！可是我们"非人"的字典上却没有这一个字。本来也没有字，更没有字典。哼……

说到此时，床下似乎有一点响动，我的神秘的猫突然停止了，竖起双耳，四围看了一周，我当时也就重新看起书来，想不再理他。本来太奇怪了，我实在再也听不来这样的兽语，然而他，似乎很不满意我的这种态度，突然又提高着喉咙演说起来：

——哈哈！你以为你"活着"么？懂得生活的意义么？——他狂怒似的向着我，又接下道，——不要梦想了，再也没有这一回事！你并没有"活着"，你不过"生存着"罢了；你和一切生存物相同，各有各的主观中之环境，而实际上并不懂得他。你现在有很好的巢穴，里面有人工造的明月，还有似乎是一块软板，上画着花花绿绿的黑油（我也不知道是什么）；坐着呢，很不自然的抬起两只前腿，不坐在地上，而坐在似乎是"半边笼子"里；天赋的清白身体藏在别人的皮毛里；最奇怪的，就是燃着了不知是什么一种草，尽在那里烧自己的喉咙。这就是你的环境。我知道，我很知道，你以为这样非常之便利，非常之好。非常之好！又怎么样？不错，"这些"便利之处，原是你"人"自己造出来的；可是，一人为着"这些"而不惜毁坏别人的"这些"；你们，"人"，互相残杀，也是为着"这些"。不但如此，即使你"人"看着这种行为，以为很有趣，也像我和鼠子一样——残杀本不是罪恶；而"讹言"呢，奸计呢，难道是神圣的？"人"原来是这样一个东西！为了什么？……生存在这种环境之中，"有种种便利之处"可以享用，而还是要想再多得一些，再多得一些，再多得一些！你无论如何不懂得：一面和聚许多人造的"便利之处"，一面就失去"天然的本能"，"与天然奋斗的本能"，而同时你的欲望倒是一天一天的在那里增高扩大呢。于是为满足这种欲望起见，又不能与天然直接奋斗，你于是想法骗人；讹言，奸计。不要脸的混账的"人"！自然呢，这样方法的生活，不是人人都能做得到的，谁要是不会这样生活，那人就倒霉。你看，现在你不是心绪不好，呆呆的痴想，忧愁，烦闷么？这才是你所要的"再多得一些"呢，哈哈哈。我，猫呢，却无时没有现成的衣服，现在的灯烛：日与月。我用不着什么"再多得一些"……

——可耻，可耻，"人"，你的"人"！混账，混账！没有才能的，不知恩的，最下贱的自欺者——"人"！——猫说到此，声音更响，竟哈哈大笑起来。

　　我再也忍耐不住了，站起来要去打他，然而一闪眼，他已经不见了。一看呀，他已经逃得很远很远。"我是个'人'，当然不能追得上他那又小又轻便的无汽机的汽车，无电机的电车。算了罢，算倒霉!"叹一口气，醒来，满身是汗，——原来是一梦。

寓　言

◎朱　湘

从前的时候，人不怕老虎，老虎也不咬人。

有一天，王大在山里打了许多野鸡野兔，太多了，他一个人驮不动，只好分些绑在猎犬的背上，惹得那狗涎垂一尺，尽拿舌头去舐鼻子。猎户一面走着，一面心里盘算那只兔子留着送女相好，那只野鸡拿去镇上卖了钱推牌九。

他正这样思忖的时候，忽见前头来了一只老虎，垂头丧气的与一个大输而回的赌徒差不多。

王大说："您好呀？寅先生为何这般愁闷，愁闷得像一匹丧家之犬。看你那尾巴，向来是直如钢鞭的，如今却夹起在大腿之间了；还有那脚步向来是快如风的，如今也像缠了脚的老太太，进三步退两步了。"

老虎说："王老，你有所不知，说起来话真长着呢！"说到这里，它叹气连天的。"我家有八旬老母，双眼皆瞎，又有才满月的豚儿，还睡在摇篮里，偏偏在这时把拙荆亡去了。今天一清早，我就出去寻找食物，走了一个整天——"说到这里，它忽然看见王大背上与猎犬背上满载着的野品，便道："呀，原来都在这里，怪不得我空跑了一天呢！"

它接着哀恳道："王老，先下手为强，这句俗语我也知道。不过，我实在是家有老母小儿，它们已经整天不曾有一物下咽了。我如今正年富力强，饿上十天半个月还不打紧，它们一老一幼，却怎么挨得过呢！万一它们有个长短——"

它说到这里，忍不住的伤心大哭起来，一颗颗的眼泪，从大而圆的眼眶里面滴下，好像许多李子杏子似的。它的哭声惊动了头顶上树枝间的割麦插禾，一齐飞入天空，问道："这是为何？这是为何？"

王大只是摇头。

老虎又哀求道："不看金面看佛面，我前生也姓王，只看我额上的王字便是记认。你对于同宗，难道也忍心坐视不救吗？"

王大只是摇头。

老虎陡然暴怒起来，它大吼一声，跳上去把王大的头一口咬下来，说道："看你再摇，这铁石心肠的畜生！"

猎狗摇着尾巴，笑嘻嘻地说："大王，你过劳贵体了，让小畜替你把这些野鸡野兔连着王大的身体一齐驮去宝洞罢！"

自此之后，老虎知道人是一种贱的东西，只怕强权，不讲道理，于是逢着便咬，报它昔日的仇。

从旅到旅

◎缪崇群

倘使说人生好像也有一条过程似的：坠地呱呱的哭声作为一个初的起点，弥留的哀绝的呻吟是最终的止境，那么这中间——从生到死，不管它是一截或是一段，接踵着，赓连着，也仿佛是一条铁链，圈套着圈，圈套着圈……不以尺度来量计，或不是尺度能够量计的时候，是不是说链子长的圈多，短的链子圈少呢？

动，静，动，静……连成了一条人生的过程，多多少少次的动和静，讴歌人生灿烂的有了，诅咒人生重荷的也有了。在这条过程上，于是过着哭的，笑的，和哭笑不得的。然而在所谓过程里：过即是在动，静也是在过，一段一截地接踵着，赓连着，分不清动静的界限，人生了，人死了，无数无，量数的……

从生到死，不正可以说是从旅到旅么？

铁一般的重量，负在旅人的肩上；铁一般的寒气，沁着旅人的心，铁的镣铐锁住了旅人的手和足，听到了那钉铛的铁之音，怕旅人的灵魂也会激烈地被震撼了罢？

想到了为旅人的人和我，禁不住地常常前瞻后顾了，可是这条路上布满了风沙和烟尘，朦胧，暗淡，往往伤害了自己的眼睛。我知道瞻顾都是徒然的，我不再踌躇，不再迷惘了；低着头，我将如伏尔加河上的船夫们，以那种沉着有力的唷喝的声调，来谱唱我从旅到旅的曲子。

选自《废墟集》

破　晓

◎梁遇春

今天破晓酒醒时候，我忽然忆起前晚上他向我提过"空持罗带，回首恨依依"这两句词。仿佛前宵酒后曾有许多感触。宿酒尚未全醒的我，就闭着眼睛暗暗地追踪那时思想的痕迹。底下所写下来的就是还逗遛在心中的一些零碎。也许有人会拿心理分析的眼光含讥地来解剖这些杂感，认为是变态的，甚至于低能的、心理的表现；可是我总是十分喜欢它们。因为我爱自己醒时流泪醉时歌这两种情怀凑合成的东西。而且以善于写信给学生家长、而荣膺大学校长的许多美国大学校长，和单知道立身处世，势利是图的佛兰克林式的人物，虽然都是神经健全，最合于常态心理的人们，却难免得使甘于堕落的有志之士恶心。

"空持罗带，回首恨依依"，这真是我们这一班人天天尝着的滋味。无数黄金的希望失掉了，只剩下希望的影子，做此刻惘怅的资料，此刻又弄出许多幻梦，几乎是明知道不能实现的幻梦，那又是将来回首时许多感慨之所系。于是乎，天天在心里建起七宝楼台，天天又看到前天架起的灿烂的建筑物消失在云雾里，化作命运的狞笑，仿佛《亚俪丝异乡游记》里所说的空中里一个猫的笑脸。可是我们心里又晓得命是自己，某一位文豪早已说过"性格是命运"了！不管我们怎样似乎坦白地向朋友们，向自己痛骂自己的无能和懦弱，可是对于这个几十年来寸步不离，形影相依的自己怎能说没有怜惜，所以只好抓着空气，捏成一个莫名其妙的命运，把天下地上的一切可杀不可留的事情全归诿在他（照希腊神话说，应当称为她们）的身上，自己清风朗月般在旁学泼妇的骂街。屠格涅夫在他的某一篇小说里不是说过：Destiny makes every man，and every man makes his own destiny（命运定了一切人，然而一切人能够定他自己的命运）。

屠格涅夫，这位旅居巴黎，后来害了谁也不知道的病死去的老文人，从前我对他很赞美，后来却有些失恋了。他是一个意志薄弱的人，他最爱用微酸的笔调来描绘意志薄弱的人，我却也是个意志薄弱的人，也常在玩弄或者吐唾自己这种心性，所以我对于他的小说深有同感，然而太相近了，书上的字，自己心里的意思，颠来倒去无非意志薄弱这个概念，也未免太单调，所以我已经和他久违了。他在年青时候曾跟一个农奴的女儿发生一段爱情，好像还产有一位千金，后来却各自西东了，他小说里也常写这一类飞鸿踏雪泥式的恋爱，我不幸得很或者幸得很却未曾有过这么一回事，所以有时倒觉得这个题材很可喜，这也是我近来又翻翻几本破旧尘封的他的小说集的动机。这几天偷闲读屠格涅夫，无意中却有个大发现，我对于他的敬慕也从新燃起来了。屠格涅夫所深恶的人是那班成功的人，他觉得他们都是很无味的庸人，而那班从娘胎里带来一种一事无成的性格的人们却多少总带些诗的情调。他在小说里凡是说到得意的人们时，常现出藐视的微笑和嘲侃的口吻。这真是他独到的地方，他用歌颂英雄的心情来歌颂弱者，使弱者变为他书里唯一的英雄，我觉得他这种态度是比单描写弱者性格，和同情于弱者的作家是更别致，更有趣得多。实在说起来，值得我们可怜的绝不是一败涂地的，却是事事马到功成的所谓幸运人们。

　　人们做事情怎么会成功呢？他必定先要暂时跟人世间一切别的事情绝缘，专心致志去干目前的勾当。那么，他进行得愈顺利，他对于其它千奇百怪的东西越离得远，渐渐对于这许多有意思的玩意儿感觉迟钝了，最后逃不了个完全麻木。若使当他干事情时，他还是那样子处处关心，事事牵情，一曝十寒地做去，他当然不能够有什么大成就，可是他保存了他的趣味，他没有变成个只能对于一个刺激生出反应的残缺的人。有一位批评家说第一流诗人是不做诗的，这是极有道理的话。他们从一切目前的东西和心里的想像得到无限诗料，自己完全浸在诗的空气里，鉴赏之不暇，那里还有找韵脚和配轻重音的时间呢？人们在刺心的悲哀里时是不会做悲歌的，Tennyson 的 InMemorian 是在他朋友死后三年才动笔的。一生都沉醉于诗情中的绝代诗人自然不能写出一句的诗来。感觉钝迟是成功的代价，许多扬名显亲的大人物所以常是体广身胖，头肥脑满，也是出于心灵的空虚，无忧无虑麻木地过日子。归根说起来，他们就是那么一堆肉而已。

　　人们对于自己的功绩常是带上一重放大镜。他不单是只看到这个东西，瞧不见春天的花草和街上的美女，他简直是攒到他的对象里面去了。也可说他太走近他的对象，冷不防地给他的对象一口吞下。近代人是成功的科学家，可是我们此刻个个都做了机械的奴隶，这件事聪明的 Samuel Butler 六十年前已经屈指算出，在他的杰作《虚无乡》（Erewhon）里慨然言之矣。崇拜偶像的上古人自己做出偶像来跟自己打麻烦，我们这班聪明的，知道科学的人们都觉得那班老实人真可笑，然而我们费尽心机发明出机械，此刻它们反脸无情，踏着铁轮来蹂躏我们了。后之视今，犹今之视昔，真不知道将来的人们对于我们的机械会作何感想，这是假设机械没有将人类弄得覆灭，人生这幕喜剧的悲剧还继续演着的话。总之，人生是多方面的，成功的人将自己的十分之九杀死，为的是要让那一方面尽量发展，结果是尾大不掉，虽生犹死，失掉了人性，变做世上一两件极微小的事物的祭品了。

世界里什么事一达到圆满的地位就是死刑的宣告。人们一切的痴望也是如此，心愿当真实现时一定不如蕴在心头时那么可喜。一件美的东西的告成就是一个幻觉的破灭，一场好梦的勾销。若使我们在世上无往而不如意，恐怕我们会烦闷得自杀了。逍遥自在的神仙的确是比监狱中终身监禁的犯人还苦得多。闭在黑暗房里的囚犯还能做些梦逍遣，神仙们什么事一想立刻就成功，简直没有做梦的可能了。所以失败是幻梦的保守者，惆怅是梦的结晶，是最愉快的，洒下甘露的情绪。我们做人无非为着多做些依依的心怀，才能逃开现实的压迫，剩些青春的想头，来滋润这将干枯的心灵。成功的人们劳碌一生最后的收获是一个空虚，一种极无聊赖的感觉，厌倦于一切的胸怀，在这本无目的的人生里，若使我们一定要找一个目的来磨折自己，那么最好的目的是制做"空持罗带，回首恨依依"的心境。

时　间

◎蒋子龙

人生的全部学问就在于和时间打交道。

有时一刻值千金，有时几天、几个月、几年乃至几十年，不值一分钱。

年轻、年盛的时候，一天可以干很多事；在世上活的时间越长，就越抓不住时间。

当你感到时间过得越来越快，而工作效率却慢下来了，说明你生命的机器已经衰老，经常打空转。

当你度日如年，受着时间的煎熬，说明你的生活出了问题，正在浪费生命。

当你感到自己的工作效率和时间的运转成正比，紧张而有充实感，说明你的生命正处于黄金时期。

忘记时间的人是快乐的，不论是忙得忘了时间，玩得忘了时间，还是幸福得忘了时间。

敢于追赶时间，并留下精神生命和时间一样变成了永恒存在的，是天才。

更多的人是享用过时间，也浪费过时间，最终被时间所征服。

凡是有生命的东西，和时间较量的结果最后都要失败的。有的败得辉煌，有的败得悲壮，有的败得美丽，有的虽败犹胜，有的败得合理，有的败得凄惨，有的败得龌龊。

时间无尽无休，生命前赴后继。

无数优秀的生命占据了不同的时间，使时间有了价值，这便是人类的历史。

生命永远感到时间是不够用的。因此生命对时间的争夺是酷烈的，产生了许多骇人听闻的故事，如："头悬梁""锥刺股""以圆木为枕"等等。

时间是无偿赠送给生命的，获得了生命也就获得了时间，而且时间并不代表生命的价值。所以世间大多数生命并不采取和时间"竞争""赛跑"的态度，根据生存的需要，有张有驰，有紧有松，累得受不了啦，想闲。拥有太多的时间无法打发，闲得难受，就想找点事干，让自己紧张一下。

现代人的生存有大同小异的规律性。忙的有多忙？闲的有多闲？忙的挤占了什么时间？闲人又哪来那么多时间清闲？《人生宝鉴》公布了一个很有意思的调查材料——

一个人活了72岁，他这一生的时间是这样度过的：

睡觉20年，吃饭6年，生病3年，工作14年，读书3年，体育锻炼看戏看电视看电影8年，饶舌4年，打电话1年，等人3年，旅行5年，打扮5年。

这是平均数，正是通过这个平均数可以看到许多问题，想到许多问题，每个生命都是普通的，有些基本需求是不能不维持的。普通生命想度过一个不普通的一生，或者是消闲一生，该在哪儿节省，该在哪儿下力量，看着这个调查表便会了然于胸。

不要指望时间是公正的。时间对珍惜它的人和不珍惜它的人是不公正的，时间对自由人和监狱的犯人也无公正可言。时间的含金量，取决于生命的质量。

时间对青年人和老年人也从来没有公正过。人对时间的感觉取决于生命的长度，生命的长度是分母，时间是分子，年纪越大，时间的值越小，如"白驹过隙"。年纪越轻，时间的值就越大。

时间，你以为它有多宽厚，它就有多宽厚，无论你怎样糟蹋它，它都不会吭声，不会生气。

时间，你认为它有多狡诈，它就有多狡诈，把你变苍老的是它，让你在不知不觉中蹉跎一生，最终后悔不迭的是它。

时间，你认为它有多忠诚，它就有多忠诚，它成全了你的雄心，你的意志。

有什么样的生命，就有什么样的时间。

一个人有什么样的时间观念，就会占有什么样的时间。

爱因斯坦创立相对论，证实时间与空间和物质是不可分割的，任何脱离空间的时间是不存在的，也是没有意义的。人如果能超光速旅行就会发生时间倒流，回到过去。倘若有一天人类能征服时间了，生命真正成了时间的主人，世界将是什么样子呢？

人生感悟

◎ 贾平凹

一

盛夏人皮是破竹篓，出汗淋漓如漏。老母坐不住家，一日数次下楼去寻老太太们闲聊，倒不嫌热。我也以写书避暑。（坐桌前以唾液沾双乳上，便有凉风通体。此秘诀你可试试，不要与玩麻将者说。）写书宜写闲情书。能闲聊是真知己，闲情书易成美文。但母亲没喝水习惯，怕她上火，劝多喝水，她说口里不要，肚里也不要。我和妹妹都是能喝水的，来家的那些朋友，也无一不能喝。今早忽然醒悟，蹲机关的人上了班都是一枝烟，一杯水，一张报的。母亲则是从来没有工作过！

来时不必带土产，有便车捎些西瓜给母亲即可。切切。

二

我倒不信你能江郎才尽，瞧照片上，腰又大了一圈，那里边装什么？文坛上有人是晨鸡暮犬，他们出于职责，当可闻鸡而起，听吠安睡，有人则是老鼠磨牙，咬你的箱子磨他的牙罢了。前年你写那部书一成功，我就知道你要坏了人缘的，现在果然是，但麻将桌上连坐五庄，必然要得罪人，输家是有资格发脾气，也可以欠账，也可以骂人。只担心你那口疮，治得如何？口要善待才是，除了吃饭，除了在领导面前说"是"外，将来那些人还要请你去谈创作经验啊！

五

儿女小时可以打，如拍打衣服上土，稍大了就是皮球，越打越蹦得高。

我大学毕了业，先父还踢我一脚，待到后来一日，他吸烟，也递我一支，我才知道我从此不挨打了。但有人说父子如兄弟，如同志，那倒又过分，因为儿女的秉性是永远不崇拜父母的。我女儿看三流电视剧也伤心落泪，读我的书却总认为是她看着我写的，不是真的。让他去吧，龙种或许生跳蚤，丑猪或许美麒麟，只须叮咛"吃喝嫖赌不能抽（大烟），坑蒙拐骗不能偷（东西）"就罢了。窑炉只管烧瓷罐到社会上去，你能管得着去作油罐还是尿罐？老江说组织一次南山游的，又不见了动静，如果南山去不成，三月十五日午时去豪门菜馆吃海鲜，我做东。

六

空气装在皮圈里即为轮胎，我如果能手一抓就一把风，掷去砸人，先砸倒那姓曹的！盛世的皇帝寿命都高，因为他为国人谋福利。损人利己者则如通缉的逃犯，惶惶不可终日，岂能身体安康？发不义之财，若不作慈善业消耗，如人只吃饭而不长肛门，终有一日自己把自己憋死。

那只鳖不能让山兄去放生，他会放生到他的肚腹去。

九

能让别人利用，也是好事。研究《红楼梦》可以当博士，画钟馗可以逼鬼，给当官的当秘书可以自己当官。藤蔓多正因着你是乔木。无山不起云，起云山显得更高，若你周围没那些蝇营之辈，你又会是何等面目？朋友都是走了的好。今夜月光满地，刚才开窗我还以为巷口的下水道又堵塞，是水漫淹，就想你若踏水来访多好！我可教你作曲解烦。作曲并不难，"言之不尽歌咏之"，曲就是把说不尽的话从心里起便放慢音节哼出来，记下便可了，如记不下，旁边放录音机来录。学那钢琴就非是一月半月能操作，且十个指头，怎能按得住一百零八个键呢？

十

买书不要买豪华本，豪华本的书那是卖给不读书的人的。读书也不必只读纸做的书，山水可以读，云雨可以读，官场可以读，商界可以读。赌徒和妓女也都是书。只在家读书本，读了书还是读书，无异于整日喝酒，打牌和吸烟土，于社会、家人有什么好处？

得空来吃茶，我前日得明前茶一罐。

为自己减刑

◎余秋雨

一位朋友几年前进了监狱,有一次我应邀到监狱为犯人们演讲,没有见到他,就请监狱长带给他一张纸条,上面写了一句话:"平日都忙,你现在终于获得了学好一门外语的上好机会。"

几年后我接到一个兴高采烈的电话:"嘿,我出来了!"我一听是他,便问:"外语学好了吗?"他说:"我带出来一部60万字的译稿,准备出版。"

他是刑满释放的,但我相信他是为自己大大地减了刑。茨威格在《象棋的故事》里写了一个被囚禁的人无所事事时度日如年,而获得一本棋谱后日子过得飞快。外语就是我这位朋友的棋谱,轻松地几乎把他的牢狱之灾全然赦免。

真正进监狱的人毕竟不多,但我却由此想到,很多人正恰与我的这位朋友相反,明明没有进监狱却把自己关在心造的监狱里,不肯自我减刑、自我赦免。我见到过一位年轻的公共汽车售票员,一眼就可以看出他非常不喜欢这个职业,懒洋洋的招呼,爱理不理地售票,不时抬手看看手表,然后满目无聊地看着窗外。我想,这辆公共汽车就是这位售票员的监狱,他却不知刑期多久。其实他何不转身把售票当作棋谱和外语,满心欢喜地把自己释放出来呢!

对有的人来说,一个仇人也是一座监狱,那人的一举一动都成了层层铁窗,天天为之而郁闷仇恨、担惊受怕。有人干脆扩而大之,把自己的嫉妒对象也当作了监狱,人家的每项成果都成了自己无法忍受的刑罚,白天黑夜独自煎熬。

听说过去英国人在印度农村抓窃贼时方法十分简单,抓到一个窃贼便在地上画一个圈让他呆在里边,抓够了数字便把他们一个个从圈里拉出来排队才押走。这真对得上"画地为牢"这个中国成语了,而我确实相信,世界上最恐怖的监狱并没有铁窗和围墙。

人类的智慧可以在不自由中寻找自由，也可以在自由中设置不自由。环顾四周，多少匆忙的行人，眉眼带着一座座监狱在奔走。老友长谈，苦叹一声，依稀有银铛之音在叹息声中盘旋。

舒一舒眉，为自己减刑吧！除了自己，还有谁能让你恢复自由呢？

清 高

◎汪国真

清高，不是因不优越，而是因为优雅。优越产生的不是清高，而是高傲。

高傲是不能与清高相提并论的，仿佛植物，有的雍容，有的飘逸，是很不相同的。

一个处处想向别人表明自己清高的人，其实并不真正清高，真正的清高是为了保持自身的纯洁，而不是为了做给人看。

你可以是清高的，但却不能因此把别人视为浊物，否则，这是缺乏良好修养的一种表现。

有一些仿佛清高的人，是因为从来不缺乏牛奶和面包。一旦发生生存危机，他便会斯文扫地，抢得比谁都疯狂。

中国历代文人都不缺乏清高超拔之士，所缺的是清醒冷静之人，狂热时候的清醒和挫折时候的清醒。

不是什么人都可以清高。

要么吐气若兰，要么气质似竹，要么心净如水，要么才情像海。

一个庸俗苟且之辈，倘若也要做出一副清高状，只能让人觉得滑稽。

有一些时候，沉默也可以用来表明一种清高，但其意义也仅仅限于表明了清高。遗憾之处在于，这种清高往往于时无益，于事无补。因而，往往也就带上了消极的色彩。

有一点清高，可以获得人的好感；太过于清高，极易招致人的反感。这是生活中，我们不能不注意的。

清高，可以用来修身，却不能用来治国，更不能用来平天下。为人所不能为，忍人所不能忍，这常常是大英雄之举。而此类做法，往往与清高相去甚远。

人生三境界

◎池　莉

　　人生有三重境界。这三重境界可以用一段充满禅机的语言来说明：看山是山，看水是水；看山不是山，看水不是水；看山还是山，看水还是水。这就是说一个人的人生之初纯洁无瑕，初识世界，一切都是新鲜的，眼睛看见什么就是什么，人家告诉他这是山，他就认识了山，告诉他这是水，他就认识了水。

　　随着年龄渐长，经历的世事渐多，就发现这个世界的问题了。这个世界问题越来越多，越来越复杂，经常是黑白颠倒，是非混淆，"无理走遍天下，有理寸步难行"。进入这个阶段，人是激愤的，不平的，忧虑的，疑问的，警惕的，复杂的。人不愿意再轻易地相信什么。人这个时候看山也感慨，看水也叹息，借古讽今，指桑骂槐，山自然不再是单纯的山，水自然不再是单纯的水。一个人倘若停留在人生的这一阶段，那就苦了这条性命了。人就会这山望着那山高，不停地攀登，争强好胜，机关算尽，永无休止和满足的一天。因为这个世界原来就是一个圆的，人外有人，天外有天，循环往复，绿水长流。而人的生命是短暂的有限的，哪里能够与永恒和无限计较呢？

　　许多人到了人生的第二重境界就到了人生的终点。追求一生，劳碌一生，心高气傲一生，最后发现自己并没有达到自己的理想，于是抱恨终生。但是有一些人通过自己的修炼，终于把自己提升到了第三重人生境界。茅塞顿开，回归自然。人这个时候便会专心致志做自己应该做的事情，不与旁人有任何计较。任你红尘滚滚，我自清风朗月。这个时候的人看山又是山，看水又是水了。正是：人本是人，不必刻意去做人；世本是世，无须精心去处世，便也就是真正的做人与处世了。

人生自然的节奏

◎林语堂

在我们的生活里，有那么一段时光，个人如此，国家亦复如此，在此一段时光之中，我们充满了早期精神，这时，翠绿与金黄相混，悲伤与喜悦相杂，希望与回忆相间。在我们的生活里，有一段时光，这时，青春的天真成了记忆，夏日茂盛的回音，在空中还隐约可闻；这时看人生，问题不是如何发展，而是如何真正生活；不是如何去虚掷精力，而是如何储存这股精力以备寒冬之用。这时，感觉到自己已经到达一个地点，已经安定下来，已经找到自己心中向往的东西。这时，感觉到已经有所获得，和以往的堂皇茂盛相比，是可贵而微小，虽微小而毕竟不失为自己的收获，犹如秋日的树林里，虽然没有夏日的茂盛葱茏，但是所据有的却能经时而历久。

我爱春天，但是太年轻。我爱夏天，但太气傲。所以我最爱秋天，因为秋天的叶子的颜色金黄，成熟，丰富，但是略带忧伤与死亡的预兆。其金黄色的丰富并不表示春季纯洁的无知，也不表示夏季强盛的威力，而是表示老年的成熟与蔼然可亲的智慧。生活的秋季，知道生命上的极限而感到满足。因为知道生命上的极限，在丰富的经验之下，才有色调的调谐，其丰富永不可及，其绿色表示生命与力量，其橘色表示金黄的满足，其紫色表示顺天知命与死亡。月光照上秋日的林木，其容貌枯白而沉思；落日的余晖照上初秋的林木，还开怀而欢笑。清晨山间的微风扫过，使颤动的树叶轻松愉快地飘落于大地，无人确知落叶之歌，究竟是欢笑的歌声，还是离别的眼泪。因为是早秋的精神之歌，所以有宁静，有智慧，有成熟的精神，向忧愁微笑，向欢乐爽快的微风赞美。

生命的滋味

◎席慕蓉

一

电话里，T告诉我，他为了一件忍无可忍的事，终于发脾气骂了人。

我问他，发了脾气以后，会后悔吗？

他说："我要学着不后悔。就好像在摔了一个茶杯之后又百般设法要再粘起来的那种后悔，我不要。"

我静静聆听着朋友低沉的声音，心里忽然有种怅惘的感觉。

我们在少年时原来都有着单纯与宽厚的灵魂啊！为什么，为什么一定要在成长的过程里让它逐渐变得复杂与锐利？在种种牵绊里不断伤害着自己和别人？还得要学不去后悔，这一切，都是为了什么呢？

那一整天，我耳边总会响起瓷杯在坚硬的地面上破裂的声音，那一片一片曾经怎样光润如玉的碎瓷在刹那间迸飞得满地。

我也能学会不去后悔吗？

二

如果我真正爱一个人，则我爱所有的人，我爱全世界，我爱生命。如果我能够对一个人说"我爱你"，则我必能够说"在你之中我爱一切人，通过你，我爱世界，在你的生命中我也爱我自己"。

——E·佛洛姆

原来，爱一个人，并不仅仅只是强烈的感情而已，它还是"一项决心，一项判断，一项允诺"。

那么，在那天夜里，走在乡间滨海的小路上，我忽然间有了想大声呼唤的那种欲望也是非常正常的了。

我刚从海边走过来，心中仍然十分不舍把那样细白洁净的沙滩抛在身后。那天晚上，夜凉如水，宝蓝色的夜空里星月交辉，我赤足站在海边，能够感觉到浮面沙粒的温热干爽和松散，也能够同时感觉到再下一层沙粒的湿润清凉和坚实，浪潮在静夜里声音特别缓慢，特别轻柔。

想一想，要多少年的时光才能装满这一片波涛起伏的海洋？要多少年的时光才能把山石冲蚀成细柔的沙粒并且将它们均匀地铺在我的脚下？要多少年的时光才能酝酿出这样一个清凉美丽的夜晚？要多少多少年的时光啊，这个世界才能够等候到我们的来临？

若是在这样的时刻里还不肯还不敢说出久藏在心里的秘密，若是在享受的时候还时时担忧它的无常，若是在爱与被爱的时候还时时计算着什么时候会不再爱与不再被爱，那么，我哪里是在享用我的生命呢？我不过是不断地在浪费它、在摧折它而已。

那天晚上，我当然还是要离开，我当然还是要把海浪、沙岸，还有月光都抛在身后。可是，我心里却是感激着的，所以才禁不住想向这整个世界呼唤起来：

"谢谢啊！谢谢这一切的一切啊！"

我想，在那宝蓝色深邃的星空之上，在那亿万光年的距离之外，必定有一种温柔和慈悲的力量听到了我的感谢，并且微微俯首向我怜爱地微笑起来了吧！

在我大声呼唤着的那一刻，是不是也同时下了决心，作了判断，有了承诺了呢？

如果我能够学会了去真正地爱我的生命，我必定也能够学会去真正地爱人和爱这个世界。

三

所以，请让我学着为自己的行为负责，请让我学着不去后悔，当然，也请让我学着不要重复自己的错误。

请让我终于明白，每一条走过来的路径都有它不得不这样跋涉的理由；

请让我终于相信，每一条要走上去的前途也有它不得不那样选择的方向。

请让我生活在这一刻，让我去好好地享用我的今天。

在这一切之外，请让我领略生命的卑微与尊贵。让我知道，整个人类的生命就犹如一件一直在琢磨着的艺术创作，在我之前早已有了开始，在我之后也不会停顿不会结束，而我的来临我的存在，却是这漫长的琢磨过程之中必不可少的一点，我的每一种努力都会留下印记。

请让我，让我能从容地品尝这生命的滋味。

心灵的交融

◎泰戈尔

　　我们可以用图表阐释繁星的韵律，却无法阐释繁星的诗歌，繁星的诗歌只能在心灵与心灵相晤的沉寂里、在光明与黑暗的交汇里解析。在那里，无限在有限的额头下印下了它的亲吻；在那里，"伟大的我"的旋律令我们激动不已，在庄严的管风琴里，在无穷的簧管里，无限和谐地奏鸣着。

　　在我的心被爱所充溢，在我感知我的心灵与世界同在时，难道我不会感到阳光更明媚、月光更幽静？当我歌唱雨云的来临，沥沥的雨声就在我的歌声里感到凄婉；自历史的黎明起，诗人和艺术家们就将他们心灵的颜色和旋律倾入生命的大厦。

　　我深深懂得，大地和晴空织上了人的思想的纤维，人的思想与宇宙的思想合二为一。如果这一切有关真实，那么诗歌就是虚幻，音乐就是欺骗，人的心灵被这无言的世界驱入难耐的沉寂中。

走出的道路

◎泰戈尔

一

这是脚走出来的一条路。

它从树林里出来，奔向田野，从田野通向河岸，来到渡口附近的榕树下，然后它从河对岸断裂的台阶拐向村里；尔后经过亚麻地，穿过芒果园中的树荫，绕过荷花池畔，沿着大车道的边缘，不知通向哪个村落。

在这条路上，曾经走过多少人哪！有的人越过我，有的人和我并肩而行，有的人只从远处现出了身影；有的人披着面纱，有的人则容颜袒露；有的人前去汲水，有的人则提着水罐返回村舍。

二

现在白昼已经过去，黑夜降临。

有一天，我曾经觉得，这条路是属于我的，完全属于我的；可是现在我才发现我带来了只能沿着这条路走一次的命令，此外再也没有什么。

越过柠檬树对面的那个池塘，经过有十二座庙宇的河边台阶，经过河滩、粮仓、牛舍——不能再回到那有着熟悉的目光、话语、相貌的住所！"原来是这样啊！"这是一条前进的路，而不是一条后退的路。

今天，在这朦胧的黄昏中，我再次回首返顾，我发现这条路就是一本被遗忘的歌集，歌词就是人们的足迹，而曲子就是那晨歌的乐曲。

有多少人在这条路上走过呀！这条路，在它自己那唯一的尘土画面上，简要地描绘出它们生活中的所有往事；这一幅画面，从太阳升起的方向通向太阳降落的地方，从一扇金灿灿的大门通向另一扇金灿灿的大门。

三

"噢，脚走出的路哇！请不要把那长久以来发生的许多往事积埋在你的尘埃里。现在我把耳朵贴在你的尘土上，请你对我悄悄述说！"

路，用食指指向那漆黑的夜幕，沉默不语。

"噢，脚走出来的路哇！这么多行人的这么多忧思，这么多希望都在哪里？"

无声的路，还是沉默不语。它只是从日出到日落默然地暗示。

"噢，脚走出来的路哇！那天落在你胸脯上面的落花般的足迹，今天为何无处寻觅？"

路，难道晓得自己的终点吗？凋谢的花和无声的歌已在那里飘落，星光照耀下的永不熄灭的苦难灯节也在那时庆贺。

人的蜕变

◎ 歌　德

少年期，闭门造车、叛逆性；

青年期，自大、目中无人；

中年期，老成持重；

到了老年，心浮气躁、反复无常；

如果像这样念你的碑文，

那绝对是人！

人类在生长过程中，必须经过各种不同的阶段。而且，在每个阶段中也都有独到的优点与缺点。这些优点与缺点在那个时期里，绝对是必然且正确的，但是到了下一个阶段，则可能完全变了。以前的优点与缺点可能已烟消云散，由其他的优点与缺点代替。如此持续不断地重复着，终于，到达无法预测的最后变化。

人对不同年纪的生活有一定的应对之道。儿童是实在论者，因为儿童确信自己的存在就如同梨子与苹果的存在一样。青年由于内心热情澎湃，方才第一次感觉到自己的存在，拥有自己的意识。青年由此转变成观念论者，但是壮年人却有足够的理由成为怀疑论者，甚至也不得不怀疑自己为目标选定的手段是否正确。为了不让错误的选择造成终生的后悔，在行动之前及行动的同时，必须运用智慧考虑清楚。到最后，老年人经常成为神秘主义的告白者。他们知道大部分的事情并不是一脉可成，也许不合理的事情成功了，合理的事情反而失败了。幸福与不幸是不可预期、差别极大的两件事。世界上所有的事情都是如此。

事情的法则

◎托尔斯泰

各种现象的原因总合，不是人的智力所能理解的。但是人却一心要寻找这些原因。人不深入了解为数众多和复杂的各种条件（其中每个条件单独地看来都好像是原因），只抓住一个首先碰到的容易理解的近似条件，于是说：这就是原因。

在历史事件中（这里观察的对象是人的行动），最原始的近似条件是神的意志，然后是站在最显著的历史地位的人的意志，也就是历史中的英雄人物的意志。但是，只要一深入了解每个历史事件的实质，也就是深入了解参加事件的全部人群的活动，就会相信，历史人物的意志不仅不支配人群的行动，而且他们的意志经常处在被支配的地位。不管怎样理解历史事件的意义似乎都一样。但是，一种人说，西方人向东方进军，是因为拿破仑要这样做；另一种人说，这件事的发生是因为它必然要发生。这两种人说法的差别正如另外两种人说法的差别一样，一种人说，地球是不动的，行星都围绕着地球转；另一种人说，他们不知道是什么东西支持着地球，但是他们知道地球和其他行星的运动是受一些法则支配的。一个历史事件没有也不可能有各种原因，除了只有各种原因中的一种原因。但是存在着支配各种事件的各种法则，其中有些是未知的，有些是已经被我们摸索出来的。只有当我们完全摒弃在某个人的意志中寻找原因的时候，才可能发现这些法则，正如人们要摒弃那些有关地球的一切成见，才可能发现行星运动的法则一样。

人真正生命的诞生

◎托尔斯泰

在时间上观察人的生命的显现时，我们会看到，真正的生命始终存在于人的内部，就像它存在于种子中一样，一旦时机成熟，这生命就显露出来。真正生命的显露在于：动物人把人诱向人身的幸福，而理性意识却向人指出人身幸福的不可能性，并指出另一种幸福。人朝着在远方向他指出的那种幸福张望，却看不到它，起初不相信那种幸福，于是又退回去追求人身的幸福。然而如此含糊地指出自己的幸福的理性意识，却如此有说服力地、毫无疑义地指出人身幸福的不可能，以至人重又放弃人身的幸福，重又注视着向他指出的那个新的幸福。理性的幸福看不到，而人身的幸福已无疑被毁灭，以至人身的生存无法继续下去。于是，在人内部开始形成一种动物人对待理性意识的新的态度。人开始为着人的真正生命而诞生。

发生了某种类似物质世界中一切生命诞生时的情况。胎儿生下来，不是因为他想出生，不是因为他生下来更好些，也不是因为他知道生下来能过好日子，而是因为他成熟了，他不能继续原来的生存状态，他必须投入新的生活。这与其说是因为新生活在呼唤他，还不如说是因为像原来那样生存的可能性已经被消泯了。

理性意识在人身中悄悄地增长，一直增长到人身生命不可能继续下去的时候。

发生了与萌芽现象完全一样的情况。种子消失了，原先的生命形式消失了，新的幼芽出现了。分解中的种子的原先形式像是在进行抗争，幼芽不断长大，从分解中的种子里得到营养。对我们来说，理性意识的诞生与我们看得见的肉体诞生的不同之处在于，在肉体的诞生过程中，我们可以从时间和空间上看到，胚胎由什么东西，以什么方式，在什么时候产生了什么。我们知道种子就是果实，知道在一定的条件下从种子里会长出植物来，还会开花，然后结果，结出像种子一样的果实（整个生命演化过程在我们眼前完成）。而理性意识的生长我们不能从时间上看到，也不能看到它的演化过程。我们看不见理性意识的生长及其演化过程是因为我们自己在完成这一过程，我们的生命不是什么别的东西，而是我们看不见的诞生在我们自身的诞生，因此我们无论如何看不到它。

我们看不到这一新人的诞生，看不到理性意识对待动物人的新态度的诞生，正如种子看不到自己的幼苗生长一样。当理性意识脱离它的隐秘状态而向我们显现的时候，我们以为我们在经历矛盾，而实际上并不存在什么矛盾，就像它不存在于分解中的种子里一样。我们在分解的种子里只看到，从前曾经在苞皮里存在的生命，现在已经存在于它的幼芽里了。同样，在具有醒悟了的理性意识的人身上也没有任何矛盾，有的仅仅是新人的诞生，理性意识对待动物人的新态度的诞生。

如果一个人活着而不知道有别的人存在、不知道享乐并不能使他满足，他与死无异，他不知道自己活着，而且在他自身没有矛盾。

如果人看到，别的人跟他一个样，苦难威胁着他，他的存在是慢性死亡；如果他的理性意识开始分解他这个人身的存在，他就不能在这个分解中的人身里保持自己的生命，而不可避免地要认为自己的生命正在向他揭开的新的生命中。矛盾也还是不存在，就像在已经发芽因而分解着的种子里没有矛盾一样。

有用的只是生命

◎爱默生

　　我们必须知道，对我们这些活着的人来说，有用的只是生命，而不是已经过去的生活。一旦静止，力量便无影无踪；因为，他永远存在于从一种旧的状态向新的状态过渡的时刻，存在于海湾的汹涌澎湃之中，存在于向目标的投射之中……这是一个令世人讨厌的事实，可却也是灵魂形成的事实，因为，它永远贬低过去，把所有的财富化为灰烬，把所有的荣誉化为耻辱，把圣徒与恶棍混为一谈，把耶稣和犹大都推到一边……

　　既然这样，我们唠叨自助还有什么意义呢？因为，只要有灵魂存在，就有力量存在，它不是自信力，而是作用力。谈论他助，不仅于事无补，而且只能坐失良机，因为，那不过是一种肤浅的说话方式而已。还是让我们现实点吧，让我们回到有依赖作用的事情上来吧，因为它存在着，作用着。当我充当了自我的主宰时，就能够得到最大限度的服从。除了自己，谁还能做到这一点呢？尽管他不费吹灰之力。我必须借助于精神的引力围着他转。当我们谈论突出的美德的时候，我们认为它华而不实，那是因为，我们看不到美德就是"顶峰"，也看不到一个人或者一群人，只要对原理有适应能力或渗透能力，就肯定会因势利导，借助自然规律，征服和驾御所有的城市、国家、国王、富人和诗人，因为，他们没有这种自助的能力。

　　如同我们在所有其他的论题上所做的一样，这就是我们以快刀斩乱麻的方式在这一论题上所得到的终极观点：别无选择，一切都将转变为永远神圣的"一"。自我的生存就是这个宇宙中最根本的属性，它进入了所有比较低级的生命形式，只是程度有所不同，而且它还根据这种程度制定了衡量善的标准。万物的真实程度取决于它们所包含的优点。商务、农牧、狩猎、捕鲸、战争、雄辩、个人影响等，都是重要的东西，并且作为自我生存的存在和不纯行动的实例赢得了我的敬仰。

　　同样，我看到同一个规律在自然界中为保护和发展而发挥作用。在自然界中，能力是最基本的标准，有能力者就是正义的化身。大自然淘汰一切无自助能力的孩子，不允许任何无自助能力的事物停留在她的世界之中。一颗行星的起源和成熟，它的平衡和轨道，狂风过后，弯倒的树木又挺身直立，每一个动植物的生命力……这一切的一切，都是这种自给自足的、因而也是自助的灵魂的表现。

就这样，一切都集中起来：让我们不再四处漂流了，让我们和这万能的动因一起呆在家里吧！让我们仅仅宣布这个神圣的事实，让那些如强盗一般破门而入的一堆乱哄哄的人、书和制度目瞪口呆、哑口无言吧！让入侵者把鞋子脱下来，因为上帝就在这里！让我们的简单和纯粹裁判它们吧！让我们对自己规律的顺从在我们天生的财富旁边演示自然的贫困和财富吧！

生命的五种恩赐

◎马克·吐温

（一）

在生命黎明时分，一位仁慈的仙女带着她的篮子跑来，说：

"这些都是礼物，挑一样吧，把其余的留下。小心些，作出明智的抉择。哦，要作出明智的抉择哪！因为，这些礼物当中只有一样是宝贵的。"

礼物有五种：名望、爱情、财富、欢乐、死亡。少年人迫不及待地说："无须考虑了。"他挑了欢乐。

他踏进社会，寻欢作乐，沉湎其中。可是，每一次欢乐到头来都是短暂、沮丧、虚妄的。它们在即将消逝时都嘲笑他。最后，他说："这些年我都白过了。假如我能重新挑选，我一定会作出明智的抉择。"

（二）

仙女出现了，说：

"还剩四样礼物。再挑一次：哦，记住——光阴似箭。这些礼物当中只有一样是宝贵的。"

这个男人沉思良久，然后挑选了爱情。他没有觉察到仙女的眼里涌出了泪花。

好多好多年以后，这个男人坐在一间屋里守着一口棺材。他喃喃自忖道："她们一个个抛下我走了。如今，她——最亲密的，最后一个——躺在这儿了。一阵阵孤寂朝我袭来。为了那个滑头商人——爱情——卖给我的每小时欢娱，我付出了一个小时的悲伤。我从心底里诅咒它呀。"

（三）

"重新挑吧，"仙女道，"岁月无疑把你教聪明了。还剩下三种礼物。记住——它们当中只有一样是有价值的，小心选择。"

这个男人沉吟良久，然后挑了名望。仙女叹了口气，扬长而去。

好些年过去后，仙女又回来了。她站在那个在暮色中独坐冥想的男人身后。她明白他的心思：

"我名扬全球，有口皆碑。对我来说，虽有一时之喜，但毕竟转瞬即逝！接踵而来的是忌妒、诽谤、中伤、嫉恨、迫害。然后便是嘲笑，这是收场的开端，一切的未了，则是怜悯，它是名望的葬礼。哦，出名的辛酸的悲伤啊！声名卓越时遭人唾骂，声名狼藉时受人轻蔑和怜悯。"

（四）

"再挑吧。"这是仙女的声音，"还剩两样礼物。别绝望。从一开始起，便只有一样是宝贵的。它还在这儿呢。"

"财富——即是权力！我真瞎了眼呀！"那个男人道，"现在，生命终于变得有价值了。我要挥金如土，大肆炫耀。那些惯于嘲笑和蔑视的人将匍匐在我的脚前的污泥中。我要用他们的忌妒来喂饱我饥饿的心魂。我要享受一切奢华，一切快乐，以及精神上的一切陶醉，肉体上的一切满足。这个肉体人们都视为珍宝。我要买，买！遵从，崇敬——一个庸碌的人间商场所能提供的人生种种虚荣享受。我已经失去了许多时间，在这之前，都作了糊涂的选择。那时我懵然无知，尽挑那些貌似最好的东西。"

短暂的三年过去了。一天，那个男人坐在一间简陋的顶楼里瑟瑟直抖。他憔悴，苍白，又眼凹陷，衣衫褴褛。他一边咬嚼一块干面包皮，一边嘀咕道：

"为了那种种卑劣的事端和镀金的谎言，我要诅咒人间的一切礼物，以及一切徒有虚名的东西！它们不是礼物，只是些暂借的东西罢了。欢乐、爱情、名望、财富，都只是些短暂时的伪装。它们永恒的真相是——痛苦、悲伤、羞辱、贫穷。仙女说得对，她的礼物只有一样是宝贵的，只有一样是有价值的。现在我知道，这些跟那无价之宝相比是多么可怜卑贱啊！那珍贵、甜蜜、仁厚的礼物啊！沉浸在无梦的永久酣睡之中，折磨肉体的痛苦和咬啮心灵的羞辱、悲伤，便一了百了。给我吧！我倦了；我要安息。"

（五）

仙女来了，又带来了四样礼物，独缺死亡。她说：

"我把它给了一个母亲的爱儿——一个小孩子。他虽懵然无知，却信任我，求我代他挑选。你没要求我替你选择啊。"

"哦，我真惨啊！那么留给我的是什么呢？"

"你只配遭受垂垂暮年的反复无常的侮辱。"

人到无求品自高

◎蒙　田

年轻时应注重成功名、创大业，老年时应注重享受硕果。我辈天性之最大弱点，莫过于追求青春永驻。重新开始我们的生活，我们总是希望如此。

求知欲也罢，雄心壮志也罢，都需与我们的年龄相称。当我们业已行将就木之时，我们的食欲与消遣才刚刚来临。

当你走到了死亡的边缘时，你拥有一座在大理石般地基上建设的住宅，一座令人忘却它是坟墓的住宅。

我最宏远的规划也不曾超过三百六十五日。此后，除了一个归宿以外，我再也没有什么可以担心和思索的了。我抛开所有的希望和事业，向我所逗留的地方做最后的辞别。我所拥有的东西正在日复一日地丧失殆尽。许久，许久，我既无所得也无所失。我所有的足够应付我的旅程。

我曾经生活过，而且精心地行走于命运规定给我的每一站；现在，我已经走完了命运规定给我的必经之途。

我发现，静心寡欲——摆脱那些扰乱生活的劳神之事，不再执着于这个世界是怎样运行的，抛开财富、等级、知识、死和自我，这是我老年的唯一慰藉。对此时正在学习的人来说，他应该学会什么时候他才能永久沉默。人的一生或许是一个不间断的学习过程，但无需在学校完成。

多少回我成非我

◎蒙　田

　　上帝对将要死的人会格外开恩，这是他得善报的唯一表现。这样，辞世时就不会感到死之重大与凶虐了。死亡夺去的不过是半个人或四分之一个人而已。喏，我刚才掉了一颗牙，不费力气，毫无痛苦，这便是自然的死亡期限已至。虽然它曾经锋利过，也曾经辉煌过，但那是我强壮时，现在这一时期已过。就这样，我慢慢消逝，我不复是我本人了。

　　实际上在我看来，如果我的死属于正常，是自然之老死，那将会给我很大安慰，今后在这方面我对命运再不必奢求格外的恩惠。世人总喜欢说从前如何如何：身材比现在高啦，寿命比现在长啦。梭罗就是那个时代的人，他却认定当时人的寿命最高不超过七十岁。而我则十分赞赏古人的中庸理论，凡事中庸才合情合理，才可致完美境地。既然这样，我哪敢奢望长命百岁，超乎常人呢？一切违反自然进程的事物都可能有不利的一面，而举凡顺乎自然的事物总会给人带来愉快，"凡合乎自然者便应算是好事"。柏拉图由此得出论断："因受伤等意外非自然死亡的才称为暴毙，因年事高而带来的死亡最轻松不过，也许还是令人愉快的哩。"

　　　　"少年殒命，兰摧玉折；
　　　　老者故世，果熟离枝。"

　　生命与死亡是一对不可调和的矛盾，此消彼长，我们在逐渐长大的同时，离死亡也愈接近。我存有一些本人的肖像，那是在我二十五岁、三十五岁的时候画的。我拿来和今天的肖像对比：我已不再是原来的我了！这些年我的面容有了极大的变化，等到我离开这人世时恐怕面容变化会更大，更难想象。

头发里的世界

◎波特莱尔

让我长久地呼吸你头发里的气息，让我将面庞沉到那里去，如口渴的人在泉水中。让我用我的手来挥动它如一条黛香的手巾，将记忆挥散在空气里。

你倘若能知道我在你头发里的一切所见，一切所感觉，一切所思吗！我的灵魂在香气之上旅行，正如别人的灵魂在音乐之上徜徉一样。

从你的头发升起一个圆满的梦，充塞着帆与樯；它容纳大海，在这上面，暖风送我向优美的国土。在那里，天空更蓝更深，大气被果实树叶和人所薰香了。

在你的头发的大洋里，我见一海港，低唱着忧郁的歌，用了各民族的强壮的人们和各种形状的船舶，在垂着永久之热的巨大的天空上，雕镂他们的微妙细巧的建筑。

在你的头发的爱抚里，在充满花朵的瓶盎和清心的喷泉中间，在大船的船窒里，我为海港的波动所摇荡，不禁心神倦怠。

在你的头发的炽热的分披里，我呼吸那夹着阿片和糖和烟草的气息；在你的头发的夜里，我看见热带的天的无穷的照耀；在你的头发的茸条似的岸边，我因为柏油魔香和科科油混杂的气息而沉醉了。

让我久久地咬你浓厚的黑头发。我在啮你弹力的反逆的头发时，这似乎是我正在吞噬记忆。

空虚的世界

◎弗洛姆

现代社会的每个人在日益紧张的工作生活中，渐渐同自己疏远开来，同他的同伴们或同事们疏远开来，同自然界疏远开来。他变成了一种商品，变成了一架赚钱机器。他将自己当做一种投资来检验生命的能量，而在目前的市场条件下，这种投资必须给他带来可以获得的最高利润。否则，他的人生为之逊色。人的关系，实质上已变成异化了的机械般动作的人的关系。每个人的安全感，只有成群地聚集在一起时才有保障。每个人在思想上、情感上和行动上都是机械的、僵化的。虽然每个人尽可能地努力同其他的人紧密地保持联系，但是每个人还是极度地空虚和寂寞，每个人充满了强烈的恐惧感、焦虑感和罪恶感。如果人的空虚和寂寞如影相随，它们就总是会导致不安全感、焦虑感和罪恶感的产生。我们的文明世界，在高度现代化的同时，提供了多种帮助人在意识中意识不到这种空虚、寂寞的镇静剂：首先，企业化与机构部门化的机械工作，其严格的规程，苛刻的制度促使人意识不到他自己具有人的最根本欲望，意识不到超越自身和结合的强烈要求。虽然这种规范的工作导致了最大化的效率，但人性却丧失了。在工作之余，人们为了摆脱空虚，通过娱乐的过程化，通过娱乐工业提供的声音和风景被动地消遣，以摆脱潜意识里的绝望。除此之外，人们为了克服孤独感和空虚感，还往往通过大量购买时髦的东西，很快地更新换旧，从中获得满足。现代人赫鲁黎在《勇敢新世界》中有一个很形象的描述：身体肥胖、衣着漂亮、情欲放荡。然而，没有自我，没有灵魂，除了与同伴们或同事们肤浅的接触之外，身心万分空乏。并且，还受那句曾被赫鲁黎简洁地说出来的箴言的影响："个人觉察到，万众齐欢跳。"或者说："今朝有酒今朝醉，明日无酒明日忧。"或者最雅致也是最圆满的说法是："现在每一个人都幸福。"现代人从紧张、快节奏的工作中摆脱后，他的幸福就仅仅寓于"获取乐趣"之中，获取乐趣，就在于从眼花缭乱的商品的消费和"购买"中得到满足；从乱七八糟的风景、食物、酒精、香烟、人群、课堂、书籍和电影中得到满足——所有这些都被兼收并蓄，吞咽入肚。世界对我们的欲望来说，是一个巨大的客体，是一个巨大的苹果，是一只巨大的酒瓶，是一个硕大的乳房。我们只有放纵自己的身体，大吃海喝、狂购，我们的性格适合于交换、买卖和消费，尽管一切过后是一阵阵空虚，但除此之外，我们还能干什么呢？

世界像一个舞台

◎莎士比亚

世界是一个舞台，一切的男女都不过是演员：他们有他们的登场和退场，而且一个人在他的时代里扮演许多的角色，他的角色的扮演分七个时期。

最初婴孩在乳母怀抱里啼哭呕吐。于是带着书包啼哭的学童，露着早上明澈的脸，像一只蜗牛般很勉强地爬向学校；于是长吁短叹的恋人以哀伤的短歌呈献给他的情人的娥眉；于是爱好离奇的咒骂的军人，胡须长得像一只豹，爱惜名誉，急于争吵，甚至于在炮口内觅取如泡沫幻影的名誉；于是法官饱食了困难，挺着美观的圆肚子，张着庄严的眼睛，留着规规矩矩的胡须，他的发言充满着聪明的格言和时新的例证，他这样扮演他的角色。

第六个时期转入消瘦的、穿着拖鞋的丑角。

鼻上架着眼镜，身边挂着钱袋，好好节省下来的年轻时代的袜子，穿在他的瘦缩的小腿上，大得难以使人相信，他的壮年洪亮的声音转成小孩子尖锐的声音，在他的声音里充满竹笛的尖声。

最后一幕结束这怪事层出的传记是第二个婴孩时期，并且仅仅是湮没无闻，没有牙齿，没有眼睛，没有味觉，没有一切的东西。

圆心与圆周

◎雪　莱

在我们的脑海中，总是有意识或无意识地涌现我们的思想和情感，而运用言辞来表达人生。我们降临到世间，然而，我们早已淡忘了呱呱坠地的时刻，婴孩时代也只不过是记忆中破碎的残片。我们活下来了，可在生活中，我们失去了领悟生活的能力。狂妄自大的人类是何等的愚蠢，竟然以为通过自己的言辞就能洞穿人生的秘密。这正是人的可悲之处。当然，如果我们能适当地运用言辞，我们就能明白自身的无知。哪怕我们仅能如此，也能如愿了！因为，我们无法回答：我们是谁？我们从哪里来？我们要到哪里去？降临世间是否即为存在之始，而死亡是否即为存在之终？诞生是什么？死亡又是什么呢？

涂在人生表面的那层油彩被精密抽象的逻辑学抹去了，一幅惊心动魄的人生画面展现在我们的面前。然而，面对如此惊心动魄的画面，人们却已经习以为常，只感到它年复一年，周而复始。有哲学家宣称，只有被感知的事物才存在。而且，我自己就赞同这一学说。

事实却不是如此。我们固有的信念与这一论断完全相反，所以，我们固有的信念便千方百计地与它抗衡。在我们心悦诚服之前，我们的脑海里早已有这样一种定论，外在世界是由"梦幻的物质"构成。通俗哲学这种荒谬绝伦的意识观与物质观，在伦理道德观念上产生了致命的后果。这一切以及这种哲学在万物本原问题上极端的教条主义，曾使我一度陷入唯物论。这种唯物论是极富有诱惑力的体系，特别是对于年轻肤浅的心灵。信徒完全可以自由地谈论，却免除其思索的权力。不过，我仅仅是对它的物质观感到不满足。我以为，人是志存高远的存在，他"前见古人，后观来者"，他的思想，徜徉于永恒之中，与倏忽无常、瞬息即逝无缘。他无法想象万物的湮灭；他只是存在于在"未来"与"过去"之中。无论他真正的、最终的归宿如何，在他心中永远存在着一个与虚无、死亡为敌的精灵。这是一切生命、一切存在的特征。每一个生命既是圆心，同时又是圆周；存在也是如此。既是万物所指向的点，又是包含万物的线。这种观念与唯物论及通俗哲学的物质观、意识观背道而驰，然而，它与智力体系却是相投的。

蠢人的评判

◎普希金

你一向是说真话的，我们伟大的歌手；你这次也说了真话。

"蠢人的评判和群氓的嘲笑声"……对这两点又有谁不曾领教过？

所有这一切都可以——而且应该忍受；谁能够做到——就让谁来表示轻蔑吧！

然而有一些打击，它们刺痛着你的心坎，比什么都痛……一个人做了他力所能及的一切；努力地、热情地、忠实地工作……而一颗颗正直的心灵却嫌弃地躲开他；一张张正直的面孔一听到他的名字便因愤怒而变得通红。

"躲开点儿！滚蛋！"一些正直的、年轻的声音对他嘶喊。"无论是你，还是你的劳动，我们全不需要；你玷污了我们的住所—— 你不认识，也不理解我们……你是我们的仇敌！"

这时这个人该怎么办呢？继续劳作，不要试图去辩白——甚至不要企望有稍微公正一些的评价。

从前，庄稼人诅咒一个过路人，这位过路人给他们土豆——穷人赖以度日的食物——面包的代用品。他们把这份珍贵的礼物从那只向他们伸出的手中打落在地上，把它摔进泥土里，用脚践踏。

如今，他们依它为食——而他们甚至不晓得恩人的姓名。也罢！他的名字对他们又有什么意义？他，虽然无名，却把他们从饥饿中拯救了出来。

让我们只为一件事尽力吧：愿我们所带来的确是有益的食物。

从你所爱的人嘴里听到错误的谴责是苦涩的，然而即使这也是可以忍受的。

"打我吧！但是要听从我！"雅典的首领对斯巴达人说。

"打我吧——但是祝你健康和温饱！"我们应该这样说。

美的真谛

◎ 邦达列夫

什么是美的真谛？是否是人对大自然反映的感知？

有时候我想，假若地球无可补救地变成了一个"无人村"，在城市的大街上，在荒野的草地上，没有人的笑声、说话声，甚至没有一声绝望的叫喊，那么这宇宙中鲜花盛开的神奇花园，连同它的日出日落、空气清新的早晨、星光闪烁的夜晚、冰冻的严寒、炎热的太阳、七月的彩虹、夏秋的薄雾、冬日的白雪将又会是一种怎样的景象呢？我想，在这空旷的冰冷的寂静中，地球立即会失去作为宇宙空间里人类之舟和尘世俗地的最高意义，而且它的美丽也将毫无意义，消失得无影无踪。因为没有了人，美也就不能在他的身上和意识里反映出来，不能被他所认识。难道美能被其他没有生命的星球去感知、去认识吗？

美更不可能自我认识。美中之美和为美而美是毫无意义的，是荒谬的和不切实际的。事实上这就像为理智而理智一样，在这种消耗性的内省中没有自由的竞争，没有吸引和排斥，没有生命的参与，因而它注定要消亡。

美不该是僵化的，它应有明智的评价者，或赞赏的旁观者。须知美感——是对永生的臆想和信心，会唤起我们生的愿望和博大的爱心。

美与生命是紧密相连的，生命与爱也同样密不可分，而爱和人类则是密切相连的。一旦这些联系的纽带中断，大自然中的美就会变得空洞直至消亡。

死亡是地球上最后一位艺术家所写的书，可能也充满了最富有天才的和谐的美，但它至多只能算是无人欣赏的一堆垃圾，因为书的作用不是对着虚无喊叫，而是在另一个人心灵中引起反应，是思想的传递和感情的转移。

世界上所有的展示着全部美的博物馆、所有的绘画杰作，如果离开了人类，都不过是一些可怕的、五颜六色的破板棚。

假如地球上没有了人类，那么，艺术的美会变得丑陋怪诞，甚至比自然的丑更令人恶心。

草叶集

◎惠特曼

别的国家在代表者身上表现它们自己——但是美利坚合众国却与众不同，在它的行政或立法上，它在大使、作家、学校、教堂或者会客室里，甚至在它的报纸或者发明家上表现得不多，也不是最优秀的——而一直最多的表现在普通人民身上。

在所有的国家中，美国由于血管里充满了诗的素材，所以最需要诗人，因此会产生最伟大的诗人，而且十分重视他们也不足为奇了。总统不应该是共同的公断人，诗人才是。在人类中，伟大的诗人总是保持均衡的人。放错位置的东西没有一件是好的，恰到好处的东西没有一件是坏的。

对每一件事物或每一种品德，诗人总予以相称的比例：多一分太重而少一分又太轻。如果时代变得停滞而沉重，他知道如何使它振奋起来……他能使他说的每个字一针见血。尽管一切停滞在习俗、顺从或者法律的平面上，他却从不停滞。顺从不能控制他，而他能控制顺从。因为他看得最远，他也就最有信心。他的思想是赞美事物的颂歌。与他不在同一水平上的东西，什么灵魂、永恒和上帝，他闭口不谈。他眼里的永恒，不像是一出有首有尾的戏……他在男人与女人中看到永恒……信心是灵魂的防腐剂——它渗透了普通的人民，同时又保护了他们——他们永不放弃信仰、期望与信任。那种无法描绘的新鲜活力和纯真存在于不识字的人身上，只有表现力最崇高的天才感到相形见绌。诗人清楚地看到：一个人，虽然不是伟大的艺术家，但却与伟大的艺术家同样神圣和完美。

大地和海洋、走兽、鱼、鸟、天空和天体、森林、山川，都是相对较大的主题——可人们希望诗人表现的，不只是这些不能说话的实物所固有的优美和庄严——他们希望他揭示出沟通现实与他们的灵魂的道路。普通人都很欣赏美——说不定和诗人一样能欣赏。打猎的人、伐木的人、早起的人、培栽花园和果园的人与种田的人所表现的热烈的意志，健康的女人对于男子形体、航海者、骑马者的喜爱，对光明和户外空气的热爱。这一切的一切，历来都是多样地标志着无穷无尽的美感和户外劳动的人们所蕴藏的诗意。他们感受美时不需要诗人的帮助——有些人也许可以得到这样的帮助，但是这些人决不可能得到帮助。诗的实质不是用韵律、格式一致或者对事物的抽象的倾慕，也不是可以用哀诉或者好的训诫展列出来。诗的实质是生命，是蕴藏在灵魂里面的……最好的诗篇、音乐、演说或者朗诵的流畅与文采，不是独立的，而是有所依附的。

一切美来自美的血液和美的头脑，如果一个男人或一个女人具有种种伟大的结合，那也就够了——这一事实会永存于宇宙，但一百万年的插科打诨与装点涂饰却是徒劳无功。若是单单为文采或流畅所困惑，那么他将终日感受失败的痛苦。这是你应该做的：爱大地、太阳和动物，藐视财富，救济每一个求你的人，替笨人和弱者说话，把你的收入和劳动献给旁人，憎恨暴君，不去争论关于上帝的事，对人们要有耐心和宽容，对已知的或未知的事物或任何人都不屈从——与有力量而却未受教育的人、年轻人、孩子们的母亲自由交往——你对在学校里、教堂里或书中所知道的一切，都要重新检查，并抛弃一切侮辱你的东西，那么，你就是一首伟大的诗篇，不但在字句中，而且在口唇和面部的无声线条里，在你双眼的睫毛之间，在你身上每一个动作和关节之中，最丰富、最流畅的表现将会展露出来……过去、现在与将来，不是脱节的，而是相联的。最伟大的诗人根据过去和现在构成了将来的一致。他把死人从棺材里拖出来，给他们重生的机会。他对过去说：起来，走在我前面，使我可以认识你。他学到了教训——他把自己放在这样一个场合，在那里将来变成现在。最伟大的诗人不只是在人物、环境和激情的描写上放出耀眼的光芒——他终于上升，并完成一切。

质朴对于艺术的艺术、表达的光辉和文字的光彩都是重中之重。没有什么能超过质朴——任何冗繁或含混都不是无法补救的。鼓起冲动的感情、钻入思想的深处和表达一切的主题，既不是平凡的能力，也不是超凡的能力。可是，在文学中，采用动物的十分正确而又漫不经心的运动和林间树木与路旁青草的纯正的感情，作为表达手段，是艺术十全十美的胜利。若是你发现谁已经做到这一点，那么所有民族、所有时代的一位艺术大师就是你所发现的。灰色的海鸥在海面上飞翔，或骏马的暴躁的动作，或向日葵高高地倒悬在它的茎上，或太阳经过天空的壮观，或后来月亮的露面，——你观察这一切而感到的高兴，也不会超过你从对这位艺术大师的观察上所感到的高兴。伟大的诗人的优点不在引人注目的文体，而在不曾粗略地表达思想与事物，自由地表达诗人自己。他对自己的艺术宣誓：我决不多费唇舌，我决不在我的写作中使典雅、效果或新奇成为隔开我和别人的帘幕。我决不容许任何障碍，哪怕是最华丽的帘幕。我想说什么，就不加任何修饰地说出来。让人家去高兴、吃惊、着迷或者宽心吧，我却自有我的目的，正像健康、热度或白雪各有它的目的一样，我也不理会别人的批评。我应该凭我的气质来经受，来描写，而又不带有我气质的一点儿影子。我要使你站在我的身旁，和我一起照镜子。

伟大的诗篇对于每个男人和女人的使命是：你和我们平等相待，只有这样，你才能了解我们。我们并不比你优越些，我们所含有的，他也含有；我们所享受的，你也可以享受；难道你认为优越的人只能是一个吗？我们肯定地说：优越的人不计其数，这个优越的人与那个优越的人不相抵触，正像两只眼睛的视力不相抵触一样。

在大师们的形成过程中，绝不可缺少政治自由的思想。有男人和女人的地方，英雄总是追随着自由——但是诗人又比其他的人更追随和更欢迎自由。他们是自由的声音，自由的解释。他们在一切时代中当得起这一伟大的概念——它既被托付于他们，他们就必须支持它。没有比它更重要的东西，也没有什么能歪曲它，贬低它。使奴隶高兴、使暴君害怕是伟大诗人的目的所在……

两条路

◎ 让·保尔

那一个大年夜，一位老人伫立在窗前。他目光中流露着悲戚，无力的脑袋微微仰起，繁星宛若玉色的百合漂浮在澄静的湖面上。他垂下了头，眼睛无神地看着地面，几个比他自己更加无望的生命正走向它们的归宿——坟墓。老人在通往坟墓的旅途中，已经消磨掉了六十多个寒暑。在他这六十多个寒暑中，他除了有过失和懊悔之外，几乎没有拥有过什么快活的事情。这个风烛残年的老人，体态龙钟、脑袋空空，忧郁时刻折磨着他。

老人回忆起他的年轻时代，他清楚地记得在那庄严的时刻，父亲将他置于两条道路的入口——一条路通往阳光灿烂的升平世界，田野里丰收在望，柔和悦耳的歌声四方回荡；另一条路却将行人引入漆黑的无底深渊，那里的泉眼流出来的毒液，蛇蟒满处蠕动，吐着舌箭。

老人深深地叹了一口气，悲痛失声喊道："老天爷啊！放我回到从前吧，求求你啦！爸爸呀，把我重新放回人生的入口吧，这次我一定不会选错。"可是，父亲以及他自己的黄金时代都一去不复返了。

他看见阴暗的沼泽地上空闪烁着幽光，那光亮游移明灭，瞬息即逝了，他轻抛的年华留在那里。他看见天空中一颗流星陨落下来，消失在黑暗之中。那就是他自身的象征。徒然的懊丧像一支利箭射穿了老人的心脏。他记起了早年和自己一同踏入生活的伙伴们，他们走的是高尚、勤奋的道路，在这新年的夜晚，载誉而归，无比快乐。

"嗡——"的教堂钟声使他回到了自己的童年。在那时，双亲对他倍加疼爱。他想起了发蒙时父母的教诲，想起了父母为他的幸福所作的祈祷。懊悔和悲伤涌上心头，使他无颜面对天堂的父母。老人的眼睛黯然失神，泪珠儿泫然坠下，他绝望地大声呼唤："不，不，我不要这样死掉，把青春还给我！"

说着，他的青春真的回来了。原来，刚才那些只不过是他在新年夜晚打盹儿时做的一个梦。他开始想到自己所犯的一些错误，他开始想要一一纠正、弥补过错，因为他还年轻。他虔诚地感谢上天，他还没有成为那个老人，他还没有堕入漆黑的深渊，他还有足够的时间踏上那条正路，进入福地洞天。丰硕的庄稼在那里的阳光下起伏翻浪。

也许你如同这位年轻人一样，正在人生的十字路上徘徊，踌躇着不知该走哪条路，那么，我只想告诉你，千万不要等到岁月流逝时，才绝望地喊："还我青春。"

百万富翁与清洁女工

◎ 劳伦斯

曾有一位百万富翁的办公室，设在第一国家银行大厦的二楼。当他要上二楼时，他会乘坐电梯；下楼时，则利用楼梯。

他是个傲慢的人，过去曾经贫穷，后来白手起家；他是个自立更生的人，也为自己的成功感到骄傲。

他每月按时缴房租，但对于那些管理升降机、高吊在行人道上擦窗户以及烧锅炉的人，根本不屑一顾。在过圣诞节的时候，也不会给他们一只火鸡，或一点小费。

大厦有一位打扫楼梯和大厅的穷妇人，他常常从她身边经过，但直到最近才意识到她的存在。他的头向来抬得很高，心里想的尽是怎样赚更多钱。

有一天他从办公室出来，要走下楼梯。

清洁女工正站在楼梯中央，她从最上面开始检查楼梯是否干净。在最上面的一级阶梯有一处地方被水弄湿了，而且放着一大块肥皂，百万富翁正巧踩在上面。

富翁踩在肥皂上面的那只脚向东方日出的地方滑过去，另一只脚则快速向日落的方向滑过去；后来他跌坐在楼梯的最后一级，却没有停止在那里，他开始往下滑，但滑下的方式却非他所预料，每滑一级，楼梯便发出如同打鼓般的一声闷响。

清洁妇礼貌地站在一旁，任他往下滑。

最后他由底层站起来，自忖是否应当走回大厦办公室，要求开除该名清洁女工；但他想到一旦把要求开除她的理由说出来，必会在这大厦的其他人中间传为笑谈。于是他没有说话。

但从那天起，他开始注意那位清洁女工，带着慎重的态度走过她身旁。没有人高贵或威严到可以忽略周遭的人的地步。因为一位卑微的清洁女工和一块普通的肥皂，就能令一位大人物的心思立即脱离他事业而产生烦恼。

所以，不要把自己看得高过神的儿女中最卑微的一位，否则你也可能从骄傲之处往下坠，带着疼痛与瘀伤离去；更因怀疑那清洁女工站在肥皂水中间露出笑容而感到难堪。或许，她当天会因为你跌倒的滑稽样子而过得更愉快。

这是个缺少欢笑的时代，那令清洁女工脸上露出笑容的人有福了。

智 者

◎休 谟

　　智慧的殿堂高居于磐石之上，一切争端的怒火、所有世俗的怨气都远离它，滚滚雷声在它脚下轰鸣，对于那些狠毒残暴的人间凶器，它遥不可及、高不可攀。贤哲呼吸着清新的空气，怀着欣慰而怜悯的心情，俯视着芸芸众生：这些荒谬的人们正积极地寻找着人生之路，为了真正的幸运而追求着财富、地位、名誉或权力。贤哲看到，大多数人在他们盲目推崇的愿望面前陷入了失望：有些人后悔已被握在手中的希望却毁于太过谨慎。所有的人都在抱怨，即使他们的愿望得到满足或是他们骚乱的心灵的热望得到安慰，它们也终究不能带来幸福给予人类。

　　那么，是否可以这样下定义：贤哲永远都会漠视人类的苦难，永远不会致力于解除他们的苦难呢？这是不是说他就永远滥用这种严肃的智慧，以清高自命，自以为超脱于人类的灾祸，事实上却冷酷麻木而对人类与社会的利益漠不关心呢？不，不是这样的。他完全知道他的这种冷漠中不存在真正的智慧和幸福。对社会深沉的爱强烈地吸引着他，他无法压抑这种那么美好、那么自然、那么善良的倾向。甚至当他沉浸于泪水之中，悲叹他的同胞、友人和国家的苦难，无力挽救而只能用同情给予慰藉之时，他依然心胸宽广，豁达，无视于这种痛苦而镇定自若。这种人道的情感是那么动人，它们照亮了每一张愁苦的脸庞，就像那照射在阴云与密雨之上的红日给它们染上了自然界中最艳丽、最高贵的色彩一样。

　　但是，并非只有在这里，社会美德才显示它们的精神。无论你把它们与什么相混合，它们都可以超出。正像悲哀困苦压制不住，同样，肉体的欢乐也掩盖不了。同情与仁爱即使是恋爱的快乐也不能代替。它们最重要的感染力正是源于这种仁慈的感情。而当那些享乐单独出现，只能使那不幸的心灵深感困倦无聊。就像这位快乐的富家公子，他说他只要有美酒、佳肴，其他一切均可抛弃。然而，如果我们将他与同伴分开，就像趁一颗火星尚未投向大火之前将它与火焰分开，那么，他的敏捷快活会顿时消失。虽然各种山珍海味环绕四周，但是他会讨厌这种华美的筵席，而宁愿去从事最抽象的研读与思辨，并感到舒心、坦荡和适意。

第二部分

握住自己的命运

希 望

◎鲁 迅

我的心分外地寂寞。

然而我的心很平安：没有爱憎，没有哀乐，也没有颜色和声音。

我大概老了。我的头发已经苍白，不是很明白的事么？我的手颤抖着，不是很明白的事么？那么，我的魂灵的手一定也颤抖着，头发也一定苍白了。

然而这是许多年前的事了。

这以前，我的心也曾充满过血腥的歌声：血和铁，火焰和毒，恢复和报仇。而忽而这些都空虚了，但有时故意地填以没奈何的自欺的希望。希望，希望，用这希望的盾，抗拒那空虚中的暗夜的袭来，虽然盾后面也依然是空虚中的暗夜。然而就是如此，陆续地耗尽了我的青春。

我早先岂不知我的青春已经逝去了？但以为身外的青春固在：星，月光，僵坠的蝴蝶，暗中的花，猫头鹰的不祥之言，杜鹃的啼血，笑的渺茫，爱的翔舞……虽然是悲凉飘渺的青春罢，然而究竟是青春。

然而现在何以如此寂寞？难道连身外的青春也都逝去，世上的青年也多衰老了么？

我只得由我来肉搏这空虚中的暗夜了。我放下了希望之盾，我听到 Petöfi Sándor（1823～1849）的"希望"之歌：

> 希望是甚么？是娼妓：
> 她对谁都蛊惑，将一切都献给；
> 待你牺牲了极多的宝贝——
> 你的青春——她就弃掉你。

这伟大的抒情诗人，匈牙利的爱国者，为了祖国而死在可萨克兵的矛尖上，已经七十五年了。悲哉死也，然而更可悲的是他的诗至今没有死。

但是，可惨的人生！桀骜英勇如 Pet öfi；也终于对了暗夜止步，回顾着茫茫的东方了。他说：

绝望之为虚妄，正与希望相同。

倘使我还得偷生在不明不暗的这"虚妄"中，我就还要寻求那逝去的悲凉飘渺的青春，但不妨在我的身外。因为身外的青春倘一消灭，我身中的迟暮也即凋零了。

然而现在没有星和月光，没有僵坠的蝴蝶以至笑的渺茫，爱的翔舞，然而青年们很平安。

我只得由我来肉搏这空虚中的暗夜了，纵使寻不到身外的青春，也总得自己来一掷我身中的迟暮。但暗夜又在哪里呢？现在没有星，没有月光以至笑的渺茫和爱的翔舞；青年们很平安，而我的面前又竟至于并且没有真的暗夜。

绝望之为虚妄，正与希望相同！

春的警钟

◎庐　隐

不知哪一夜，司钟的女神，悄悄的来到人间！

那时人们正饮罢毒酒，沉醉于生之梦中，她站在白云端里敲响了春的警钟。这些迷惘的灵魂，都从梦里惊醒，呆立于尘海之心，——风正跳舞，花正含笑，然而人类却失去了青春！

他们的心已被冰凌刺穿，他们的血已积成了巨澜，时时鼓起腥风吹向人间！

但是司钟的女神，仍不住声的敲响她的警钟，并且高叫道：

青春！青春！你们要捉住你们的青春！

它有美丽的翅儿，善于逃遁，

在你们踌躇的时候，它已逃去无踪！

青春！青春！你们要捉住你们的青春！

世界受了这样的警告，人心撩乱到无法医治。

然而，不知哪一夜，东风已经逃回它美丽的皇宫。

不知哪一夜，花神也躲避了悲惨的人间！

不知哪一夜，司钟的女神，也不再敲响她的警钟！

青春已成不可挽回的命运，宇宙从此归复于萧杀沉闷！

生命从八十岁开始

◎冰 心

亲爱的小朋友：

我每天在病榻上躺着，面对一幅极好看的画。这是一个满面笑容，穿着红兜肚，背上扛着一对大红桃的孩子，旁边写着"敬祝冰心同志八十大寿"，底下落款是"一九八〇年十月《儿童文学》敬祝"。

每天早晨醒来，在灿烂的阳光下看着它，使我快乐，使我鼓舞，但是"八十"这两个字，总不能使我相信我竟然已经八十岁了！

我病后有许多老朋友来信，又是安慰又是责难，说："你以后千万不能再不服老了。"所以，我在复一位朋友的信里说："孔子说他常觉得'不知老之将至'，我是'无知'到了不知老之已至的地步！"

这无知要感谢我的千千万万的小读者！自从我二十三岁起写《寄小读者》以来，断断续续地写了将近六十年。正是许多小读者们读《寄小读者》后的来信，这热情的回响，使我永远觉得年轻！

我在病中不但得到《中国少年报》编辑部的赠花，并给我拍了照，也得到许多慰问的信，因为这些信的祝福都使我相信我会很快康复起来。我的病是在得了"脑血栓"之后，又把右胯骨摔折。因此行动、写字都很困难。写这几百字几乎用了半个小时，但我希望在一九八一年我完全康复之后，再努力给小朋友们写些东西。西谚云"生命从四十岁开始"。我想从一九八一年起，病好后再好好练习写字，练习走路。"生命从八十岁开始"，努力和小朋友们一同前进！

祝你们健康快乐

你们热情的朋友　冰心

一九八〇年十二月二十九日于北京医院

天使的背上丢了翅膀

◎张　洁

明子这几天怪怪的，总是在纸上画各种姿势的天使，天使的背上都没有翅膀。我知道明子对天使有一种近乎执著的爱，而笑起来的明子也是静静地愉悦着，眼睛亮亮的，像个可爱的小天使。

我常在心里笑她傻，可是跟她在一起我感觉自己的心灵正在被一泓净水洗涤着，我其实很喜欢这种清净的感觉。

"天使怎么没了翅膀？"终于有一天，我忍不住开口问她。

"天使飞得很沉很重，好像是没了翅膀。"那时明子正蜷在上铺，两眼盯着墙上淡淡的壁纸，问话的我对她已不存在了。

明子今年大二，大二的明子很刻苦很勤奋——从小学到大学，明子一直是这样的好学生。她的父母都是工人，他们把所有的希望都放在这个独生女的身上——为了自己当年因那场轰轰烈烈的革命而没有实现的梦想。他们总是省吃俭用来给明子创造更好的学习条件。明子也很乖，很懂事。小孩子难免贪玩，明子还记得有一次因为跟小伙伴出去玩，忘了复习功课，第二天的语文小考考得很糟，回到家母亲用很鄙夷的眼光看了一眼试卷说："我那时要是有你这样的条件，一定比你强。"明子觉得无地自容。从此以后，她再也不敢因为贪玩而忘记了功课。

就这样明子考上了大学，之所以选择会计系，明子说是为了将来能找到一份好工作。其实她是一个很有诗情的女孩，爱花爱草，甚至有一种不食人间烟火的脱俗，而这个专业对她未免显得有些功利性。

明子住我上铺，平时她不大爱说话，可跟我最合得来。我们常常一块去打饭一块看电影一块去逛街。明子很节俭，打饭时常常只打素菜，她总是说她喜欢吃素。我知道她的家境不大好，现在工人下岗的多，明子的父母也不知怎么样。有一天明子跟我说她暑假不回家了，想在这儿打工锻炼自己。我拉住她：

不回家你父母不惦记吗？

明子笑笑：

我如果懂事就不该再依靠他们。

我知道她下了决心，再劝说也没用。于是暑假一到跟明子打了声招呼，我就匆匆飞回家去了，不知道留下来的明子遇上的故事。

她和他是在那家公司认识的，他们都在那儿打暑期工。那天经理恰好把他俩分到了一个组。他长得很黑很高，眼睛大大的。明子见他的第一眼就想，这是个很帅的孩子。他上高三，相比之下，明子自以为自己很老。他们一起做关于洗衣产品的市场调查，作为访问员，他们被要求在指定的地点到指定的被访问者家里调查。这活很累，因为北京的巷子很深，而他们往往要一直走到巷子的尽头。有这个男孩做搭档，开始明子认为自己应该像个大姐姐的样子来照顾他，后来她渐渐发现，自己在很多地方需要依赖这个帅帅的男孩。比如分不清东南西北的明子总是靠他来指引方向；比如他从不让她去提那个很重的工具包；比如他会告诉她沿路一些好玩的事；比如他会叮嘱她如何坐车；比如他会将她送到回学校去的地铁口等等。明子有时甚至觉得他的背影好亲切，走路的姿势好帅。

明子是个从小需要人照顾的女孩，在离家求学的两年中，明子只能在父母的信、朋友的信中体验被人照顾的温馨。好久没有这种感觉了，以至于打工的这些天晚上明子都睡得特别香。梦里有天使快乐地在森林上空飞翔，翅膀一扇一扇的。

明子是个文静的女孩，跟他在一块儿，她总是默默承受着他的照顾。男孩子吸烟很凶，有时候明子还没看见，他就已把烟点着了。明子很想说他，只是不好意思开口。

"我很想把烟戒了。"有一天男孩对她说。

"是呀，真的不要吸烟了。"明子慢慢地说，脸却不由自主地红了。

男孩不知道他在明子心中已有了某种地位的变化。明子那天特别想说话，想告诉他她那美丽的沿海家乡，想告诉他她家里的爸爸妈妈，想跟他说在大学里的感觉，想跟他说有时无依无靠落寞的感觉。男孩只默默地同她一起走着，也许他并不想知道这些。

明子说她喜欢天使头上那圈漂亮的光环，有一种上帝保佑的感觉。因此她总不忘给天使画上那圈光环。

我从家里回来，见明子的第一眼就知道打工的日子并不好过。因为那些天是北京最热的时候，我只是不知道与明子在炙烤皮肤的阳光下走着的还有那个男孩。明子明显地瘦了，我只以为想考研的明子是在为繁重的功课而劳累。可是那天在收到家里的一封信后，明子一整天都默默地没有说话，直到我喊她去吃饭。

——爸妈都下岗了。

我愕然，突然间不知该说什么好。我默默地抱住明子，看见她眼中有闪闪亮亮的东西滚了出来。

明子还记得打工的最后一天男孩把自己的电话号码给她，并说以后有事就打电话。踌躇了半天，明子按下了那几个数字。她很想找个可信赖的朋友聊聊，于是就想起了他。铃声响过之后，明子听到那边提起了话筒。

——喂！

明子没有说话。

——喂！你是哪位？

明子放下了电话，因为她突然觉得这根本就没有必要，所有的都已经结束，男孩也许对她已没有太多的印象，更重要的是她不知道他会不会有耐心听她讲述这一切。

明子还是一遍一遍画着没有翅膀的天使。我知道纯洁的明子渴望自己带着天使的光环，受着上帝的庇佑，而远离这是非人间。天使还是笑着的，眼睛亮亮的。我知道明子现在兼职打工，她尽力想减轻父母的负担。可是想考研上进的明子呀，你飞得这么沉这么重，什么时候才能飞到你的理想之国呢？

明子没有跟我说她后来遇上的许多故事，只是明子还是那样静静地愉悦着，眼睛亮亮的。我想天使也许会在回去的路上拾到那对丢失的翅膀的。

以青春换明天

◎罗 兰

一个女人爱上一个有妇之夫，那个男人年纪比她大很多，他们一起已经10多年，10多年来，男人在生活上照顾她，已经失去谋生的能力，她从来没有奢望男人会离婚，大家都习惯这种相处方式。

男人要与家人移居美国，叮嘱她尽快办理移民手续到加拿大，那么，以后男人可以从美国跑到加拿大探望她。女人不知道何去何从，不知道自己是否在蹉跎岁月。

我只能告诉她，女人的身价同古董刚好相反，越迟离开这个男人，她越难找到一个比他好的男人。而她这个男人已经算有情有义，有些男人，留下一笔钱便离开，有些男人，留下几句话便离开，有些男人，连话也不留下一句便离开，末世的爱情，说恩义太奢侈。她的男人，至少努力希望与她在他国度余生。

这个女人最好的结果，便是一直等下去，直到男人丧妻。最坏的结果，不是他的妻子长命百岁，而他们被逼一直偷情，也不是她比他妻子短命。最坏的结果是她和他的妻子都长命百岁，而男人却最早离开人世。她没有死在男人的怀抱里，却要忍受失去他的悲痛和孤寂。

一段爱情的重生是要等待一个人的死亡，同时也可能让死亡毁掉一切。以青春换明天的爱情，从来凄怆。

爱是难分彼此——彼此的优点和缺点。

我以为这是我的优点，你却说是缺点。你的缺点太多，我却喜欢你，这是我的优点。

爱就是难分彼此。

只因为年轻啊

◎张晓风

爱——恨

小说课上，正讲着小说，我停下来发问：

"爱的反面是什么？"

"恨？"

我环顾教室，心里暗叹，只因为年轻啊，只因为太年轻啊。我放下书说：

这样说吧，譬如说你现在正谈恋爱，然后呢？就分手了。过了50年，你70岁，有一天黄昏散步，冤家路窄，你们又碰到一起了，这时，对方定定地看着你说：

"×××，我恨你！"

如果情节是这样的，那么你应该庆幸，居然被别人痛恨了半个世纪。恨也是一种很容易疲倦的情感，要有人恨你50年也不简单，怕就怕你当时走过去说：

"×××，还认得我吗？"

对方愣愣地呆望着你说：

"啊，有点面熟，你贵姓？"

全班学生都笑起来，大概想象中的那场面太滑稽、太尴尬了吧？

"所以说，爱的反面不是恨，是漠然。"

笑罢的学生能听得进结论吗？——只因为太年轻啊，爱和恨是那么容易说得清楚的一个字吗？

受　创

来采访的学生在沙发上坐成一排，其中一个问道：

"读你的作品，发现你的情感很细腻，并且总是在关怀，但是关怀就容易受伤，对不对？那怎么办呢？"

我看了她一眼，多年轻的额，多年轻的颊啊，有些问题，如果要问，就该去问岁月；问我，我能回答什么呢？但她的明眸定定地望着我，我忽然笑了起来，几乎有点轻佻的口气：

"受伤，这种事是有的——但是你要保持一个完完整整不受伤的自己做什么用呢？你非要把自己保卫得好好的不可吗？"

她惊讶地望着我，一时答不上话来。

人生在世，一颗心从擦伤、灼伤、冻伤、撞伤、压伤、扭伤乃至到内伤，哪能一点伤害都不受呢？如果爱和关怀就必须包括受伤，那么就不要完整，只要撕裂。基督不同于世人的，岂不就是那双钉痕宛在的受伤的手掌吗？

小女孩，只因为年轻，只因为一身光灿晶润的肌肤太完整，你就舍不得碰撞，就害怕受创吗？

海滩上没有发生的事

◎张晓风

天热了，学校离海不远，校长把学生带到海边去玩。他自己站在水深处，规定学生以他为界，只准在水浅处玩。

小孩都乐疯了，连极胆小的也下了水，终于，大家都玩得尽兴了，学生纷纷上岸。这时，发生了一件事，把校长吓得目瞪口呆。

原来，那些一二年级的小女孩上得岸来，觉得衣服湿了不舒服，便当众把衣裤脱了，在那里拧起水来。

校长第一个冲动便是想冲上前去喝止——但，好在，凭着一个教育家的直觉，他等了几秒钟。这一等，太好了，于是，他发现四下里其实并没有任何人在大惊小怪。高年级的同学也没有人投来异样的眼光，傻傻的小男生更不知道他们的女同学不够淑女，海滩上一片天真欢乐。小女孩做的事不曾骚扰任何人，她们很快拧干了衣服，重新穿上——像船过水无痕，什么麻烦都没有留下。

不能想象，如果当天校长一声吼骂，会给那个快乐的海滩之旅带来多么愁惨尴尬的阴影。那些小女孩会永远记得自己当众丢了丑，而大孩子便学会了鄙视别人的"无行"，并为自己的"有行"而沾沾自喜。

许多事，如果没有那些神经质的家伙大叫一声："不得了啦！问题可严重啦！"原来也可以不成其为问题的。

写给少女的话

◎华盛顿

一个才貌双全的女子，在其未倾心于人时，能使周围的异性神摇目眩，如醉如痴。一旦结婚之后，结果就是狂热消失，一切重归于平静。原因所在并非她的容颜与魅力有所衰退，而是向她求婚的希望已不复存在。因此，爱情是可能而且应该受到理智的指引的。

当爱开始燃烧，你心中充满柔情时，问问你自己，谁是你心灵的闯入者？你完全了解他吗？他有优秀的品格吗？他是一个通情达理的人吗？一个聪明的女人和一个笨蛋共同生活是无幸福可言的。他的职业是什么？他是赌徒、纨绔子弟或酒鬼吗？他的财产足够维系你已习惯的生活吗？你的朋友对他有反感吗？上述疑问都得到令人满意的回答后，仍有一个重要问题，即你有充分根据认为你占有了他的全部爱情吗？如果没有，多情的心就要与单恋的感情搏斗。

爱情应由男方宣布，不能出自女方的任何请求，这样才能长久和有价值。有高尚的观念和大方的举止就不会过分拘谨或过分轻浮。举止轻浮的女人用眼神、言词和动作勾引别人求爱，然后加以拒绝，其最后的惩罚往往是在孤寂中老去。这样说可能与事实不会相距太远。

培养独立的人格

◎爱因斯坦

在教育学的研究中，我只是一个半外行，我的意见除了个人信念和经验外并没有其他的基础。那么我究竟是凭着什么而有胆量发表这些意见呢？如果这真是一个科学的问题，人们也许就因为这样一些考虑而不想讲话了。

针对人类事务的能动性而言单靠真理的知识是不够的，相反如果要不失掉知识，人们必须以不断的努力来使它经常更新。它像一座矗立在沙漠上的大理石像，随时都有被流沙掩埋的危险。为了使它永远在阳光照耀之下，必须不间断地加以维护。我愿为此而奋斗。

学校向来是将传统的财富从一代传到下一代的最重要机构，同过去相比今天更是这样。由于现代经济生活的发展，家庭作为传统和教育的承担者已经削弱了。因此，人类社会的延续和健全比以往更加依赖于学校。

人们对学校存有一种错误的看法：学校是一种工具，靠它来把知识传授给成长中的一代。这是因为知识是死的，学校也是死的，二者都要为活人服务。它应当在青年人中发展那些有益于公共福利的品质和才能。但这并不意味着应当消灭个性，使个人变成社会的工具，像一只蜜蜂或蚂蚁那样。如果一个社会由没有个人独创性和个人志愿的统一规格的人所组成，这个社会是不幸的，因为它毫无发展的可能。相反，学校的目标应当是培养独立工作和独立思考的人，这些人把为社会服务看做自己最崇高的人生目的。人们应当向这种理想迈进。

但是人们应当怎样努力才能达到这种理想呢？讲道理是否能实现这个目标呢？完全不是。言辞永远是空的，而且通向毁灭的道路总是和奢谈理想联系在一起的。但是人格绝不是靠所听到的和所说出来的言语形成的，而是靠劳动和行动形成的。

因此，鼓励学生去实践是最重要的教育方法。如刚入学的儿童第一次学写字是这样，大学毕业写论文也是如此，简单地默记一首诗，解一道数学题，写一篇作文，解释和翻译一段课文，或在体育运动的实践中都是这样。

正确的方法

◎爱因斯坦

从事相同工作的人有着不同的出发点，可以是恐怖和强制，可以是追求威信和荣誉的好胜心，也可以是对于对象的诚挚的兴趣和追求真理与理解的愿望，因而也可以是每个健康儿童与生俱来的好奇心。

如果没有一种生气勃勃的精神，一切方法到头来都不过是笨拙的工具。但是如果在我们的心里强烈地活跃着渴望达到这个目标的念头，那么我们就会鼓起勇气主动去寻找达到这个目标，并且把它化为行动的方法。

我对自然的知识比较感兴趣，但在早期的学习生活中我作为一个学生还没有意识到这一点。对物理学来说，通向更深奥的基本知识的道路是同最精密的数学方法联系着的。

科学方法告诉我们的仅仅是各种事实是怎样相互联系、相互制约的。而这种想要获得这种客观知识的志向，则是人们能拥有的一种最高尚的志向。

这种大小问题的辩证关系不仅适用于道德问题，而且也适用于其他各种问题，因为如果不从小问题同大问题相互依存的关系上来了解，就不能适当地评价小问题。

十八岁以下的决定

◎戴尔·卡耐基

如果你的年龄是在十八岁以下，那么你可能即将作出你生命中最重要的两项决定——这两项决定将深深地改变你的一生。

第一，你将如何谋生？你将做一名农夫、邮差、化学家、森林管理员、速记员、兽医、大学教授，或者你想摆一个牛肉饼摊子？

第二，你将选择谁做你孩子的父亲或母亲？

这两项重大决定，通常都像赌博。哈里·艾默生·佛斯迪克在他的《透视的力量》一书中说："每位小男孩在选择如何度过一个假期时都是赌徒。他必须以他的日子作赌注。"

你如何才能减低选择假期时的赌博性？首先，如果可能的话，试着去找寻你所喜欢的工作。有一次我请教大卫·古里奇（轮胎制造商古里奇公司的董事长）成功的第一要诀是什么，他回答说："喜爱你的工作。"他说："如果你喜欢你所从事的工作，你工作的时间也许很长，但却丝毫不觉得是在工作，反倒像是游戏。"

爱迪生就是一个好例子。这位未曾进过学校的送报童，后来却使美国的工业生活完全改观。爱迪生几乎每天在他的实验室里辛苦工作十八个小时，在那里吃饭、睡觉，但他丝毫不以为苦。"我一生中从未做过一天工作"，他宣称，"我每天乐趣无穷"。

我奉劝年轻朋友们不要只因为你家人希望你那么做，就勉强从事某一行业。不要贸然从事某一行业，除非你喜欢。不过，你仍然要仔细考虑父母所给你的劝告。他们的年纪比你大，已获得那种唯有从众多经验及过去岁月中才能得到的智慧。但是，到了最后分析时，你自己必须作最后决定。将来工作时，快乐或悲哀的是你自己。

现在让我替你提供下述建议——其中有一些是警告——以便你选择工作时作参考：

一、阅读并研究一些有关选择一位职业辅导员的建议。尤其是那些由最权威人士提供的意见。

二、避免选择那些已拥挤的职业和事业。在美国，谋生的方法共有二万多种以上。结果在一所学校内，三分之二的男孩子选择了五种职业——二万种职业中的五项——而五分之四的女孩子也是一样。难怪少数的事业和职业会人满为患，难怪白领阶级之间会产生不安全感、忧虑和"焦急性的精神病"。

三、避免选择那些生机只有十分之一的行业。例如，兜售人寿保险。每年有数以千计的人——经常有许多失业者事先未打听清楚，就开始贸然兜售人寿保险。

四、在你决定投入某一项职业之前，先花几个礼拜的时间，对该项工作做个全盘性的认识。如何才能达到这个目的？你可以和那些在这一行业中干过十年、二十年或三十年的人士面谈。

这些会谈对你的将来可能有极深的影响。我从自己的经验中了解这一点。我在二十几岁时，向两位老人家请教职业上的指导。现在回想起来，可以清楚地发现那两次会谈是我生命中的转折点。事实上，如果没有那两次会谈，我的一生将会变成什么样子，实在是难以想象。

记住，你是在从事你生命中最重要且影响最深远的两项决定中的一项。因此，在你采取行动之前，多花点时间探求事实真相。如果你不这样做，在下半辈子中，你可能后悔不已。

五、克服"你只适合一项职业"的错误观念。每个正常的人，都可在多项职业上成功。同样，每个正常的人，也可能在多项职业上失败。

锻造生命的铁

◎奥里森·马登

一块质地粗糙的金属在人的智慧与它的分子的相互作用下，价值倍增，那么谁还能限制人——这个肉体、思想、道德和精神力量的完美混合物——的发展潜力呢？要开发利用铁块只有一打的工序，而人的思想和性格却能受到上千种影响；铁块只是在外界刺激下才能起作用的惰性物质，而人却是各种作用力和反作用力的合成物，他能通过更高的自我——那个居于特殊地位的真实人格——来进行控制和掌握方向。

人的自我完善只稍稍取决于先天的资质。我们的生命铁块能否被锻造得灿烂辉煌，取决于我们模仿的榜样、付出的艰辛、所受的教育和阅历。

我们的生活也会遇到铁块所经历的所有痛苦考验，通过这些考验，它才能达到最佳状态。逆境的打击、贫困与痛苦中的挣扎、灾难与丧亲之痛的卓绝考验、艰苦环境的压迫、忧虑焦灼的折磨、重重困难的阻碍、令人心寒的冷嘲热讽、经年累月枯燥的教育和纪律带来的劳累——所有这一切对一个志存高远的人都是必不可少的。

经过千锤百炼之后，铁块变硬了，变得更纯，更富延展性，更有韧性，它适合任何工匠所梦想的用途。如果每一锤都会打断它，每一个熔炉都会烧毁它，每一个碾子都会粉碎它，那它还有什么用？它应该具有能经受一切考验的优点和品质。

这些品质获益于每一次考验，最后巩固下来。铁块中的品质主要还是天生的，但是我们身上的品质却主要是成长、学习和不断进取的产物，这取决于占主导地位的个人意志。

每一个工匠都在生铁里看到了经过加工后的成品，我们也应该在自己的生活中看到灿烂的前途，并去把它化为现实。如果我们只看到马掌或刀片，我们所有的努力与辛劳都不会产生钟表发条与游丝。我们必须目光远大，必须勇于斗争、经受考验并付出必要的代价，而且还要相信，我们所经受的痛苦和所做的努力最终会酬谢我们。

生命的召唤

◎惠特曼

人能成全他人，也能毁弃他人；互相帮助能使人奋发向上，互相抱怨会使人退缩不前。人与人之间的这种影响，就像阳光与寒霜对田野的影响一样。每个人都随时发出一种呼唤，促使别人荣辱毁誉，生死成败。

一位作家曾把人生比做蛛网。他说："我们生活在世界上，对他人的热爱、憎恨或冷漠，就像抖动一个大蜘蛛网。我影响他人，他人又影响他人。巨网振动，辗转波及，不知何处止，何时休。"

有些人专会鼓吹人生没有意义没有希望。他们的言行使人放弃、退缩或屈服。这些人之所以如此，可能是因为自己受了委屈或遇到不幸；但不论原因如何，他们孤僻冷淡，使梦想幻灭、希望成灰、欢乐失色。他们尖酸刻薄，使礼物失值、成绩无光、信心瓦解。留下来的只是恐惧。

这种人使人觉得没有办法应付人生，从而灰心丧气，自惭形秽，惊慌失措。而我们可能又会将这种情绪传染给别人。因为我们受了委屈，一定要向人诉苦。

但是那些生性爽朗，鼓励别人奋发，令人难以忘怀的人又怎样呢？和这些人在一起，会感到朝气蓬勃，充满信心。他们使我们表现才能，发挥潜力，有所作为。

握住自己的命运

◎汤普森

亨利·克莱的母亲是一个寡妇，除了他之外，家里还有 6 个兄弟姊妹。由于家境贫寒，克莱无法到较好的学校去读书，只能在一个普通的乡小学接受教育，在那里他学到的只是一些最简单枯燥的拼写知识。但是，他并没有因此而止步不前；相反，他利用了所有课余的时间，在没有老师指导的情况下进行了自学。

这样，多年以后，他最终成为了自学成才的佼佼者，自力成功的典范。当年那个畜棚里练习演说，只有一头奶牛和一匹马作为听众的男孩如今已变成了美国最伟大的演说家和政治家之一，成千上万的听众一边听着他的演说，一边给予如雷的掌声和喝彩。

生命的起点在哪里

◎托尔斯泰

人在儿童时像动物一样生活着，关于生命是什么都不知道。假如人只活了 10 个月，那么他既不会知道自己的，也不会知道任何别的人的生命。不仅婴儿如此，没有理性的成年人、白痴也同样不知道他们自己在活着，也不会意识到别的生灵的生活，因此，这样的人都是没有人的生命的人。

人的生命只是伴随着理性意识的出现而开始的。正是这种理性意识，向人们揭示了自己生命的现在与过去，同时也揭示了别的个体的生命。而由于这些个体之间的关系而必然发生的一切，例如痛苦和死亡，都是对个人幸福的否定和他所觉得的使他的生命中止的矛盾而产生的。

人希望就像给我们身外看得见的存在物下定义那样，用时间给自己的生命下定义，然而，同肉体诞生的时间不相一致的生命却突然在他身上苏醒了，但是人又不愿相信这个不能用时间来下定义的东西可能是生命。尽管人无数次地想找到那个时间上的起点，以便确认自己的理性生命起始之界，结果却从来没有找到它。

人在回忆往事时，永远也找不到理性意识的起始点。虽然人觉得，理性意识过去一直在他身上存在着。即使人真找到某种类似理性意识的起始点，他也决不能在人的肉体诞生中找到它，而只能从同这个肉体的诞生毫无共同之处的别的方面来找到。人意识到自己理性的产生完全不像他看见肉体诞生的那种样子，当他反问自己的理性意识的起源时，他任何时候都不会去想象他这个理性的生物是自己父母的儿子，是出生在某一年的爷爷、奶奶的孙子。他意识到自己不是作为一个儿子，而是与所有在时间、地点上与他迥异的，生在几千年前的、活动在世界另一端的理性生物的意识融成一体。人在自己的理性意识中甚至看不见自己的任何起源，而是只意识到自己与其他人的理性意识超越时空的融合。因此，他的生命之内渗进了他们的生命，而他们的生命也吸取了他的生命。正是人们这种苏醒了的理性意识，结束了那些好像是生命的类似物，而迷途的人们却把它看成是生命，因此，迷途的人认为生命中止之时，才是真正生命开始之时。

新生命

◎托尔斯泰

如果我要寻找理智的生命概念，那么我只能满足于明确的、明显的东西，而不想让神秘的、任意的占卜猜测等东西来破坏这种明确性和明显性。我知道我凭着生活的所有东西都是在我之前生活过的并在已经死去的很多人的生命中形成的。我知道所有遵从理智规律的人，所有使自己的动物性躯体服从理智并表现出爱的力量的人，都是在肉体消失后仍然活在别的人身上的。对我来说，知道这一切也就够了，这样一来那些荒谬的可怕的对死亡的迷信就再也不能折磨我了。

在那些死后仍保持力量、仍在继续产生作用的人身上，我们可以观察到为什么这些人使自己的个性服从理智之后将全部生命献给爱之后，从来不可能怀疑，而且的确从未怀疑过生命不可能毁灭。

在这些人的生命中，我们能找到他们相信生命永恒的信仰基础。然后，当我们深入体会自己的生命之后，我们也能在自身中找到这个基础。基督说，他在生命的幻影消失之后仍将活着。他说这话是因为他在自己的肉体生存时就已经步入了真正的生命，而这生命是不能终止的。他在肉体存在的时候已经生活在从另一个生命中心射来的光线之中了，他已向那个中心走去，并且在自己生前就已看见这种光线在照亮他周围的人。每一个抛弃个体的、以理性的、爱的生命生活的人看到的也正是这些。

无论人的活动圈子是多么窄小，无论是基督，是苏格拉底或者是善良的默默无闻的具有自我牺牲的老人、青年、妇女，无论哪一个人，只要他为别人的幸福抛弃了个性而活，他在此时此地也就会进入到一种与世界的新的关系中。对这种关系来说，死亡不存在，建立这种关系是所有人一生的事业。

将自己的生命看做是对理智规律服从的人，将自己的生命看成是爱的表现的人，从这个生命中一方面可以看到那个新的生命中心射来的光线，他正走向这个中心。另一方面他会看到这种他用生命引来的光，正对周围的人发生着作用，而这必然使他产生无疑的信仰：生命不会削弱，不会死亡，只会永恒地加强。对永生的信仰不可能从随便什么人那里得到，人不可能说服自己相信永生。为了具有永生的信仰，就应当让永生存在。而为了让永生存在，就应当理解自己的生命存在于不可能死的那个东西里。因此，只有做了自己生命事业的人，只有在这个生命中建立了他身上容纳不了的与世界的新关系的人，才能相信未来的生命。

青春的秘密

◎托尔斯泰

啊，青春，青春，你无所顾忌，你仿佛拥有宇宙间一切的宝藏，连忧愁也给你安慰，连悲哀也对你有帮助，你自信而大胆，你说：瞧吧！只有我才活着。可是你的日子也在时时刻刻地飞走了，不留一点痕迹，白白地消失了，而且你身上的一切也都像太阳下面的雪一样，消失了。

也许你魅力的整个秘密，并不在于你能够做任何事情，而在于你能够想你做得到任何事情——正在于你浪费尽了你自己不知道怎样用到别处去的力量，正在于我们中间每个人都认真地以为自己是个浪子，认真地认为他有权利说："啊，倘使我不白白耗费时间，我什么都办得到？"

我也是这样……那个时候，我用一声叹息，一种凄凉的感情送走了我那昙花一现的初恋的幻梦的时候，我希望过什么，我期待过什么，我预见了什么光明灿烂的前途吗？

然而我希望过的一切，有什么实现了呢？现在黄昏的阴影已经开始笼罩到我的生命上来了，在这个时候，我还有什么比一瞬间消逝的春潮雷雨的回忆更新鲜、更可宝贵呢？

明天，明天！

◎屠格涅夫

过去的日子，多么空虚，多么乏味，多么渺小！它在身后留下的痕迹，多么稀少，多么无聊，多么愚钝，那逝去的一个个时辰！

然而，人想生存。他钟爱生活，他期冀于生活，期冀于自己，期冀于未来……啊，对于未来，他期待着多少幸福！

可是，他总认为，那些未来的日子将和刚刚逝去的这个日子不会相同。这到底是为什么呢？

是啊，这是他想不到的。他根本不爱思考，他不想倒好。

"啊，明天，明天吧！"他自我安慰，一直到这个"明天"把他送到坟墓里去。

好了，一旦进入坟墓，自然就不再思考了。

勇 气

◎尼　采

由于攻击性的勇气可以充当最佳的杀手，因此在每次攻击中都必须有胜利的乐声。

在动物中人是最勇敢的，所以他能征服其他所有的动物，他在胜利的乐声之中克制了一切痛苦。然而，人类最大的痛苦是来自于自身的痛苦。

勇气同时也为他克服面临深渊的晕眩。人何往而能无深渊呢？他只要随便放眼一望，触目所及皆是深渊！

勇气是最佳的杀手——它能铲除同情，而同情乃是最深的渊谷。一个人对生命本身的认识有多深，对痛苦的了解就有多深。

勇气是最佳的杀手——攻击性的勇气能与死亡抗争，它说："那曾是生命吗？好吧！让我们重新再来一次吧！"

在这番话当中，胜利的乐声充斥其间，让有耳朵的人去聆听吧！

求　知

◎培　根

求知可以作为消遣，可以作为装饰，也可以增长才干。

当孤独寂寞时，阅读可以消遣。当高谈阔论时，知识可供装饰。当处世行事时，知识能增进才干。有实际经验的人虽能够处理个别性的事务，但若要综观整体，运筹全局，却唯有掌握知识方能办到。

读书太慢会弛惰，为装潢而读书是自欺欺人，只按照书本办事是呆子。

求知可以改进人的天性，而经验又可以改进知识本身。人的天性犹如野生的花草，求知学习好比修剪移栽。学问虽能指引方向，但往往过于泛泛，还要靠经验来赋予形式。

狡诈者轻鄙学问，愚鲁者羡慕学问，聪明者则运用学问。知识本身并没有告诉人怎样运用它，运用的智慧乃在书本之外。这是技艺，不体验就学不到。

不可专为挑剔辩驳去读书，但也不可轻易相信书本。求知的目的不是为了吹嘘炫耀，而应该是为了寻找真理，启迪智慧。

书籍好比食品。有些只需浅尝，有些可以吞咽。只有少数需要仔细咀嚼，慢慢品味。所以，有的书只要读其中一部分，有的书只需知其中梗概，而对于少数好书，则要读通，细读，反复地读。

有的书可以请人代读，然后看他的笔记摘要就行了，但这只限于不太重要的议论和质量粗劣的书。否则一本书将像已被蒸馏过的水，变得淡而无味了！

读书使人充实，讨论使人机敏，写作则能使人精确。

因此，如果一个人懒于动笔，他的记忆力就必须强而可靠。如果一个人要孤独探索，他的头脑必须锐利。如果有人不读书又想冒充博学多知，他就必须很狡黠，才能掩饰无知。

读史使人明智，读诗使人聪慧，演算使人精密，哲理使人深刻，道德使人高尚，逻辑修辞使人善辩。总之，知识能塑造人的性格。

不仅如此，精神上的各种缺陷，都可以通过求知来改善——正如身体上的缺陷，可以通过适当的运动来改善一样。例如，打球有利于腰肾，射箭可扩胸利肺，散步则有助于消化，骑术使人反应敏捷，等等。同样，一个思维不集中的人，他可以研习数学，因为数学稍不仔细就会出错。缺乏分析判断力的人，他可以研习经院哲学，因为这门学问最讲究繁琐辩证。不善于推理的人，可以研习法律案例，如此等等。这种种头脑上的缺陷，都可以通过求知来疗治。

青年与老年

◎培　根

不可否认，世上有年纪轻轻经验却丰富的人，这是他们注重汲取知识、注重锻炼的结果，但这类人毕竟凤毛麟角，少之又少。

一般说来，青年人富于"直觉"，而老年人则长于"深思"。这两者在深刻和正确性上的差别是显著的。

似乎有神帮助似的，青年人的想象力和发明力特别富有创造性。然而，热情炽烈而情绪太敏感的人往往要在中年以后方能成事，恺撒和塞普提摩斯就是例证。曾有人评论后者说：他曾度过一个荒谬的，甚至是疯狂的青春，然而他毕竟成为罗马皇帝中极能干的一位。具有沉稳性格的人成大器要早一些，早在青春时代便可。奥古斯都大帝、卡斯曼斯大公、卡斯顿勋爵就是活生生的例子。另一方面，对于老人来说，富于热情和活力也是难能可贵的。

青年长于创造而短于思考，长于猛干而短于讨论，长于革新而短于持重。

老年人的经验，引导他们熟悉旧事物，却使新情况得以在他们眼皮底下潜伏，青年人易于有所发现，但行事轻率却可能毁坏大局。

青年时常抱有轻视的念头，眼高于顶，傲气十足，一副踌躇满志的样子。勇于革新而不去估量实际的条件和可能性，结果常因浮后，左思右想。

如能把青年人敢想敢做和老年人谨慎稳重结合在一起，必成大事。从现在的角度说，他们的所长可以互补他们各自的所短。从发展的角度说，青年可以从老年身上学到他们所不具有的优点。而从社会的角度说，老年人做事的可信度较高，而青年人的干劲则鼓舞人心。如果说，老人的经验是可贵的，那么青年人的纯真则是崇高的。

《圣经》说："你们中的少年可以想象神，而你们中的老人则只能梦见神。"一位犹太牧师是这样理解这句话的：上帝认为青年比老年更接近神，因为想象总比梦幻切实一些。要知道，世情如酒，越浓越醉人——年龄越大，则在世故增长的同时却愈会丧失正直纯真的感情。所谓少年老成的人，就是指缺乏锐意进取精神的人。像古希腊哲学家赫摩格尼斯就是如此。但那种毕生不脱稚气的人，也是不合时宜的。正如古罗马政治家西塞罗评论赫腾修斯说：当他已该老练的时候，他却还很幼稚。最后，也不要做那种人：年少时做出了一番成绩，但越到后来，成就反倒越来越小，终至平庸，像西庇阿·阿非利卡那样。结果让李维批评他："有好的青春，却没有好的晚节。"

抉 择

◎休 谟

一个人在选择他的生活道路时，可以根据他的兴趣爱好进行选择；为确保比另一个追求相同目标的人更加成功，却可以采取许多办法。

如果你追求的主要目标是财富，那你就要专心你那一行，以获得熟练技能；要勤勉地实际练习它；要扩大你的朋友和熟人的范围；要避免享乐和花哨；决不要做无谓的慷慨大方，而要想到你必须节俭才能得到更多的钱。

如果你想得到公众的好评，你就要避免过谦和狂妄这两种极端，显出你是自尊的，但也没有轻视别人。如果你陷入这两种极端之一，那你就会由于你胆小如鼠的谦卑和你似乎喜欢说些低声下气的话让别人看不起你，就会由于你的傲慢而激起人们对你的傲慢或者态度。

你可能认为这些不过是教人遇事斟酌，小心谨慎罢了，每个孩子都受过这方面的教育。每个头脑健全的人在他选定的生活道路上都是这样做的。可是你还想得到的更多东西又是什么呢？——是的，我们应该怎样选择我们的生活目的，而不是达到这些目的的手段。因为我们不知道选择什么志向能使我们满意，什么情感我们应当依从，什么嗜好我们应当迷恋。

青 春

◎威廉·赫兹里特

世界在不断发展变化，新鲜事物也不断出现，且花样翻新，十分精彩。自从我们诞生在这个多样的世界，我们就一直在尽我们最大的力量满足我们的爱好。这时我们还没有碰到障碍，没有厌倦的情绪，仿佛一切可以永远照此下去。我们环顾四周，看见一个生机勃勃、不停运动、前进不已的新世界。我们身上充溢着无穷的干劲和精神，发誓要与这个多彩的世界同步向前，而根据眼前的征兆还根本无法预见这样的情况，我们将被世界无情地抛在后面，我们会一步步变老，最终会终止我们的生命。正因为青春时期的单纯，仿佛感觉是处于茫然状态中，所以我们就把自己跟自然等同起来，并且还赧笑大方地宣称自然与我们同在。

我们幼稚地以为我们跟生存的短暂联系是不可分割的、永恒的结合——一种既没有冷淡、冲突，也没有分离的蜜月。我们如同沉睡在摇篮中的婴儿，在荒诞、梦想、欺骗、虚伪编织的摇篮中，我们睡得安安稳稳——我们举起生命之杯，大口喝着，怎么也喝不完，反而越喝越多——各种事物从四面八方纷纷而至，围绕着我们，它们的重要性占据了我们的心，促使我们产生一连串期待中的欲望，所以没时间想到死。的确，这样令人留恋的世界，不容我们去想尘归尘、土归土的俗人归宿，我们无法想象"这有知觉、温暖的、活跃的生命化为泥土"——周围白日梦的光辉照花了我们的眼睛，因而瞧不见那黑森森的坟墓。终点在我们看来遥遥无期，而起点也如水中月、镜中花：它完全消失在遗忘和空虚里，而终点则被匆匆来临的大量事件遮掩着。或者我们只能看见无情的阴影在地平线上徘徊，而要追赶它，则是无望的；或者它那最后的、若隐若现的轮廓接近了天国，就带着我们升天！我们一旦被生命锁定，它就左右着我们的生存和追求，对此我们无能为力，试想一下，还有什么东西比疾病更能反对健康？比衰退和瓦解更能反对力量和优美？比默默无闻更能反对积极求知呢？死神的脚步是谁也挡不住的，对死的嘲笑也是毫无意义的，但什么地方出现威胁，什么地方就产生希望，希望就用面纱把所有突然终止的宝贵计划都掩盖起来。在青春的精神遭受损害，而"生命的美酒已经喝完"以前，我们在强而有力的感官感召下，如醉酒或发烧下，疾步向前。

生命的春天

◎塞缪尔·约翰逊

每个人都会不满足于现状，多少总要驰骋幻想未来的幸福，而且，会凭借解脱眼前困惑他的烦恼，凭借他获得的利益，去把握时间以谋求改善现状。

当这种常常要用最大的忍耐盼来的时刻最后到来时，往往降临的并不是人们企盼的幸福。于是，我们又以新的希望自我安慰，又用同样的热情企盼未来。

如果这种心情占了上风，人们就会把希望寄托在他难以企及的事物上，也许就真会碰上运气，因为他们不是仓促从事。并且，为了使幸福更加完善，他们还会注意采取必要的措施，等待幸福时刻的到来。

很久以前，我认识的一个人就有这样的性情，他沉迷于幸福的梦想中，这给他带来的损害要比妄想通常产生的损害少得多，同时，他还会常常调整方案，显示他的希望之花常开不败，也许很多人都想知道他是用什么方法得到如此廉价而永恒的满足。其实他只是将困难移到下一个春天，那么他的精神也会得到暂时的满足。如果他的健康可以得到补偿，那么，春天就能补偿；如果因价格昂贵而买不起他所需要的东西，那么，在春天这种东西就会跌价。

事实上，春天悄然来到却往往并无人们所想象的那种效益，但人们常常这样肯定：可能下次会顺利些，不到仲夏很难说眼前的春意就令人失望；不到春意了无踪迹的时候，人们总是经常谈论春天的降临，而当它一旦飘离之后，人们却还觉得春天仍在人间。

同这样的人长谈，在思索这个快乐的季节时，也许会感到极大的愉快。我还发现有很多人也被同样的热情所感染（这样比拟是无愧的），这使我感到满意。因为，难道有优秀的诗人面对那些花瓣，那阵阵柔风，那青春的颤音，而不显露他们的喜爱萌芽即使最丰富的想象也难以包容那金色季节的静穆与欢欣，而又会有永恒的春天作为对永不腐朽的清白的最高奖赏。

的确，在世界新旧交替过程中，有一种不可言传的喜悦展现出无数大自然的奇珍异宝。冬天的僵冷与黑暗，以及我们眼见的各种物体所裸露出来的奇形怪状，会使我们向往下一个季节，既是为了躲避阴冷的冬天，也是因为晴朗的春天给人以生机和活力。

天　才

◎雨　果

天才与凡人的不同之处，在于所有的天才都具有双重性，恰如意大利哲学家杰洛墨·卡尔当所说："红宝石与水晶玻璃之别就在于红宝石具有双重折射。"

天才与红宝石一样都有着双重返光，双重折射。在精神与物质领域此种现象彼此相同。

我不知红宝石这种钻石中的极品是否真的存在，这尚有待于论证。但古时的炼金术对此作了肯定，于是，化学家们便开始了艰难的寻求。天才确确实实地存在于我们周围。只要读过埃斯库罗斯和尤维纳尔的第一行诗，我们便可以发现这种人类的"红宝石"。

天才身上的双重返光现象，把修辞学家所称作的对称法上升到了最高境界，这便是从正反面去观察事物的至高无上的才能。

莎士比亚孜孜不倦地追求诗句的对偶，所以只透过他的某一特点来评价他整个的人，而且是像他这样一个人是不公正的。事实上莎士比亚就像所有真正伟大的诗人一样，无可争辩地应当获得"酷似创造"这个赞语。而何谓创造呢？这便是善与恶、欢乐与忧伤、男人与女人、怒吼与歌唱、雄鹰与秃鹫、闪电与光辉、蜜蜂与黄蜂、高山与深谷、爱情与仇恨、勋章与耻辱、规矩与变形、星辰与庸俗、高尚与卑下。世界上永恒的对称就是大自然。从其中所产生的反义语的对称，充满在人的一切活动中——即存在于寓言与历史，也存在于哲学与语言。你成为复仇女神，人们便称你为欧墨尼德斯；你弑杀生父，人们便称你为菲罗帕特尔；你成为一名功勋卓著的将军，人们便将你昵称为"小小的班长"。莎士比亚的对称遍存于他的作品，无处不有，俯拾皆是。这种反衬普遍存在，生与死、冷与热、公正与偏斜、天使与魔鬼、苍穹与大地、鲜花与雷电、音乐与和声、灵魂与肉体、伟大与渺小、宽广与狭隘、浪花与泡沫、风暴与口哨、灵魂与鬼影等，正是基于这些人世间遍存的冲突，这种循环交替的反复，这种永存不变的正反，这种最为基本的对照，这种普遍而永恒的矛盾，画家伦勃朗才构成了他的明暗，雕塑家比拉内斯才创造了他的曲线。若要想将对称从艺术中除去，那你就先将它从大自然中剔除干尽吧。

论坚毅

◎蒙　田

所谓坚毅，主要指耐心忍受无法补救的不测。但坚毅并不意味着不要尽我们所能地避开威胁我们的麻烦和不测，不要担心它们的突然降临。相反，任何预防不测的诚实做法不仅允许，而且值得赞扬。因此，如果能够利用身体的灵活或手中的武器避开别人的突然袭击都是好的办法。

古时候许多好战的民族将逃跑作为他们的主要武器，经验证明这种背对敌人的做法比面向敌人更危险。

土耳其人比较习惯这样做。

在柏拉图的人物传记中，苏格拉底嘲讽拉凯斯（苏格拉底密友）把勇敢定义为在对敌作战中坚守阵地。苏格拉底说："怎么？难道把阵地让给敌人再反击他们就是怯懦吗？"他还引证荷马如何称颂埃涅阿斯的逃跑战术。后来，拉凯斯改变了看法，承认斯基泰人和骑兵也采用逃跑的战术。这时苏格拉底又举斯巴达的步兵为例，这个民族比任何民族都英勇善战，攻克布拉的城。那天，由于冲不破波斯部队的方阵，斯巴达军队制造后退的假象，引诱波斯人追击，就这样斯巴达人打破和瓦解波斯人的方阵，取得了胜利。

至于斯基泰人，有人说当大流士皇帝率兵去征服他们的时候，强烈谴责他们的国王见到他时总是后退，对此，斯基泰人的国王安达蒂斯回答说，他后退既非怕大流士，也非怕其他什么人，而是他的民族行走的方式。因为他们既无耕地，也无城池和家园要保卫，不必担心敌人从中捞到好处。但是，如果说这位国王为什么要这样做，那么主要是因为他想靠近他们祖宗的墓地，在那里他就会找到对话者。

当进行炮战时，正如打仗时常有的那样，一旦被瞄准是不能怕被击中而躲开的，因为炮弹的威力之大，速度之快，让人防不胜防。但还是有人试图举手或低头来躲避炮弹，这至少会让同伴们嗤笑。

查理五世入侵普罗旺斯时，在风车的掩护下，居阿斯特侯爵去侦察阿尔城。当他离开掩护时，被正在竞技场上视察的德·博纳瓦尔和塞内夏尔·德·阿热诺阿两位老爷发现。他们将侯爵指给炮兵指挥官德·维利埃，后者用轻型长炮瞄准侯爵，侯爵看见开火，便扑向一旁，可是未及躲开便中了弹。

几年前，洛朗一世在维卡利亚一带围困意大利要塞蒙多尔夫。他看见瞄准他的一门大炮正在点火，便赶紧趴下，否则，炮弹可能会击中他的腹部，可现在仅仅从他的头顶擦过。说实话，我不认为他们的举动是经过思考的，因为在瞬间你怎么能判断得出对方是朝上还是朝下瞄准呢？人们更愿意相信能躲过炮弹那是侥幸，下次恐怕就难躲及，反而是飞蛾扑火，自取灭亡。

如果在我未防备的地方，突如其来的枪声传入我的耳朵，我可能也会发颤。这种情况在比我勇敢的人身上也发生过。

斯多葛派认为，他们哲人的心灵不能够抵挡突如其来的幻觉和想象。但是，他们一致认为这似乎是本能所致。比方说智者听到晴天霹雳，或是看到突降灾祸会大惊失色，浑身颤抖，对于其他的痛苦只要哲人的理智是健全的，他们的判断能力尚未受到损害，他们都会镇定自若。而对于非哲人来说，前一种反应是与智者一样的，而第二种就截然不同了。因为对于后者来说，痛苦的感受不是表面的，他的理智已经受到腐蚀和毒害。这种人只根据痛苦进行判断，并与其妥协。不妨好好瞧一瞧这位斯多葛哲人的心境：

他的心坚定不移，他的泪枉然流淌。

逍遥学派的哲人并不排斥烦恼，但他们善于抑制。

论工作

◎纪伯伦

于是一个农夫说：请给我们谈工作。

他回答说：

你工作为的是要与大地和大地的精神一同前进。

因为惰性使你成为一个时代的生客，一个生命大队中的落伍者，这大队是庄严的，高傲而服从的，向着无穷前进。

在你工作的时候，你是一管笛，从你心中吹出时光的微语，变成音乐。

你们谁肯做一根芦管，在万物合唱的时候，你独痴呆无声呢？

你们常听人说，工作是祸殃，劳力是不幸。

我却对你们说，你们工作的时候，你们完成了大地的深远的梦之一部，他指示你那梦是何时开头。

而在你劳力不息的时候，你确在爱着生命。

从工作里爱着生命，就是通彻了生命最深的秘密。

倘然在你的辛苦里，将有身之苦恼和养身之诅咒，写上你的眉间，则我将回答你，只有你眉间的汗，能洗去这些字句。

你们也听见人说，生命是黑暗的，在你疲瘁之中，你附和了那疲瘁的人所说的话。

我说生命的确是黑暗的，除非是有了激励；

一切的激励都是盲目的，除非是有了知识；

一切的知识都是徒然的，除非是有了工作；

一切的工作都是虚空的，除非是有了爱；

当你仁爱地工作的时候，你便与自己，与人类，与上帝联系为一。

怎样才是仁爱地工作呢？

从你的心中抽丝，织成布帛，仿佛你的爱者要来穿此衣裳。

热情地建造房屋，仿佛你的爱者要住在其中。

温存地播种，喜乐地收获，仿佛你的爱者要来吃这物产。

这就是用你自己灵魂的气息，来充满你所制造的一切。

要知道一切古人，是在你上头看视着。

我常听见你们仿佛在梦中说："那在蜡石上表现出他自己灵魂的形象的人是比耕地的人高贵多了。那捉住霓虹，传神地画在布帛上的人，是比织履的人强多了。"

我却要说：不在梦中，而在正午极清醒的时候，风对大橡树说话的声音，并不比对纤小的草叶所说的更甜柔。

只有那用他的爱心，把风声变成甜柔的歌曲的人才是伟大的。

工作是眼能看见的爱。

倘若你不是欢乐地却是厌恶地工作，那还不如撇下工作，坐在大殿的门边，去乞那些欢乐地工作的人的周济。

倘若你无精打采地烤着面包，你烤成的面包是苦的，只能救半个人的饥饿。

倘若是怨恨地压榨着葡萄酒，你的怨恨，在酒里滴下了毒液。

倘若你像天使一般地唱，却不爱唱，你就把人们能听到白日和黑夜的声音的耳朵都塞住了。

第三部分

爱是一切的泉源

我 想

◎许地山

我想什么？

我心里本有一条达到极乐园地底路，从前曾被那女人走过底；现在那人不在了。这条路不但是荒芜，并且被野草、闲花、棘枝、绕藤占据得找不出来了！

我许久就想着这条路，不单是开给她走底，她不在，我岂不能独自来往？

但是野草、闲花这样美丽、香甜，我想舍得把他们去掉呢？棘枝、绕藤又那样横逆、蔓延，我手里又没有器械，怎敢惹他们呢？我想独自在那路上徘徊，总没有实行底日子。

日子一久，我连那条路底方向也忘了。我只能日日跑到路口那个小池底岸边静坐，在那里怅望，和沉思那草掩、藤封底道途。

狂风一吹，野花乱坠，池中锦鱼道是好饵来了，争着上来喋喋。我所想底，也浮在水面被鱼喋入口里；复幻成泡沫吐出来，仍旧浮回空中。

鱼还是活活泼泼地游；路又不肯自己开了；我更不能把所想底撇在一边。呀！

我定睛望着上下游泳底锦鱼；我底回想也随着上下游荡。

呀，女人！你现在成为我"记忆底池"中底锦鱼了。你有时浮上来，使我得以看见你；有时沉下去，使我费神猜想你是在某片落叶底下，或某块沙石之间。

但是那条路底方向我早忘了，我只能每日坐在池边，盼望你能从水底浮上来。

原刊 1922 年 8 月《小说月报》第 13 卷第 8 号

爱就是刑罚

◎许地山

"这什么时候了，还埋头在案上写什么？快同我到海边去走走罢。"

丈夫尽管写着，没站起来。也没抬头对他妻子行个"注目笑"底礼。妻子跑到身边，要抢掉他手里底笔，他才说："对不起，你自己去罢。船，明天一早就要开，今晚上我得把这几封信赶出来；十点钟还要送到船里底邮箱去。"

"我要人伴着我到海边去。"

"请七姨子陪你去。"

"七妹子说我嫁了，应当和你同行，她和别的同学先去了。我要你同我去。"

"我实在对不起你，今晚不能随你出去。"他们争执了许久，结果还是妻子独自出去。

丈夫低着头忙他底事体，足有四点钟工夫。那时已经十一点了，他没有进去看看那新婚的妻子回来了没有，披起大衣大踏步地出门去。

他回来，还到书房里检点一切，才进入卧房。妻子已先睡了。他们底约法：睡迟底人得亲过先睡者底嘴才许上床。所以这位少年走到床前，依法亲了妻子一下。妻子急用手在唇边来回擦了几下。那意思是表明她不受这个接吻。

丈夫不敢上床呆呆地站在一边。一会，他走到窗前，两手支着下额，点点底泪滴在窗棂上。他说："我从来没受过这样刑罚！……你底爱，到底在哪里？"

"你说爱我，方才为什么又刑罚我，使我孤零？"妻子说完，随即起来，安慰他说："好人，不要当真，我和你闹玩哪。爱就是刑罚，我们能免掉么？"

原刊1922《小说月报》第135号

别 话

◎许地山

素辉病得很重，离她停息底时候不过是十二个时辰了。她丈夫坐在一边，一手支颐，一手把着病人底手臂，宁静而恳挚的眼光都注在他妻子底面上。

黄昏底微光一分一分地消失，幸而房里都是白的东西，眼睛不至于失了他们底辨别力。屋里底静默，早已充满了死底气色；看护妇又不进来，她底脚步声只在门外轻轻地蹀过去，好像告诉屋里庶人说："生命底步履不望这里来，离这里渐次远了。"

强烈的电光忽然从玻璃泡里底金丝发出来。光底浪把那病人底眼睑冲开。丈夫见她这样，就回复他底希望，恳挚地说："你——你醒过来了！"

素辉好像没听见这话，眼望着他，只说别的。她说，"嗳，珠儿底父亲，在这时候，你为什么不带她来见见我？"

"明天带她来。"

屋里又沉默了许久。

"珠儿底父亲哪，因为我身体软弱、多病底缘故，教你牺牲许多光阴来看顾我，还阻碍你许多比服事我更要紧的事，我实在对你不起。我底身体实不容我……"

"不要紧的，服事你也是我应当做底事。"

她笑。但白的被窝中所显出来底笑容并不是欢乐底标识。她说，"我很对不住你，因为我不曾为我们生下一个男儿。"

"哪里底话！女孩子更好。我爱女的。"

凄凉中底喜悦把素辉身中预备要走底魂拥回来。她底精神似乎比前强些，一听丈夫那么说，就接着道："女的本不足爱：你看许多人——连你——为女人惹下多少烦恼！……不过是——人要懂得怎样爱女人，才能懂得怎样爱智慧。不会爱或拒绝爱女人底，纵然他没有烦恼，他是万灵中最愚蠢的人。珠儿底父亲，珠儿底父亲哪，你佩服这话么？"

这时，就是我们——旁边底人——也不能为珠儿底父亲想出一句答辞。

"我离开你以后，切不要因为我，就一辈子过那鳏夫底生活。你必要为我底缘故，依我方才的话爱别的女人。"她说到这里把那只几乎动不得底右手举起来，向枕边摸索。

"你要什么？我替你找。"

"戒指。"

丈夫把她底手扶下来，轻轻在她枕边摸出一只玉戒指来递给她。

"珠儿底父亲，这戒指虽不是我们订婚用底，却是你给我底；你可以存起来，以后再给珠儿底母亲，表明我和她底连属。除此以外，不要把我底东西给她，恐怕你要当她是我；不要把我们底旧话说给她听，恐怕她要因你底话就生出差别心，说你爱死的妇人甚于爱生的妻子。"她把戒指轻轻地套在丈夫左手底无名指上。丈夫随着扶她底手与他底唇边略一接触。妻子对于这番厚意，只用微微挣开底眼睛看着他。除掉这样的回报，她实在不能表现什么。

丈夫说："我应当为你做底事，都对你说过了。我再说一句，无论如何，我永久爱你。"

"咦，再过几时，你就要把我底尸体扔在荒野中了！虽然我不常住在我底身体内，可是人一离开，再等到什么时候，在什么地方才能互通我们恋爱底消息呢？若说我们将要住在天堂底话，我想我也永无再遇见你底日子，因为我们底天堂不一样。你所要住底，必不是我现在要去底。何况我还不配住在天堂？我虽不信你底神，我可信你所信底真理。纵然真理有能力，也不为我们这小小的缘故就永远把我们结在一块。珍重罢，不要爱我于离别之后。"

丈夫既不能说什么话，屋里只可让死的静寂占有了。楼底下恍惚敲了七下自鸣钟。他为尊重医院底规则，就立起来，握着素辉底手说："我底命，再见罢，七点钟了。"

"你不要走，我还和你谈话。"

"明天我早一点来，你累了，歇歇罢。"

"你总不听我底话。"她把眼睛闭了，显出很不愿意底样子。丈夫无奈，又停住片时，但她实在累了，只管躺着，也没有什么话说。

丈夫轻轻蹑出去。一到楼口，那脚步又退后走，不肯下去。他又蹑回来，悄悄到素辉床边，见她显着昏睡的形态，枯涩的泪点滴不下来，只挂在眼睑之间。

原刊 1922《小说月报》第 13 第 8 号

男人和女人

◎庐　隐

一个男人，正阴谋着要去会他的情人。于是满脸柔情的走到太太的面前，坐在太太所坐的沙发椅背上，开始他的忏悔："琼，在这个世界上只有你能谅解我——第一你知道我是一个天才，琼多幸福呀，作了天才者的妻！这不是你时常对我的赞扬吗？"

太太受催眠了，在她那感情多于意志的情怀中，漾起爱情至高的浪涛，男人早已抓住这个机会，接着说道："天才的丈夫，虽然可爱，但有时也很讨厌，因为他不平凡，所以平凡的家庭生活，绝不能充实他深奥的心灵，因此必须另有几个情人；但是琼你要放心，我是一天都离不得你的，我也永不会同你离婚，总之你是我永远的太太，你明白吗？我只为要完成伟大的作品，我不能不恋爱，这一点你一定能谅解我，放心我的，将来我有所成就，都是你的赐予，琼，你够多伟大呀！尤其是在我的生命中。"

太太简直为这技巧的情感所屈服了，含笑的送他出门——送他去同情人幽会，她站在门口，看着那天才的丈夫，神光奕奕的走向前去，她觉得伟大，骄傲，幸福，真是那世修来这样一个天才的丈夫！

太太回到房里，独自坐着，渐渐感觉得自己的周围，空虚冷寂，再一想到天才的丈夫，现在正抱在另一个女人的怀里："这简直是侮辱，不对，这样子妥协下去，总是不对的。"太太陡然如是觉悟了，于是"娜拉"那个新典型的女人，逼真的出现在她心头："娜拉的见解不错，抛弃这傀儡家庭，另找出路是真理！"太太急步跑上楼，从床底下拖出一只小提箱来，把一些换洗的衣服装进去。正在这个时候，门砰的一声响，那个天才的丈夫回来了，看见太太的气色不大对，连忙跑过来搂着太太认罪道："琼！恕我，为了我们两个天真的孩子您恕我吧！"

太太看了这天才的丈夫，柔驯得像一只绵羊，什么心肠都软了，于是自解道："娜拉究竟只是易卜生的理想人物呀！"跟着箱子恢复了它原有的地位，一切又都安然了！

男人就这样永远获得成功，女人也就这样万劫不复的沉沦了！

胜利以后

◎ 庐　隐

这屋子真太狭小了，在窗前摆上一张长方式的书桌，已经占去全面积的三分之一了，再放上两张沙发和小茶几，实在没有回旋的余地。至于院子呢，也是整齐而狭小的，仿佛一块豆腐干的形势，在那里也不曾种些花草，只是划些四方形的印痕。无论是春之消息，怎样普遍人间，也绝对听不见莺燕的呢喃笑语，因此也免去了许多的烦闷，——杜鹃儿的悲啼和花魂的叹息，也都听不见了。住在这屋里的主人，仿佛是空山绝崖下的老僧，春光秋色，都不来缠搅他们，自然是心目皆空了。但是过路的和风，莺燕，仿佛可怜他们的冷寂且单调，而有时告诉他们春到了，或者是秋来了。这空谷的足音，其实未免多事呵！

这几天正临到春雨连绵，天空终日只是昏黯着，雨漏又不绝的繁响着，住在这里的人，自然更感到无聊。当屋主人平智从床上坐起来的时候，天上的阴云依旧积得很厚。他看看四境，觉得十二分的冷寞。他懒懒的打了一个呵欠，又将被角往上拉了拉，又睡上了。他的妻琼芳，正从后面的屋子里走了进来，见平智又睡了，便不去惊搅他，只怔怔坐在书案前，将陈旧的新闻纸整了整，恰巧看见一封不曾拆看的信，原是她的朋友沁芝寄来的，她忙忙用剪刀剪开封口，念道——

吾友琼芳：

人事真是不可预料呢！我们一别三年，你一切自然和从前不同了。听说你已经作了母亲，你的小宝宝也已经会说话了。呵，琼芳！这是多么滑稽的事。当年我看见你的时候，你还是一个天真未凿的孩子。现在呢！一切事情都改观了，不但你如此，便是我对于往事，也有不堪回首之叹！我现在将告诉你，我别你后一切的经过了：当我离开北京时，所给你最后的信，总以为沁芝从此海国天涯，飘宕以终——若果如此，琼芳不免为失意人叹命运不济。每当风清月白之夜，在你的浮沉观念中也许要激起心浪万丈，陨几滴怀念飘零人的伤心泪呢！——但事实这样，在人间的历程，我总算得了胜利。自与吾友别后，本定在暑假以后，到新大陆求学。然而事缘不巧，当我与绍青要走的消息传出后，不意被他的父亲侦知，不忍我们因婚姻未解决的缘故，含愁而去，必待婚后始准作飘洋计。那时沁芝的心情如何？若论到我飘泊的身世，能有个结束，自然无不乐从，但想到婚后的种种牺牲，又不能不使我为之踌躇不绝！不过琼芳，我终竟为感情所战胜，我们便在去年春天，——梅吐清芳，水仙挹露时，在爱神前膜拜了——而且双双膜拜了！当我们蜜月旅行中，我们曾到你我昔日游赏的海滨，在那里曾见几楹小屋，满铺着梨花碎瓣，衬着殷红色的墙砖十分鲜艳。屋外的窗子，正对着白浪滚滚的海面。我们坐在海边崖石上，只悄对默视，忽悲忽喜。琼芳，这种悲喜不定的心情，我实在难以形容。总之想到当初我同绍青结婚，所经过的愁苦艰辛，而有今日的胜利，自然足以骄人，但同时回味前尘，也不免五内凄楚。无如醉梦似的人生，当时我们更在醉梦深酣处，刹那间的迷恋，真觉天地含笑，山川皆有喜色了！

我们在蜜月期中，只如醉鬼之在醉乡，万事都不足动我们的心，只有一味的深恋，唯顾眼前的行乐，从来不曾再往以后的事想一想。凑巧那时又正是春光明媚，风儿温馨的吹着，花儿含笑的开着，蝶儿蜂儿都欣欣然的飞舞着。当我们在屋子里厮守得腻了，便双双到僻静的马路上散步。在我们房子附近有一所外国人的坟园，那里面常常是幽静的，并且有些多情的人们，又不时在那超越的幽灵的墓上，插供上许多鲜花，也有与朝阳争艳的玫瑰，也有与白雪比洁的海棠，至于淡黄色的茶花和月季也常常掺杂在一起。而最圣洁的天使，她们固然是凝视天容，仿佛为死者祝福，而我们坐在那天使们洁如水晶的足下，她们往往也为我们祝福呢。这种很美很幽的境地，常常调剂我们太热闹的生活。我们互倚着坐在那里，无论细谈曲衷，或低唱恋歌，除了偶然光顾的春哥儿窃听了去，或者藏在白石坟后的幽灵的偷看外，再没有人来扰乱我们了！

不知不觉把好景消磨了许多，这种神秘的热烈的爱，渐感到平淡了。况且事实的限人,也不能常此消遥自在。绍青的工作又开始了,他每早八点出外,总要到下午四五点钟才回来。这时静悄悄的深院,只留下我一个人,如环般的思想轮子,早又开始转动了。想到以往的种种,又想到目前的一切,人生的大问题结婚算是解决了,但人决不是如此单纯,除了这个大问题,更有其他的大问题呢!……其实料理家务,也是一件事,且是结婚后的女子唯一的责任,照历来人的说法自然是如此。但是沁芝实在不甘心就是如此了结,只要想到女子不仅为整理家务而生,便不免要想到以后应当怎么作?固然哪!这时候我还在某学校担任一些功课,也就可以聊以自慰了,并且更有余暇的时候还可以读书,因此我不安定的心神得以暂时安定了。

不久到了梅雨的天气,天空里终日含愁凝泪,雨声时起时歇。四围的空气,异常沉闷,免不得又惹起了无聊和烦恼之感。下午肖玉冒雨而来谈,她说到组织家庭以后的生活,很觉得黯淡。她说:"结婚的意趣,不过平平如是。"我看了她这种颓唐的神气,一再细思量,也觉得没意思,但当时还能鼓勇的劝慰她道:"我们尽非太土,结婚亦犹人情,既已作到这里,也只得强自振作。其实因事业的成就而独身,固然是哄动一时,但精神的单调和干枯,也未尝不是滋苦;况且天下事只在有心人去作,便是结婚后也未尝不可有所作为,只要不贪目前逸乐,不作衣架饭囊,便足以自慰了。又何必为了不可捉摸的虚誉浮荣而自苦呢。"肖玉经我一番的解释,仍然不能去愁。后来她又说道:"你的意志要比我坚强得多,我现在已经萎靡不振,也只好随他去……将来小孩子出世,牵挂更多了,还谈得到社会事业吗?"琼芳!你看了这一段话作何感想?

老实说来,这种回顾前尘,厌烦现在,和恐惧将来的心理,又何止肖玉如此。便是沁芝,总算一切比较看得开了,而实在如何?当时孩子时的梦想那不必去说它,就说才出学校时我的抱负又是怎样?什么为人类而牺牲咧,种种的大愿望,而今仍就只是愿望罢了!每逢看见历史上的伟大者,曾经因为极虔诚的膜拜而流泪。记得春天时印度的大诗人来到中国,我曾瞻仰过他的丰采,他那光亮静默的眼神,好像包罗尽宇宙万象,那如净水般的思想和意兴,能抉示人们以至大至洁的人性。当我静听他的妙论时，竟至流泪了！我为崇拜他而流泪，我更为自惭渺小而流泪！

上星期接到宗的来信，她知道我心绪的不宁，曾劝我不必为世俗之毁誉而动心。我得到她的信，实在觉得她比我们的意兴都强，你说是不是？

最奇怪的，我近来对处女时的幽趣十分留恋。琼芳！你应当还记得，那青而微带焦黄的秋草遍地的秋天。在一个绝早的秋晨，那时候约略只有六点钟，天上虽然已射出阳光，但凉风拂面，已深含秋气。我同你鼓着兴，往公园那条路去。到园里时，正听见一阵风扫残叶的刷刷声，鸟儿已从梦里惊醒，对着朝旭，用尖利的小嘴，剔它们零乱的毛羽，鹊儿约着同伴向四外去觅食。那时园里只有我们，还有的便是打扫甬路的夫役，和店铺的伙计，在整理桌椅和一切的器皿。我们来到假山石旁，你找了一块很洁白的石头坐下，我只斜卧在你旁边的青草地上。你曾笑我狂放，但是这诗情画意的生活，今后只有在梦魂中仿佛到罢了。狂放的我也只有在你的印象中偶一现露罢了！

曾记得前天夜里，绍青赴友人的约。我独处冷寞的幽斋里，而天上都有好月色，光华皎洁。我拧灭了灯坐在对窗的沙发上，只见雪白的窗幕上，花影参横，由不得走到窗前细看，原来院子里小山石上的瘦劲黄花，已经盛开，白石地上满射银光，仰望天空，星疏光静，隔墙柳梢迎风摇曳，泻影地上，又仿佛银浪起伏。我赏玩了半晌，忽然想到数年前的一个春天，和你同宗旅行东洋的时候。在一天夜里，正是由坐船到广岛去那天晚上，我们黄昏时上的船。上船不久，就看见很圆满的月球，从海天相接的地方，冉冉上升，升到中天时，清光璀璨，照着冷碧的海水，宜觉清隽逼人。星辉点点，和岸上电灯争映海面，每逢浪动波涌，便见金花千万，闪烁海上。十点钟以后，同船的人，都已睡了，四境只有潺湲的流水声，时敲船舷。一种冷幽之境，如将我们从搅扰的尘寰中，提到玄秘冷漠的孤岛上。那时我们凭栏无言，默然对月，将一切都托付云天碧海了。直到船要启碇，才回到房舱里去。而一念到当时意兴，出尘洒脱，谁想到回来以后，依然碌碌因人，束缚转深。唉！琼芳！月儿年年如是，人事变迁靡定，当夜怅触往事，凄楚如何？

琼芳！我唯留恋往事过深，益觉眼前之局，味同嚼蜡。这胜利后的情形何甚深说——数月来的生趣，依然是强自为欢，人们骂我怪僻，我唯有低头默认而已！

今年五月的时候，文琪从她的家乡来。我们见面，只是彼此互相默视，仿佛千言万语都不足诉别后的心曲，只有眸子一双，可抉示心头的幽秘。文琪自然可以自傲，她到现在，还是保持她处女的生活。她对于我们仿佛有些异样，但是，琼芳！你知道人间的虫子，终久躲不过人间的桎梏呢！我想你也必很愿意知道她的近状吧？

文琪和我们别后，她不是随她的父亲回到故乡吗？起初她颇清闲，她家住在四面环水的村子里，不但早晚的天然美景，足以洗涤心头尘雾，并且她又买了许多佛经，每天研经伴母，教导弟妹，真有超然世外之趣。谁知过了半年，乡里的人，渐渐传说她的学识很好，一定要请她到城里，担任第一女子小学的校长。她以众人的强逼，只得抛了她逍遥自在的灵的生活，而变为机械的忙碌的生活了。她前一个月曾有信给我说——

"沁芝：意外书至，喜有空谷足音之慨。所寄诗章，反复读之，旧情并感，又是一番怅惘。琪近少所作，有时兴动，只为小学生编些童歌耳。盖时间限人，琐事复繁，同僚中又无足道者，此种状况，只有忙人自解。甚矣！不自然之工作逼人，尚何术计及自修，较吾友之闭户读书，诚不可同日语也。憾何如之！……"

琼芳！你只要看了她这一段话，应该能回忆到当初我们在北京那种忙碌的印象了，不过有时因为忙，可以减去多少无聊的感喟呢！

这些话还没有述说尽文琪最近的状况呢。你知道绍青的朋友常君吗？这个人确是一个很有学识而热诚的人，他今约略三十多岁吧——并没有胡须，面貌很平善，态度也极雍容大方，不过他还不曾结婚——这话说出来，你一定很以为奇。中国本是早婚主义的国家，哪有三十几岁的人不曾结婚？这话果然不错，这常君在二十岁上已经结过婚了，不过他的妻子已不幸前三四年死了，他不曾续弦罢了。他同绍青很好，常常到我们家里来。有一次文琪寄给我一张照片，恰巧被常君看见，我们不知不觉间便谈到文琪的生平和学识，常君听了很赞许她，便要求我们介绍和文琪作朋友。当时我想了想，这倒是一件很好的事，因立刻写信给文琪。不过你应知道文琪绝不是一个很痛快的人，并且她又一向服从家庭的，这事的能成与否，我们不过试作而已。后来我们托人向他父亲说明，不想她父亲倒很赞许这位常君，文琪方面自然容易为力了。后来文琪又带了她的学生，到我们那里参观教育，又得与常君会面的机会。常君本是一个博学善词的学者，文琪也是个心高气傲的女子，他们两星期中的接触，两方渐渐了解，不过文琪的态度仍是踌躇不绝，其最大的原因说来惭愧，恐怕还是因为我们呢！前几天她有一封信来说——

"沁芝！音问久疏，不太隔绝吗？你最后的信，久已放在我信债箱里，想写终未写，实因事忙，而且思想又太单调了。你为什么也默尔无声呢？我知道你们进了家庭，自有一番琐事烦人。肖玉来信说：'想起从前校中情境，不想有现在。'真是增无穷之感，觉得人生太平淡了，但是新得一句话说：'摇摇篮的手摇动天下'，谨以移赠你们吧！

夏间在南京开教育会，几位朋友曾谈起：'现在我国的女子教育，是大失败了。受了高等教育的女子，一旦身入家庭，既不善管理家庭琐事，又无力兼顾社会事业，这班人简直是高等游民。'你以为这话怎样？女子进了家庭，不作社会事业，究竟有没有受高等教育的必要？——兴笔所及，不觉写下许多。你或者不愿看这些干燥无味的话，但已写了，姑且寄给你吧！也何妨研究研究？我很愿听你们进了家庭的报告！

还有一句话，我定要报告你和肖玉等，就是我们从前的同级级友，都预料我们的结局不过尔尔——我们岂甘心认承？我想我们豪气犹存，还是向前努力吧。我们应怎样图进取？怎样预定我们的前途呢？我甚望你有以告我，并有以指导我呵！"

琼芳！我看她的这些话，不是对我们发生极大的怀疑吗？其实也难怪她，便是我们自己又何尝不怀疑自己此后的结局呢？但是我觉得女子入了家庭，对于社会事业，固然有多少阻碍，然而不是绝对没有顾及社会事业的可能。现在我们所愁的，都不是家庭放不开，而是社会没有事业可作。按中国现在的情形，剥削小百姓脂膏的官像，自不足道，便是神圣的教育事业，也何尝不是江河日下之势？在今日的教育制度下，我怀疑教育能教好学生，我更怀疑教育事业的神圣，不用说别的龌龊的情形，便把留声机般的教员说说，简直是对不起学生和自己呵！

我记得当我在北京当教员的时候，有一天替学生上课回来，坐在教员休息室里，忽然一阵良心发现，脸上立时火般发起热来，说不出心头万分的羞惭。我觉得我实在是天下第一个罪人，我不应当欺骗这些天真的孩子们，并欺骗我自己，——当我摆起"像煞有介事"的面孔，教导孩子们的时候，我真不明白我比他们多知道些什么？——或者只有奸诈和巧饰的手段比他们高些罢？他们心里烦闷立刻哭出来，而成人们或者要对他们说：哭是难为情的，在人面前应当装出笑脸。唉！不自然的人生，还有什么可说！这种摧残人性的教育有什么可作？而且作教育事业的人，又有几个感觉到教育是神圣的事业？他们只抱定一本讲义，混一点钟，拿一点钟的钱，便算是大事已了。唉，我觉得女子与其和男子们争这碗不干净的教育饭吃，还不如安安静静在家里把家庭的事务料理清楚，因此受些男子供给的报酬，倒是无愧于良心的呢！

至于除了教育以外，可作的事业更少了，——简直说吧，现在的中国，一切都是提不起来，用不着说女子没事作，那闲着的男子——也曾受过高等教育的，还不知有多少呢？这其中固然有许多生成懒惰，但是要想作而无可作的分子居多吧？

琼芳，你不知道我们学校因为要换校长，运动谋得此缺的人不知的多少，那里面倾轧的详情若说出来，真要丢尽教育界的脸。唉！社会如此，不从根本想法，是永无光明时候的！

可是无论如何，文琪这封信，实在是鼓励我们不少。老实说，中国的家庭，实在是足以消磨人们的志气。我觉得自入家庭以后，从前的朋友日渐稀少，目下所来往的不是些应酬的朋友，便是些不相干的亲戚，不是勉强拉扯些应酬话，口不应心的来敷衍，便是打打牌，看看戏。什么高深的学理的谈论不必说，便是一个言志谈心的朋友也得不到，而家庭间又免不了多少零碎的琐事。每天睁开眼，就深深陷入人世间的牢笼里，便是潜心读书已经不容易，更说不上什么活动了。唉！琼芳！人们真是愚得可怜，当没有结婚的时候，便梦想着结婚以后的圆满生活，其实填不平的大地，何处没有缺憾！

说到这里，我又想起冷岫来了。你大约还记得她那种活泼的性情和潇洒的态度吧！但是而今怎样，她比较我们更可怜呢！她实在是人间的第一失败者。当她和我们同堂受业时，那种冷静的目空一切的态度，谁想得到，同辈中只有她陷溺最深。她往往说世界是一大试验场，从不肯轻易相信人。她对于恋爱的途径，更是观望不前，而结果她终为希冀最后的胜利，放胆迈进试验场中了！虽然当前有许多尖利的荆棘，足以刺取她脚心的血，她也不为此踌躇。当她和少年文仲缔交之初，谁也想不到他和她就会发生恋爱，因为文仲已娶了妻子，而冷岫又是自视极高的心性。终为了爱神的使命，他们竟结合了。他们结婚后，便回到他的故乡去，文仲以前的妻子也在那里。当文仲和冷岫结婚时，也曾征求过他以前妻子的同意，在表面，大家自然都是很和气的笑容相接，可是据冷岫给我的信说，自从她回家后，心神完全变了状态，每每觉得心灵深处藏着不可言说的缺憾。每当夜的神降临时，她往往背人深思，她总觉得爱情的完满，实在不能容第三者于其间——纵使这第三者只是一个形式，这爱情也有了缺陷了！因此她活泼的心性，日趋于沉抑。我记得她有几句最痛心的话道："我曾用一双最锋利的眼，却估定人间的价值，但也正如悲观或厌世的哲学家，分明认定世界是苦海，一切都是有限的，空无所有的，而偏不能脱离现世的牢缚。在我自己生活的历史上，找不到异乎常人之点。我也曾被恋神的诱惑而流泪，我也曾用知识的利剑戳伤脆弱的灵府。我仿佛是一只弱小的绵羊，曾抱极大的愿望，来到无数的羊群里，选择最适当的伴侣。在我想象中的圆满，正如秋日的晴空，不着一丝浮云，所有的，只是一片融净的合体；又仿佛深秋里的霜菊，深细的幽香，只许高人评赏，不容蜂蝶窥探。"

这些希望，当然是容易得到，但是不幸的冷岫，虽然开辟了荒芜的园地，撒上玫瑰的种子，而未曾去根的荆棘，兀自乘机蓬勃。秋日的晴空，终被不情的浮云所遮蔽，她心头的灵焰，几被凄风冷雨所扑灭。当她含愁默坐，悄对半明半灭的孤灯，她的襟怀如何？

又怎怪她每每作鹤唳长空，猿啼深谷的哀音？今年三月间，她曾寄给我一首新歌，我看了直难受几天，她的原稿不幸被我失掉了，但尚隐约记得，像是道——

漏沉沉兮风凄，

星陨泪兮云泣。

悄挑灯以兀坐兮，

神伤何极！

念天地之残缺兮，

填恨海而无计！

感君怀之弥苦兮？

绝痴爱而终迷！

悲乎！悲乎！

何激悟之不深兮，

乃踯躅于歧途，

愧西哲之为言兮，

不完全勿宁无！

琼芳，你读了这衰楚的心头之音，你将作何感想？我觉的不但要为不幸的冷岫，掬一把同情泪，在现在这种过渡的时代中，又何止一个冷岫。冷岫因得不到无缺憾的爱情，已经感喟到这种田地，那徒赘虚名而一点爱情得不到如文仲的以前的妻子，她们的可怜和凄楚还堪设想吗？

唉！琼芳！我往常每说冷岫是深山的自由鸟，为了爱情陷溺于人间愁海里，这也是她奋斗所得的胜利以后呵！——只赢得满怀凄楚，壮志雄心，都为此消磨殆尽呵！说到这里，由不得我不叹息，现在中国的女子实在太可怜了！

前天肖玉的女儿弥月，我到她那里，看见那孩子正睡在她的膝上。肖玉见了我忽然眼圈红着，对我说道："还是独身主义好，我们都走错了路！"唉！这话何等伤痛！我们真正都是傻子。当我们和家庭奋斗，一定要为爱情牺牲一切的时候，是何等气概？而今总算都得到了胜利，而胜利以后原来依旧是苦的多乐的少，而且可希冀的事情更少了。可藉以自慰的念头一打消，人生还有人们趣味？从前认为只要得一个有爱情的伴侣，便可以废我们理想的生活。现在尝试的结果，一切都不能避免事情的支配，超越人间的乐趣，只有在星月皎洁的深夜，偶尔与花魂相聚，觉得自身已倘徉四空，优游于天地之间。至于海阔天空的仙岛，和琼草琪花的美景，只有长待大限到来，方有驻足之望呵！琼芳！长日悠悠，我实无以自慰自遣，幽斋冥想，身心都感飘泊。本打算明年春天与绍青同游意大利，将天然美景，医我沉疴，而又苦于经济限人，终恐只有画饼充饥呵！

感谢琼芳以闭门著述振我颓唐。我何尝不想如此，无奈年来浸濡于人间，志趣不知何时已消磨尽净，便有所述作，也都是敷衍文字，安能取心头的灵汁灌溉那干枯的荒园，使它异花开放，仙葩吐露呢？琼芳，你能预想我的结果吗？

沁芝

琼芳看完沁芝的来信，觉得心头如梗。她向四围看着她自己的环境，什么自然的美境，理想的生活，都只是空中楼阁。她不觉叹道："胜利以后只是如此呵！"这话不提防被已经睡醒的平智听见了，便问道："你说什么？"琼芳不愿使他知道心头的隐秘，因笑说道："时间已经不早，还不起来吗？"平智懒懒的答道："有什么可做，起来也是无聊呵！"琼芳忍不住叹道："做人就只是无聊！""对了，做人就只是无聊！"这不和谐的话从此截住，只有彼此微微振动的心弦，互相应和罢了！

恋爱不是游戏

◎庐　隐

没有在浮沉的人海中翻过筋斗的和尚，不能算善知识；

没有受过恋爱洗礼的人生，不能算真人生。

和尚最大的努力，是否认现世而求未来的槃，但他若不曾了解现世，他又怎能勘破现世，而跳出三界外呢？

而恋爱是人类生活的中心，孟子说："食色性也。"所谓恋爱正是天赋之本能，如一生不了解恋爱的人，他又何能了解整个的人生？

所以凡事都从学习而知而能，只有恋爱用不着学习，只要到了相当的年龄，碰到合式（适）的机会，他和她便会莫名其妙地恋爱起来。

恋爱人人都会，可是不见得人人都懂，世俗大半以性欲伪充恋爱，以游戏的态度处置恋爱，于是我们时刻可看到因恋爱而不幸的记载。

实在的恋爱绝不是游戏，也绝不是堕落的人生所能体验出其价值的，它具有引人向上的鞭策力，它也具有伟大无私的至上情操，它更是美丽的象征。

在一双男女正纯洁热爱着的时候，他和她内心充实着惊人的力量；他们的灵魂是从万有的束缚中得到了自由，不怕威胁，不为利诱，他们是超越了现实，而创造他们理想的乐园。

不幸物欲充塞的现实世界，这种恋爱的光辉，有如茧火之微弱，而且"恋爱"有时会成为无知男女堕落之阶，使维纳斯不禁深深地叹息："自从世界人群趋向灭亡之途，恋爱变成了游戏，哀哉！"

一个白色的梦

◎柔 石

只是一片的模糊，除了颤动着的冷气以外，再也不见有什么。我的身体似僵卧在坚冰的河底的一块石。

雪纷纷地落着，愈落愈紧的。整千万朵的绒花，回旋飞舞于白茫茫战抖的空际；占据了大地上的平原河岳，压服了枯枝败叶，收拾去鸟迹莺声。

我立在窗前，眼向窗外远望。冷气衔着威风，凛凛地送进窗内来，沁入我肝脾，我又鞠手鞠脚地徘徊，循着房的四壁。一回我想："究竟有什么意思？假使这是自然的装饰品，点缀这枯槁而寂寞的'冬'的，哪有少女的心肠。假使这是一种刑罚，来施行肃杀的'冬之使命'的，凶呀，有暴徒的用意！"

以后，我提起无聊的精神，坐在 Pianoo 的旁边，奏那 Mendelssohn 的"我欲乘风翼"。红肿的两手，在黑键白键上流动着，好像机器的一般。琴声飘荡在房内，又疏散的溜到窗外，牵着那雪的手，在高低上下而妙舞。

忽然，房外歌声起了：

纷纷白战的雪哟，
知道是那一夜，
世界全是白色的。
爱者破逆那长空的寒威，
手捻黄梅三五朵，
轻步踏雪送来哟。
足印留给凶毒的姑婆；
少妇鞭挞而死了！
人间的寒泪，
凝冻在心头。

爱者哟，洗心浴体了一个你。

埋在雪中，

同伊长逝罢！

歌声和人影同到房内，是披着白斗篷的茜君。一手脱下她的绒手套，一手放在我的肩上说道："你忘记时候的到了么？虽则这么大的雪，苍白了你的面庞，但人们的扰嚷，已如演剧的开始。你怎么还能五线谱上作哀怨，得过且过这日子呢？"

我被刺激一些懵懂的冷心，自由开展唇齿了："你看天上还有一只飞鸟么？我亦怎能自展两翼飞渡那冷气浓密的关山？要消磨这枯枝一样可燃烧的时光，还有什么好的方法呢？"

但她皱一皱她的眉，声音更低哀了："现在你的心虽可乐化了琴和雪的白质，但人们的扰嚷，正如临头的大雨，哭声冲到我们的窗外来，我们也要被这洪水的泛滥所吞卷，现在，时候已经到了！"

我没有回答。她扭了一扭她的身，唇也接触到我的颜面："你是过于聪明了，怂恿你狭小的探求，这不是时代所归汇而寄托的话。人们的扰嚷将如大火一般燃烧了，现在时候已经到了！"

我低头注视着自己的胸膛内隐隐在跳动的心弦。心想那"失爱于姑婆的少妇，怎么可见怜于雪夜的游客"的悲剧。一时抬起眼，淡淡的光儿正接着她摇摇欲滴的泪珠。她说："莫再犹豫了。"于是我们就走了。

实在，自己是不知到哪里去。不过，她挽着我的臂，轻轻地拉动就罢了。两足也飘飘地落在雪的表面上，回头一看，自己没有过去的一脚的印子。

越过了山，穿过了森林。

雪是愈下愈大，一团团如绣球花；更大，一层层如棉絮般压下了。

我自觉这时我是一个火线上的兵士，且正在枪林弹雨中剧战。我回头看一看她，她也微笑地看一看我，一边，她指着前面说道："你看见么？在那辽阔的河的彼岸，山脚的林边，有一块红的么？几立在白色的中央，这是我们所要到的房子的屋顶。——快些走罢。"

人鬼和他底妻的故事

◎柔 石

一

谁都有"过去"的，他却没有"过去"。他不知道自己活了多少年了，他的父亲在什么时候离开他而永不再见的，并且，他昨天做些什么事，也仅在昨天做的时候知道，今天已经不知道了。"将来"呢，也一样，他也没有"将来"。虽则时间会自然而然地绕到他身边来的，可是"明日"这一个观念，在他竟似乎非常辽远，简直和我们想到"来世"一样，一样的缥缈，一样的空虚，一样的靠不住。但他却仿佛有一个"现在"，这个"现在"是恍恍惚惚的，若有若无的，在他眼前整齐的板滞的布置着，同时又紧急地在他背后催促着，他终究也因为肚子要饿了，又要酒喝，又要烟抽，不能不认真一些将这个"现在"捉住。但他所捉住的却还是"现在"的一个假面，真正的"现在"的脸孔，他还是永远捉不住的。

他有时仰头望望天，天老是灰色的非常大的一块，重沉沉地压在他底头顶之上，地，这是从来不会移动过的冷硬的僵物，高高低低地排列在他底脚下。白昼是白色的，到夜便变成黑色了；他也不问谁使这日与夜一白一黑的。他也好像从没有见过一次红艳的太阳，清秀的月亮，或繁多的星光，——不是没有见，是他没有留心去看过，所以一切便冷淡淡的无关地在他眼前跑过去了。下雨在他是一回恨事，一下雨，雨打湿他底衣服，他就开口骂了。但下过三天以后，他会忘记了晴天是怎样一回事，好像雨是天天要下的，在他一生，也并不稀奇。

此外对于人，他也有一个小小的疑团，——就是所谓"人"者，他只看见他们底死，一个一个放下棺，又一个一个抬去葬了，这都是他天天亲手做着的工作，但他并没有看见人稀少下去。有时走到市场或戏场，反有无数的人，而且都是从来没有见过面的，在他底身边挨来挨去，有时竟挨得他满身是汗。于是他就想，"为什么？我好像葬过多少人在坟山上了，现在竟一齐会爬起来么？"一时他又清楚地转念，"死的是另一批，这一批要待明年才死呢！"这所谓明年，在他还是没有意义的。

二

他是 N 镇里的泥水匠，但他是从不会筑墙和盖瓦，就是掘黄泥与挑石子，他也做的笨极了。他只有一件事做的最出色——就是将死人放入棺中，放的极灵巧，极妥贴，不白费一分钟的功夫。有时，尸是患毒病死的，或死的又不凑巧，偏在炎热的夏天，所以不到三天，人就不敢近它了。而他却毫不怕臭，反似亲爱的朋友一般，将它底僵硬的手放在他自己底肩上，头——永远睡去的人——斜侵在他底臂膀上，他一手给它枕着，一手轻轻地托住他底腰或臀部，恰似小女孩抱洋囡囡一样，于是慢慢地仔细地，唯恐触着他底身体就要醒回来似的，放入棺里，使这安眠的人，非常舒适地安眠着。这样，他底生活却很优渥地维持着了，大概有十数年。

他有一副古铜色的脸；眼是八字式，眼睑非常浮肿，所以目光倒是时常瞧住地面，不轻易抬起头来向人家看一看；除了三四位同伴以外，也并不和人打招呼；人见他也怕。有时他经过街巷，低下头，吸着烟，神气倒非常像一位哲学家，沉思着生死问题。讲话很简单，发了三四字音以后，假如你不懂，他就不对你说了。

他底人所共知的名字是"人鬼"，从小同伴们骂他"三分像人，七分像鬼"，于是缀成一个了。他还有母亲，是一位讨厌的多嘴的欺骗人的老妇人，她有时向他底同伴们说，"不要叫错，他不是人鬼，是仁贵，仁义礼智的仁，荣华富贵的贵。"可是谁听她呢？"仁贵人鬼，横直不是一样，况且名字也要同人底身样相恰合的。"有时不过冷笑的这样答她两句罢了。

三

但人鬼却来了一个命运上的宣传，在这空气从不起波浪的 N 镇内，好像红色的反光照到他底脸上来了。说他有一天日中，同伴们回去以后，命他独自守望着某园地的墙基，而他却在园地底一角，掘到了整批的银子。还说他当时将银子裹在破衣服内，衣服是从身上脱下来的，上身赤膊，经过园地主人底门，向主人似说他肚子痛而听不清楚的话，他就不守望，急忙回家去了。

这半月来，人鬼底行径动作，是很有几分可以启人疑惑的！第一，他身上向来穿着的那套发光的蓝布衫裤脱掉了，换上了新的青夹袄裤。第二，以前他不过每次吸一盅鸦片，现在却一连会吸到三盅，而且俨然卧在鸦片店向大众吸。第三，他本来到酒摊喝酒，将钱放在桌上，话一句不说，任凭店主给他，他几口吞了就走；而现在却像煞有介事的坐起来，发命令了，"酒，最好的，一斤，两斤，三斤！"总之，不能不因他底变异，令人加上几分相信的色彩了。

有时傍晚，他走过小巷，妇人们迎面问他："人鬼，你到底掘到多少银子？"

而人鬼却只是"某某"的答。意思似乎是有，又似乎没有，皱一皱他底黑脸。妇人或者再追问一句："告诉我不要紧，究竟有多少？"

而他还是"某某"的走过去了。

妇人们也疑心他没有钱。"为什么一句不肯吐露呢？呆子不会这样聪明罢？"一位妇人这样说的时候，另一位妇人却那样说道："当然是他那位毒老太婆吩咐他不要说的。"于是疑窦便无从再启，纷传人鬼掘到银子，后来又在银子上加上"整批的"形容词，再由银子转到金子，互相说："还有金子杂在银子底里面呢！"

四

人鬼底母亲却利用这个甜上别人底心头的谣言了。她请了这 X 镇有名的一位媒婆来，向她说："仁贵已经有了三十多岁了，他还没有妻呢。人家说他是呆子，其实他底聪明是藏在肚子里的。这从他底赚钱可以知道，他每月真有不少的收入呵！现在再不能缓了。我想你也有好的人么？姑娘大概是没有人肯配我们的，最好是年轻的寡妇。"

"但人鬼要变作一镇的财主了，谁不愿嫁给他呀！"媒婆如此回答。

事情也实在顺利，不到一月，这个姻缘就成功了。—— 一位二十二岁的寡妇，静默的中等女人，来做人鬼底妻了。

她也有几分示意，以为从此可以不必再愁衣食；过去的垃圾堆里的死老鼠一般被弃着的命运，总可告一段落了。少小的时候呢，她底命运也不能说怎么坏，父亲是县署里的书记，会兼做诉状的，倒可以每月收入几十元钱。母亲是绵羊一般柔顺的人，爱她更似爱她自己的舌头一样。她母亲总将兴化桂圆的汤给她父亲喝，而将肉给她吃的。可是十二岁的一年，父亲疟病死了！母亲接着也胃病死了！一文遗产也没有，她不得不给一份农家做养媳去。养媳，这真是包藏着难以言语形容的人生最苦痛的名词，她就在这名词中度过了七年的地狱生活。一到十九岁，她结婚，丈夫比她小四岁，完全是一个孩子气的小农夫。但到了二十一岁，还算爱她的小丈夫，又不幸夭折了。于是她日夜被她底婆婆手打，脚踢，口骂，说他是被她弄死的。她饿着肚子拭她底眼泪，又挨过了一年。到这时总算又落在人鬼底身上了。——命运对她是全和黄沙在风中一样，任意吹卷的。

当第二次结婚的一夜，她也疑心："既有了钱，为什么对亲戚邻里一桌酒也不办呢？"只有两枚铜子的一对小烛，点在灶司爷的前面，实在比她第一次的结婚还不如了！虽则女人底第二次结婚，已不是结婚，好像破皮鞋修补似的，算不得什么。而她这时总感到清冷冷，那里有像转换她底生机的样子呢？后来，人鬼底母亲递给她一件青花布衫的时候，她心里倒也就微笑地将它穿上了。接着，她恭听这位新的婆婆切实地教训了一顿：

"现在你是我底媳妇了，你却要好好地做人。仁贵呢，实在是一个老实的又听话的，人家说他呆子是欺侮他的话，他底肚子里是有计划的。而且我费了足百的钱讨了你，全是为生孩子传后，仁贵那有不知道的事呢？你要顺从他，你将来自然有福！"

她将话仔细思量了。

第三夜，她舂好了米，走到房里——房内全是破的：破壁、破桌、破地板，——人鬼已经睡在一张破床上面了。她立在桌边，脸背着黝黯的灯光，沉思了一息："命运"，"金钱"，"丈夫"。她想过这三件事，这三件事底金色与黑脸，和女人的紧结的关系。她不知道，显示在她底前途的，究竟是那一种。她也不能决定，即眼前所施展着的，已是怎样！她感到非常的酸心，在酸心里生了一种推究的理论——假如真有金钱，那丈夫随他怎样呆总还是丈夫，假如没有金钱，那非看看他呆的程度怎样不可了。于是她向这位"死尸底朋友"，三天还没有对她讲过一句话的丈夫走近，走近他底床边，怯怯地。

但她一见他底脸，心就吓的碎了！这是人么？这是她底丈夫么？开着他底眼，露着他底牙齿，狰狞的，凶狠的，鼾声又如猪一样，简直是恶鬼睡在床上。她满身发抖了，这样地过了一息，一边流过了眼泪，终于因为命运之类的三个谜非要她猜破不可，便不得不鼓起一点勇气，用她女性的手去推一推恶鬼底脸孔。可是恶鬼立刻醒了，一看，她是勉强微笑的，他却大声高叫起来，直伸着身子。

"妈！妈！妈！这个！这个！弄我……"

她简直惊退不及，伏在床上哭了。隔壁这位毒老太婆却从壁缝中送过声音来，恶狠而冷嘲的："媳妇呀，你也慢慢的。他从来没近过女人，你不可太糟蹋他。我也知道你已经守了一年的寡，不过你也该有方法！"

毒老太婆还在噜苏，因为她自己哭的太厉害，倒没有听清楚。但她却又非使她听见不可一样，狠声说："哭什么，夜里的哭声是造孽的！你自己不好，哭哪一个？"

五

一个月过去了。

人鬼总是每夜九点十点钟回来，带着一身的酒糟气，横冲直撞地踏进门，一句话也没有，老树被风吹倒一般跌在那张破床上，四肢伸的挺直，立刻死一般睡去了。睡后就有一种吓死人的呓语，归纳起意思来，总是"死尸"，"臭"，"鬼"，"少给了钱"这一类话。她只好蜷伏在床沿边，不敢触动他底身体，唯恐他又叫喊起来。她清清楚楚地在想，——想到七八岁时，身穿花布衫，横卧在她母亲怀里的滋味。忽而又想，银子一定是没有的，就有也已经用完了，再不会落到她底手中了。她想她命运的苦汁，她还是不吃这苦汁好！于是眼泪又涌出来了。但她是不能哭的，一哭，便又会触发老妇人的恶骂。她用破布来揩了她自己底酸泪，有时竟辗转到半夜，决计截断她底思想，好似这样的思想比身受还要苦痛，她倒愿意明天去身受，不愿夜半的回忆了。于是才模模糊糊地疲倦的睡去。

睡了几时，人鬼却或者也会醒来的，用脚向她底胸、腹、腿上乱踢。这是什么一回事呢？人鬼自己不知道，她也怕使人鬼知道，她假寐着一动也不动。于是人鬼含含糊糊地说了几句话，又睡去了。

天一亮，她仍旧很早的起来，开始她破抹桌布一般的生活。她有时做着特别苦楚的事情，这都是她底婆婆挖空脑子想出来的。可是她必须奉她底婆婆和一位老太太一样，否则，骂又开始了。她对她自己，真是一个奴隶，一只怕人的小老鼠。

六

不到一年，这位刻毒的婆婆竟死掉了。可是人鬼毫没两样，仍过他白昼是白色，到夜便成黑色了的生活。在白色里他喝着一斤二斤的黄酒，吸着一盅二盅的鸦片；到黑色里，仍如死尸一般睡去。妻，——他有时想，有什么意思呵，不过代替着做妈罢了。因为以前母亲给他做的事，现在是全由妻给他做了：补衣服，烧饭，倒脚水。而且以前母亲常嚷他要钱，现在妻也常嚷他要钱。这有什么两样呢！

但真正的苦痛，还来层层剥削她身上底肌肉！婆婆一死，虽然同时也死掉了难受的毒骂和凶狠的脸容，然而她仍不过一天一回，用粗黑的米放下锅子里烧粥。她自己是连皮连根的嚼番薯；时节已到十月，北风刮的很厉害了，她还只有一件粗单衣在身上。她战抖地坐在坟洞似的窗下，望着窗外暗惨的天色，想着她苦汁的命运，有时竟使她起一种古怪的念头："如果妈妈还没有死，我现在总不至于这样苦罢。"但又转念："妈妈死了，我也可以死的！"死实在是一件好东西，可以做命运的流落到底的抗拒——这是人生怎样不幸的现象呵！

她的左邻是一家三口，男的是养着一妻一子，30 多岁的名叫天赐，也是泥水匠，然而是泥水匠队里的出色的人。他底本领可是大了，能在墙上写很大的招牌字，还会画出各样的花草，人物，故事来，叫人看得非常欢喜。他有时走过人鬼底门口，知道她坐在里面流泪，就想："这样下去，她不是饿死，就要冻死的。"于是进去问问她，同时给她一些钱。后来终于是想出了一个方法来，根本的救济她衣食。他和她约定，由他每天给她两角钱，这钱却不是他自己出底，是由他从人鬼底收入上抽来的。就是每当丧家将钱付给人鬼的时候，他先去向主人拿了两角来，算作养家费。人鬼是谁也知道他一向不会养家的，所以都愿意。当初，人鬼也向主人嚷，主人一说明，就向天赐嚷，被天赐骂了几顿之后，也就没有方法了。

这个方法确是对。她非常黄瘦的脸孔，过了一月，便渐渐丰满起来，圆秀的眼也闪动着人生的精彩，从无笑影的口边也有时上了几条笑痕了。她井井有条地做过家里的事以后，又由天赐的介绍，到别人家里去做帮工——当然她的能力是很有限。生活渐渐得到稳定，她底模样也好看起来，但在这绕着她底周围全是恶眼相向的社会里，却起了一个谣言，说："人鬼的妻已经变做天赐的妻了。"天赐也因为自己底妻的醋意，不能常走进她底门口，生活虽然还代她维持着，可是交给她钱的时候，已换了一种意义，以前的自然的快乐的态度，变做勉强的难以为情的样子了。

七

一天傍晚，天赐底妻竟和天赐闹起来："别人底妻要饿死，同你有什么关系？你也知道你底妻将来也要饿死，你如此去对别人趋奉殷勤么！"天赐也不愿向她理论，就走出门，到酒店去喝了两斤酒——他从来没有喝过这样多的酒，可是今晚却很快地喝了，连酒店主人都奇怪。他陶然地醉着走出，一边又不自觉的向人鬼底家里去。人鬼不在家；他底妻刚吃了饭在洗碗。她放下碗，拿凳子来请他坐时，天赐却仔细地看了她，接着凄凉地说道："我为了你底苦，倒自己受了一身的苦了！你也知道外边的谣言和我底女人的吵闹么？"

她立刻低下头，变了脸色，一时说不出话来，眼里也充满了眼泪。天赐却乘着酒力，上前一步，捏住她底手——她也并不收缩——说道："一个人底苦，本来只有一个人自己知道，我们底苦，却我和你两人共同知道的！好罢，随他们怎样，我还是用先前的心对付你，你不要怕。好的事情我们两人做去，恶的事情我们两人担当就是了。你不要哭！你不要哭！"

他说完这几句话，便又走出去了，向街巷，向田畈，走了大半夜。

她也呆着悲伤的想："莫非这许多人们，除一个天赐之外，竟没有一个对我好意的么？"

八

这样又过了半年，人鬼底妻的肚子终于膨大起来了。社会上的讥笑声便也严重地一同到她底身上。

人鬼，谁也决定他是一个呆子，不知道一切的。可是又有例外，这又使一班讥笑的人们觉得未免有些奇怪了。

人们宣传着有一天午后，人鬼在南山的树下，捉住一只母羊，将母羊的后两腿分开，弄得母羊大叫。于是同伴们跑去看见了，笑了，也骂了。人鬼没精打采地坐在草地上，慢慢底系他的裤。一位小丑似的同伴问他道："人鬼，你也知道这事么？那你妻底肚皮，正是你自己弄大的？"

可是人鬼不知道回答。那位小丑又说道："你究竟知道不知道做父亲呀？抛了白胖的妻来干羊做什么呢？"

人鬼还是没有回答。那小丑又说："你也该有一分人性，照顾你年轻的妻子，不使她被别人拿去才好呀！"

人鬼仍然无话的走了。他们大笑一场，好像非常之舒适。

后几天，一个傍晚，邻家不见了一只母鸡，孩子看见，说是被人鬼捉去了。于是邻妇恶狠狠地跑到人鬼底家里，问人鬼为什么去偷鸡。这时人鬼卧在棉被里，用冒火的眼看看邻妇，没有说话。他底妻接着和婉地说道："他回家不到一刻，你底鸡失了也不到一刻。他一到家就睡在床上，怎么会拿了你底鸡呢？"

邻妇忿忿地走上前，高声向他问："人鬼，你究竟有没有偷了我底鸡？孩子是亲眼看见你捉的。"

而人鬼竟慢慢地从被窝里拿出一只大母鸡来，一面说："某，某，它底屁股热狠呢。"

邻妇一看，呆的半句话也没有。他底妻是满脸绯红了。

"天呀！你要把它弄死了！"邻妇半晌才说了一句，又向她一看。拿着鸡飞跑回去了。

但这种奇怪的事实，始终不能减去社会对她的非议的加重。结果，人鬼底妻养出孩子来了，而且孩子在周围的冷笑声中渐渐地长大起来了。

孩子是可爱的，人鬼底同伴底议论也是有理由的。他们说小孩底清秀的眉目，方正的小鼻和口子，圆而高的额，百合似的身与臂腿，种种，都不像人鬼底种子。孩子本身也实在生得奇异，他从不愿人鬼去抱他，虽则人鬼也从不愿去抱他。以后，他一见人鬼就要哭，有时见他母亲向人鬼说话也要哭，好像是一个可怕的仇人。有时人鬼在他底床上睡，他也哭个不休，必得母亲摇他一回，拍他一回，他才得渐渐地睡去。竟似冥冥中有一个魔鬼，搬弄得人鬼用粗大的手去打他，骂他："某，某，你这野种！"他底妻说："你有一副好嘴脸，使孩子见你如同夜叉一样！"闹了一顿才罢。但这不幸的孩子，在上帝清楚的眼中，竟和其余的孩子们一样地长大起来。现在已经有了五岁。

九

造物的布置一切真是奇怪。理想永远没一次成功的，似必使你完全失败，才合它底意志。人鬼底妻有了这样的一个孩子，岂不是同有了一个理想一样么？她困苦寂寞的眼前，由孩子得以安慰；她渺茫而枯干的前途，也由孩子得以窥见快乐的微光。希望从他底身上将她一切破碎的苦味的忍受来掩过去，慢慢地再从他底身上认取得一些人生真正的意义来了。每当孩子睡在她底身边，她就看看孩子，幻想起来。她想他再过五年，比现在可以长了一半，给他到平民学校去念两年书，再送到铺子里去学生意。阿宝——孩子底名——一定是听话的孩子，于是就慢慢的可以赚起钱来了。或者机会好，钱可以赚的很多，因为阿宝将来也一定是能干的人，同天赐一样的。于是再给阿宝娶了妻，妻又生子。她一直线的想去，将这线从眼前延长到无限的天边，她竟想不出以后到底是怎样了。于是她底脸上不自觉地浮上笑纹，她底舌头上也甜出甘汁来了。

一天傍晚，人鬼踏进门，就粗声叫："某，某，打酒！"

一边拿了脚桶洗脚。这时孩子在灶后玩弄柴枝，见人鬼这样，呆着看他。他底母亲在灶前烧饭，也没有回答他。人鬼就暴声向孩子骂起来："某，贼眼！"

她知道事情有些不好，就向孩子说："阿宝，你拿了爸爸底鞋来，再到外边去玩。"

孩子似乎很委屈地走出门外。

一刻钟后，人鬼自己去打了两斤酒来，放在灶边一张小桌子上就喝。她也一面叫，一边将饭盛在碗里了。

"阿宝，好吃饭了。"

但这小孩坐在桌边一条板凳上，不知什么缘故，却不吃饭，——往常他是吃的很快的，而现在却只两眼望着人鬼底脸，看他恶狠狠的一口口地喝酒。他母亲几次在他身边催："阿宝，快些吃饭！"又逗他，"阿宝，比比谁吃得快，阿宝快还是妈妈快。"但无论怎样，总不能引起阿宝底吃饭心来。他似乎要从人鬼底脸上看出东西来，他必得将这个东西看的十分明了才罢。但人鬼底脸上有的什么呢？罩上魔鬼的假面具罢？唉！可怜的孩子，又那能知道这些呢！只好似恶星照着他底头上，使他底乌黑的两颗小眼珠钉住人鬼底脸纹看。忽然，他"阿哟"一声，就将小手里捧着的饭碗，落在地上去了，碗碎了，饭撒满一地。他母亲立刻睁大眼睛问："阿宝！你怎样了？"

可是阿宝却只"妈妈！妈妈！"向他母亲苦苦的叫了两声。她刚刚弯下腰去拾饭，人鬼已经不及提防地伸出粗手来，对准小孩底脸孔就是一掌，小孩随着从板凳跌下，滚在地上，大哭起来了。

他母亲简直全身发抖起来的说不出话去抱起小孩，一时拍着小孩底背，又擦着小孩底头上，急迫地震着牙齿说："阿宝，阿宝，哪里痛呵？"

而阿宝还是"妈妈！妈妈！"苦声的叫。她饭也不吃了，立刻离开桌，到她底房内去。将阿宝紧紧地搂在胸前，摇着他，一手在他背上轻轻地拍。小孩还呜咽着，闭了两眼，呼吸也微弱了，不时还惊跳的叫"妈妈！痛呵！"

人鬼仍旧独自在那里喝酒，吃饭，一碗吃了又一碗，半点钟后，她见人鬼已经死猪一般睡在床上了。她忍不住了，向他问："你为什么这样狠心打小孩？你究竟为什么？阿宝犯你什么呢？你从那里得了一股恶气却来向小孩底头上出？你究竟为什么呀？"

人鬼突然凶狠地咿唔的说："某，谁都说是野种！某，我要杀了他！"

她真是万箭穿心！似乎再没有什么可怕可伤心的话，在这"野种"二字以上了。她立刻向人鬼骂，虽然她是一个非常懦弱的女人："你可以早些去死了！恶鬼呀！不必再和我们做冤家！"

但人鬼又是若无其事一般的睡去了。

十

小孩在被打这一夜就发热，第二天就病重了。以后竟一天厉害一天，虽经他母亲极力的调护。终于只好向天赐借了两元钱，请了一位郎中来，虽然在药方上写了些防风，荆芥之类，然而毫无效验，她请了两回以后，也就无力再请了。后来又因为孩子常在发热中惊呼，并且向她说："一个头上有角的人要拉我去，妈妈，你用刀将它赶了罢！"的话，她又去测了一个字。测字先生说是小孩的魂被一位夜游神管着，必得请道士念一番才好。她又由天赐底接济去请道士来。但道士念过咒后，于小孩还是徒然。于是她除了自己也天天不吃饭不睡觉的守着，有时默祷着菩萨显灵保佑以外，再没有什么方法了。

这样两个月，看来小孩是不再长久了。她也瘦的和小孩一样。

一天下午，天气阴暗的可怕。小孩在床上突然喊着跳了起来，她慌忙去安慰他，拍他，但样子完全两样了。这小孩已经不知道他母亲说什么话，甚至也不认识他底母亲了。他只是全身发抽，两眼紧闭着，口里呜呜作咽，好像有一种非常的苦痛在通过他底全身。

她知道这变象是生命就将终结的符号。她眼泪如暴雨般滚下，一时跑到门外，门外是冷清清地没有一个人，又跑回房内推他叫着儿子，可是儿子是不会答应了。她不知道怎样好，如热锅上的蚂蚁一般，想跑去叫天赐，问他有无方法可使孩子再活几时。可是天赐和人鬼一同做工去了，她又不知道他们是在什么地方。她只是在孩子耳边叫，小孩一时也微微地开一开眼，向他母亲掷一线恩惠的光，两唇轻轻地一动，似乎叫着"妈妈"，但声音是永远没有了。

她放声大哭，两手捶着床，从此，她底理想，希望，是完全地被她底儿子携去了。

邻近有几个女人闻声跑过来，一个更差了一位少年去叫人鬼。这时天将暗了，也该是人鬼回家的时候。

一息，人鬼果然回来了，在他后面，懊伤地跟着天赐。人鬼走到小孩底尸边，伸出他前次打他的手向脸上一摸，笨蠢的发声道："某，死了！"

接着是若无其事一般，拿脚桶洗脚。——他对于死实在看得惯了，他不知每年要见过多少的死尸，像样渺小的一个，又值得什么呢。

天赐也走到小孩的尸边，在他额上吻一吻，额上已冰一般冷了。他想，没有方法。又看一看正在窗边痛哭的她，同时流了几滴泪，叹了一声，仍然懊伤地出去了。

人鬼洗好脚，走到灶边一看，喊："某，吃饭！"

她简直哭的死去，一听这话，却苏醒的大骂了："鬼！孩子是你打死的！你知道不？就是禽兽也有几分慈心，你是没有半分慈心的恶鬼！你为什么不早去死了让我们活，一定要我们都死了让你活呢？恶鬼……"

人鬼终究还是毫无是事的。知道饭是没有吃了，就摸一摸身边，还有几个角子，他一边叫："某，回来去抛。"

一边又走出门外去了。

房内只剩着伤痛的母亲和休息的小孩。一种可怕的沉寂荡着屋内，死底气味也绕得她很紧很紧。天已暗了，远处有枭声。她也无力再哭了，坐在尸边回想，——从小父母是溺爱的，一旦父母死了，自己底人生就变了一种没有颜色的天地。人鬼是她底冤家，但赖天赐底救济与帮忙，本可稍慰她没有光彩的前途，而现在，小孩被打，竟死了！——她想，所谓人间，全是包围她的仇敌之垒，好似人类没有一个是肯援救她的救兵，除了天赐。但天赐也竟因她而受重伤了！她决定，她在这人类互相残杀的战场中，是自己欺骗了自己二十八年！现在一切前途的隐光完全吹灭了，她可以和孩子同去，仍做他亲爱的母亲去养护他，领导他。除出自杀，没有别的梦再可以使她昏沉地做下去了。

这样，她一手放在孩子底尸上，几乎晕倒地立了起来。

十 一

天很暗了，人鬼酒气醺醺地回家来。推进门，屋里是漆黑的，而且一丝声音也没有。他"某，某，"的叫了两声，没有人答应。于是自己向桌上摸着一盏灯，又摸了一盒洋火，一擦，光就有了。但随即在他身前一晃，他只好放直喉咙喊了："某！某！某！吊死！吊死！吊死！"

邻里又闻声跑过来，天赐是第一个。他一眼望见她挂在床前，便不顾什么，立刻将她解下。但很奇怪，小孩的死尸竟裹在她底怀中。她底气已经没有了。她还梳过头，穿着再嫁时人鬼底娘给她的那件青花布衫。用麻绳吊死的，颈上有半寸深的青痕，口边有血。

邻里差不多男男女女有十多人，挤满了门口和门外。屋内也有四五位年纪大些的在旋转，都说，似乎叹息而悲哀地："没有办法了！死了！"

人问人鬼，有没有出丧的钱呢，人鬼说方才还有两角，现在是喝酒吃饭用完了。他们倒反而笑起来。于是商量捐助；而人鬼似乎以为不必，到明天背她们母子向石坑一抛，就可以完事，不费一个钱的。邻居都反对，说是石坑只可抛下婴孩，似她母子是使不得，必须做一圹坟，安慰她困苦了一世。人鬼是没有话说，天赐却忍不住了，开口说："同呆子有什么商量呢！当然要做一圹坟，你们不必费心，一切丧费我出。就在明天罢！"

十 二

第二天，一具松板的油漆的棺材，里面睡着一位母亲和孩子，孩子卧在母亲底身边，上面盖着一条青被，似非常甜蜜地睡去了。棺材被另两个年轻泥水匠抬着——一个就是前次在南山嘲弄人鬼的小丑，此刻是十分沉默了。——人鬼和天赐都低头跟在棺后面，天赐手里捻着冥纸与纸炮，人鬼背着锄。在棺前，还有一人敲着铜锣，肩着接引幡，锣约一分钟敲一下，幡飘在空中。七人一队，两个死的，五个活的，很快地向着乱草蓬勃的山上移动了。

路旁有人冷笑说，"她倒有福，两个丈夫送葬。"但是悲哀她的人似乎也很多。

晚上，人鬼从葬地回来，走进门，觉得房子有些两样了，似被大水冲过一样。他有些不自在；他是从来没有不自在过的，所以不多久，终于觉着，"死了"，"葬了"，"完了"！仍和往常一样，拿脚桶洗脚。

以后，他还是喝酒，抽烟，放死人在棺内，过他白昼是白色，到夜便成黑色了的生活。不过连"某"字也很少了。走进酒店，仍将钱放在桌上，店主人打酒给他，他仰着头喝了就走。饿了，走进饭店去，也一声不响的将钱放在桌上，饭店主人也以最劣等的饭和菜盛给他，他也似有味无味的吃完了。以后，他除出给人家将死尸放下棺，帮人家抬去葬，于是自己喝酒抽烟以外，和人们的接触也很少了。有时，他也到他妻子的墓边坐一回，仿佛悲痛他先前对待她的错误似的，但又似乎还是什么也没有。不过些微有个观念，"死了"，"葬了"，"完了"！

天赐经过这一次变故以后，心也受了极大的打击，态度也不似先前之和善，令人乐于亲近了。除出认真的照常工作以外，对于别人底消息一概不闻不问。他想到："人只有作恶的可以获福，做好人是永远不会获福的。"但他也并不推究那理由。以他的聪明，不去推究这个理由是可惜的。

此外，一班观众和喜欢讲消息发议论的人，倒更精彩，更起劲，更有滋味一般，谈着"人鬼和他底妻的故事"。很久很久以后，还是一谈到人鬼和他底妻，就大家哗然地说，"这真是一件动听的故事呀。"

1928 年 9 月 16 日

无情的多情和多情的无情

◎ 梁遇春

　　情人们常常觉得他俩的恋爱是空前绝后的壮举，跟一切芸芸众生的男欢女爱绝不相同。这恐怕也只是恋爱这场黄金好梦里面的幻影罢。其实通常情侣正同博士论文一样地平淡无奇。为着要得博士而写的论文同为着要结婚而发生的恋爱大概是一样没有内容罢。通常的恋爱约略可以分做两类：无情的多情和多情的无情。

　　一双情侣见面时就倾吐出无限缠绵的话，接吻了无数万次，欢喜得淌下眼泪，分手时依依难舍，回家后不停地吟味过去的欣欢——这是正打得火热的时候。后来时过境迁，两人不得不含着满泡眼泪离散了，彼此各自有个世界，旧的印象逐渐模糊了，新的引诱却不断地现在当前。经过了一段若即若离的时期，终于跟另一爱人又演出旧戏了。此后也许会重演好几次。或者两人始终保持当初恋爱的形式，彼此的情却都显出离心力，向外发展，暗把种种盛意搁在另一个人身上了。这般人好像天天都在爱的旋涡里，却没有弄清真是爱那一个人，他们外表上是多情，处处花草颠连，实在是无情，心里总只是微温的。他们寻找的是自己的享乐，以"自己"为中心，不知不觉间做出许多残酷的事，甚至于后来还去赏鉴一手包办的悲剧，玩弄那种微酸的凄凉情调，拿所谓痛心的事情来解闷销愁。天下有许多的眼泪流下来时有种快感，这般人却顶喜欢尝这个精美的甜味，他们爱上了爱情，为爱情而恋爱，所以一切都可以牺牲，只求始终能尝到爱的滋味而已。他们是拿打牌的精神踱进情场，"玩玩罢"是他们的信条。他们有时也假装诚恳，那无非因为可以更玩得有趣些。他们有时甚至于自己也糊涂了，以为真是以全生命来恋爱，其实他们的下意识是了然的。他们好比上场演戏，虽然兴高采烈时忘了自己，居然觉得真是所扮的脚色了，可是心中明知台后有个可以洗去脂粉，脱下戏衫的化装室。他们拿人生最可贵的东西：爱情来玩弄，跟人生开玩笑，真是聪明得近乎大傻子了。这般人我们无以名之，名之为无情的多情人，也就是洋鬼子所谓 Sentimental 了。

　　上面这种情侣可以说是走一程花草缤纷的大路，另一种情侣却是探求奇怪瑰丽的胜境，不辞跋涉崎岖长途，缘着悬岩峭壁屏息而行，总是不懈本志，从无限苦辛里得到更纯净的快乐。他们常拿难题来试彼此的挚情，他们有时现出冷酷的颜色。他们觉得心心既相印了，又何必弄出许多虚文呢？他们心里的热情把他们的思想毫发毕露地照出，他们的感情强烈得清晰有如理智。天下抱定了成仁取义的决心的人干事时总是分寸不乱，行若无事的，这般情人也是神情清爽，绝不慌张的，他们始终是朝一个方向走去，永久抱着同一的深情，他们的目标既是如皎日之高悬，像大山一样稳固，他们的步伐怎么会乱呢？他们已从默然相对无言里深深了解彼此的心曲，他们那里用得着绝不能明白传达我们意思的言语呢？他们已经各自在心里矢誓，当然不作无谓的殷勤话儿了。他们把整个人生搁在爱情里，爱存则存，爱亡则亡，他们怎么会拿爱情做人生的装饰品呢？他们自己变为爱情的化身，绝不能再分身跳出圈外来玩味爱情。聪明乖巧的人们也许会嘲笑他们态度太严重了，几十个夏冬急水般的流年何必如是死板板地过去呢；但是他们觉得爱情比人生还重要，可以情死，绝不可为着贪生而断情。他们注全力于精神，所以忽于形迹，所以好似无情，其实深情，真是所谓"多情却似总无情。"我们把这类恋爱叫做多情的无情，也就是洋鬼子所谓 Passionate 了。

　　但是多情的无情有时渐渐化做无情的无情了。这种人起先因为全借心中白热的情绪，忽略外表，有时却因为外面惯于冷淡，心里也不知不觉地淡然了。人本来是弱者，专靠自己心中的魄力，不知道自己魄力的脆弱，就常因太自信了而反坍台。好比那深信具有坐怀不乱这副本领的人，随便冒险，深入女性的阵里，结果常是冷不防地陷落了。拿宗教来做比喻罢。宗教总是有许多仪式，但是有一般人觉得我们既然虔信不已，又何必这许多无谓的虚文缛节呢，于是就将这道传统的玩意儿一笔勾销，但是精神老是依着自己，外面无所附着，有时就有支持不起之势，信心因此慢慢衰颓了。天下许多无谓的东西所以值得保存，就因为它是无谓的，可以做个表现各种情绪的工具。老是扯成满月形的弦不久会断了，必定有弛张的时候。也就是在这类地方。

　　拿无情的多情来细味一下罢。乔治桑（George Sand）在她的小说里曾经隐约地替自己辩护道："我从来绝没有同时爱着两个人。我绝没有，甚至于在思想里。属于两个人，无论在什么时候。这自然是指当我的情热继续着。当我不再爱一个男人的时候，我并没有骗他。我同他完全绝交了。不错，我也曾设誓，在我狂热的时候，永远爱他；我设誓时也是极诚意的。每次我恋爱，总是这么热烈地，完全地，我相信那是我生平第一次，也是最后一次的真恋爱的。"乔治·爱人多极了，这是谁都知道的事情，但是我们不能说她不诚恳。乔治·桑是个伟大的爱人，几千年来像她这样的人不过几个，自然不能当做常例看，但是通常牵情的人们的确有他可爱的地方。他们是最含有诗意的人们，至少他们天天总弄得欢欣地过日子。假使他们没有制造出事实的悲剧，大家都了然这种飞鸿踏雪泥式的恋爱，将人生渲染上一层生气勃勃，清醒活泼的恋爱情调，情人们永久是像朋友那样可分可合，不拿契约来束缚水银般转动自如的爱情，不处在委曲求全的地位，那么整个世界会青春得多了。唯美派说从一而终的人们是出于感觉迟钝，这句话像唯美派其他的话一样，也有相当的道理。许多情侣多半是始于恋爱，而终于莫明其妙的妥协。他们忠于彼此的婚后生活并不是出于他们恋爱的真挚持久。却是因为恋爱这个念头已经根本枯萎了。法郎士说过："当一个人恋爱的日子已经结束，这个人大可不必活在世上。"高尔基也说："若使没有一个人热烈地爱你。你为什么还活在世上呢？"然而许多应该早下野，退出世界舞台的人却总是恋栈，情愿无聊赖地多过几年那总有一天结束的生活，却不肯急流勇退，平安地躺在地下，免得世上多一个麻木的人。"生的意志"（Will to live）使人世变成个血肉模糊的战场。它又使人世这么阴森森地见不到阳光。在悲剧里，一个人失败了，死了，他就立刻退场，但是在这幕大悲剧里许多虽生犹死的人们却老占着场面，挡住少女的笑涡。许多夫妇过一种死水般的生活，他们意志销沉得不想再走上恋爱舞场，这种的忠实有什么可赞美呢？他们简直是冷冰的，连微温情调都没有了，而所谓 Passionate 的人们一失足，就掉进这个陷阱了。爱情的火是跳动的，需要新的燃料，否则很容易被人世的冷风一下子吹熄了。中国文学里的情人多半是属于第一类的，说得肉麻点，可以叫做卿卿我我式的爱情，外国文学里的情人多半是属于第二类的，可以叫做生生死死的爱情，这当有许多例外，中国有尾生这类痴情的人，外国有屠格涅夫、拜伦等描写的玩弄爱情滋味的人。

梦呓

◎缪崇群

夜静的时候，我反常常地不能睡眠。枯涩的眼睛，睁着疼，闭着也疼，横竖睁着闭着都是一样的在黑暗里。我不要看见什么了，光明曾经伤害了我的眼睛，并且暴露了我的一切的恶劣的行迹。

白昼，我的心情烦躁，比谁都不能安宁，为了一点小小事故，我詈骂，我咆哮，有时甚或摔过一个茶杯，接着又去掼碎两只玻璃杯子。我涨红了脸，喘着气。我不管邻人是否在隔壁讪笑，直等发作完了，心里才稍稍觉得有点平息。

说不出什么是对象，一无长物的我，只伴着一个和我患着同样痼疾的妻：她也是没有一点比我更幸福的运命：操劳着，受难着，用着残余的气力去挣扎：虽然早晨吃粥晚上吃粥，但难于得来的还就是作粥所需要的米。我咆哮的时候是没有理由，然而妻在一边阴自啜泣，不知怎么又引起了我暴虐的诅咒。

追求光明的人，才原是没有光明的人：

现在，黑夜到来了，邻人的鼾声，像牛吼一般的从隔壁传来，它示着威，使我从心底发着火一般的妒忌，可是无可奈何地只有自己在床上辗转，轻轻地，又唯恐扰醒了身旁的妻。

——一个可怜的女人！我仿佛在心里暗暗念着她的名字，安息的时候你是安息了。忘掉了白昼的事罢，生活在黑暗里的人们也就不知道什么叫黑暗了。

不时地，妻忽然梦呓了，模模糊糊地说着断续的句子，带着她苦心的自白和伤怨的调子，每一个字音，像都是对我有一种绝大的刺戟。

我凝神地倾着耳，我一个字也不能辨地自己忏悔了，虔诚地忏悔了。

梦呓是她的心灵的话语，她不知道的她的长期沉郁着的心灵是在黑暗中和我对话了。

"醒醒！醒醒！"被妻唤醒过来，我还听见自己哭泣的余音。我摸一摸潮湿了的脸，我没有说什么。

因为妻也没有问什么，倒使我非常难堪了。她不知道她的梦呓会使我的心灵忏悔，但她也不知道白昼以丑角的身份出现于人间舞台而黑夜作妇人的啜泣的人又是怎么一回事的。

选自《废墟集》

缀

◎缪崇群

　　妻在她们姊妹行中是顶小的一个，出生的那一年，她的母亲已经四十岁。妻的体质和我并不相差许多。没料到她却比我在先的把血吐尽，仅仅活了二十六年，就在一个夏末秋来的晚上静静的死去了。留给我的是整个的秋天，和秋天以后的日子。

　　这个不幸的消息，一直隐瞒着一个老年人（没有一个老年人不在翘盼着她的幼小者的生长，对于自己的可数的日子倒是忘得干干净净的），使老年人眼见着"黄梅未落青梅落"的情景，这种可怜的幻灭感，恐怕比他自己临终时所感到的那种情景还要伤恸的。

　　妻的母亲就是这样一个可怜的老人。

　　"五姑的病，转地疗养去了。"起初是用这样分隔的话来隐瞒着她。那时妻已经躺在一块白石碑的底下。

　　"发了疯的日人，不分城里城外的滥炸，把五姑糟踏了！"过了一年，抗战的炮火响亮了，时代正揭开了伟大的一幕，才把幼小者已经死亡的故事！传告了这个老人。因为唯有这种措辞是合理的，也唯有这种措辞足以取信。全中国的父母都知道，为国家牺牲了的骨肉，这骨肉还是光荣的属于自己的；我们每个人都知道，死亡并不是一个终结，那解不开的仇恨，早已使我们每一个人的眼睛发光，清清楚楚的认识了：唯有凶暴的侵略者，才是我们所有的生命的敌人！

　　妻的墓，那是正浸在汤山的血泊里。

　　在炮火中又过了一年，想不到我会来到的地方，我会和妻的母亲再见了。如果这回和妻同来，我不知道对于这个雪发银头的老人，她将怎样惊异而发怔了。

　　"妈，看我走过千山万水还是好好的，你喜欢么？"

　　"喜是喜欢，只是看见落了你一个人。"

像是拾到了一件可怜惜的东西，同时也就接触到那件东西的失主的一颗更可怜惜的心。

幼小者的墓，遥遥的还留在沦陷了的区域里。梦也不会梦到。如今我竟一个人又立在她的母亲的面前了。

虽然是轰炸之下，我们还依常的度了一些日子。

母亲戴着花镜，常常一个人坐在窗下，为我缝缀着一些破了的衣什，我感泣，我没有语句可以阻止她。

"天已经黑了，留到明朝罢。"

她不理睬，索性撕掉那些窗纸——前次已经被日人的炸弹所震裂了的窗纸，继续缝缀着。

"成功了。至少还可以穿过几个冬天的。"

人世上悲哀的日子没有停止，爱的日子也正长着……

遥想着油绿的小草，该是在妻的墓畔轻轻招展的时候了。

愿春晖与弱草，织缀着墓里的一颗安息着的心。

母亲和我，不久都会返来的。

选自《夏虫集》

平静、含蓄、温和的感情方能持久

◎傅 雷

对终身伴侣的要求，正如对人生一切的要求一样不能太苛。事情总有正反两面：追得你太迫切了，你觉得负担重；追得不紧了，又觉得不够热烈。温柔的人有时会显得懦弱，刚强了又近乎专制。幻想多了未免不切实际，能干的管家太太又觉得俗气。只有长处没有短处的人在哪儿呢？世界上究竟有没有十全十美的人或事物呢？抚躬自问，自己又完美到什么程度呢？这一类的问题想必你考虑过不止一次。我觉得最主要的还是本质的善良，天性的温厚，开阔的胸襟。有了这三样，其他都可以逐渐培养；而且有了这三样，将来即使遇到大大小小的风波也不致变成悲剧。

做艺术家的妻子比做任何人的妻子都难；你要不预先明白这一点，即使你知道"责人太严，责己太宽"，也不容易学会明哲、体贴、容忍。只要能代你解决生活琐事，同时对你的事业感到兴趣就行，对学问的钻研等等暂时不必期望过奢，还得看你们婚后的生活如何。眼前双方先学习相互的尊重、谅解、宽容。

对方把你作为她整个的世界固然很危险，但也很宝贵！你既已发觉，一定会慢慢点醒她；最好旁敲侧击而勿正面提出，还要使她感到那是为了维护她的人格独立，扩大她的世界观。倘若你已经想到奥里维的故事，不妨就把那部书叫她细读一两遍，特别要她注意那一段插曲。像雅葛丽纳那样只知道love，love，love！的人只是童话中人物，在现实世界中非但得不到love，连日子都会过不下去，因为她除了love一无所知，一无所有，一无所爱。这样狭窄的天地哪像一个天地！这样片面的人生观哪会得到幸福！无论男女，只有把兴趣集中在事业上，学问上，艺术上，尽量抛开渺小的自我（ego），才有快活的可能，才觉得活的有意义。

未经世事的少女往往会存一个荒诞的梦想，以为恋爱时期的感情的高潮也能在婚后维持下去。这是违反自然规律的妄想。古语说，"君子之交淡如水"；又有一句话说，"夫妇相敬如宾"。可见，只有平静、含蓄、温和的感情方能持久；另外一句的意思是说，夫妇到后来完全是一种知己朋友的关系，也即是我们所谓的终身伴侣。未婚之前双方能深切领会到这一点，就为将来打定了最可靠的基础，免除了多少不必要的误会与痛苦。

婚姻鞋

◎毕淑敏

婚姻是一双鞋。

先有了脚，然后才有了鞋。幼小的时候光着脚在地上走，感受沙的温热、草的润凉，那种无拘无束的洒脱与快乐，一生中会将我们从梦中反复唤醒。

走的路远了，便有了跋涉的痛苦。在炎热的漠地被炙得像鸵鸟一般奔跑，在深陷的沼泽被水蛭蜇出肿痛……

人生是一条无涯的路，于是人们创造了鞋。

穿鞋是为了赶路，但路上的千难万险，有时尚不如鞋中的一粒砂石令人感到难言的苦痛。

鞋，就成了文明人类祖祖辈辈流传的话题。

鞋可由各式各样的原料制成。最简陋的是一朵新鲜的芭蕉叶，最昂贵的是仙女留给灰姑娘的那只水晶鞋。

不论什么鞋，最重要的是合脚，不论什么样的姻缘，最美妙的是和谐。

切莫只贪图鞋的华贵，而委屈了自己的脚。别人看到的是鞋，自己感受到的是脚。脚比鞋重要，这是一条真理，许许多多的人却常常忘记。

我做过许多年医生，常给年轻的女孩子包脚。锋利的鞋帮将她们的脚踝砍得鲜血淋淋。粘上雪白的纱布，套好光洁的丝袜，她们袅袅婷婷地走了。但我知道，当翩翩起舞之时，也许会有人冷不防地抽搐嘴角：那是因为她的鞋。

看到过祖母的鞋，没有看到过祖母的脚。她从不让我们看她的脚，好像那是一件秽物。脚驮着我们站立行走，脚是无辜的，脚是功臣。丑恶的是那鞋，那是一副刑具，一套铸造畸形残害天性的模型。

每当我看到包办而蒙昧的婚姻，就想到祖母的三寸金莲。

幼时我有一双美丽的红皮鞋，但鞋窝里潜伏着一只夹脚趾的虫。每当我不愿穿红皮鞋时，大人们总把手伸进去胡乱一探，然后说："多么好的鞋，快穿上吧!"为了不穿这双鞋,我进行了一个孩子所能爆发的最激烈的反抗。我始终不明白:一双鞋好不好,为什么不是穿鞋的人具有最后否决权?

旁边的人不要说三道四,假如你没有经历过那种婚姻。

滑冰要穿冰鞋,雪地要着雪靴,下雨要有雨鞋,旅游要有运动鞋。大千世界,有无数种可供我们挑选的鞋,脚却只有一双。朋友,你可要慎重!

少时参加运动会,临赛的前一天,老师突然给我提来一双橘红色的带钉跑鞋,祝愿我在田径比赛中如虎添翼。我褪下平日训练的白网鞋,穿上像橘皮一样柔软的跑鞋,心中的自信也突然溜掉了。鞋钉将跑道锲出一溜齿痕,我觉得自己的脚被人换成了蹄子。我说我不穿跑鞋,所有的人都说我太傻。发令枪响了,我穿着跑鞋跑完全程。当我习惯性地挺起前胸去撞冲刺线的时候,那根线早已像授带似地悬挂在别人的胸前。

橘红色的跑鞋无罪,该负责任的是那些劝说我的人。世上有很多很好的鞋,但要看适不适合你的脚。在这里,所有的经验之谈都无济于事,你只需在半夜时分,倾听你脚的感觉。

看到那位被称为"赤脚大仙"的参加世界田径大赛的南非女子的风采,我报以会心一笑:没有鞋也一样能破世界纪录!脚会长,鞋却不变,于是鞋与脚,就成为一对永恒的矛盾。鞋与脚的力量,究竟谁的更大些?我想是脚。只见有磨穿了的鞋,没见有磨薄了的脚。鞋要束缚脚的时候,脚趾就把鞋面排开一个洞,到外面去凉快。

脚终有不长的时候,那就是我们开始成熟的年龄。认真地选择一种适宜自己的鞋吧!一只脚是男人,一只脚是女人,鞋把他们联结为相似而又绝不相同的一双。从此,世人在人生的旅途上,看到的就不再是脚印,而是鞋印了。

削足适履是一种愚人的残酷,郑人买履是一种智者的迂腐;步履维艰时,鞋与脚要精诚团结;平步青云时,切不要将鞋儿抛弃……

当然,脚比鞋贵重。当鞋确实伤害了脚,我们不妨赤脚赶路。

爱与孤独

◎周国平

凡人群聚集之处，必有孤独。我怀着我的孤独，离开人群，来到郊外。我的孤独带着如此浓烈的爱意，爱着田野里的花朵、小草、树木和河流。

原来，孤独也是一种爱。

爱和孤独是人生最美丽的两支曲子，两者缺一不可。无爱的心灵不会孤独，未曾体味孤独的人也不可能懂得爱。

由于怀着爱的希望，孤独才是可以忍受的，甚至是甜蜜的。当我独自在田野里徘徊时，那些花朵、小草、树木、河流之所以能给我以慰藉，正是因为我隐约预感到，我可能会和另一颗同样爱它们的灵魂相遇。

一个人无论看到怎样的美景奇观，如果他没有机会向人讲述，他就决不会感到快乐。人终究是离不开同类的。一个无人分享的快乐决非真正的快乐，而一个无人分担的痛苦则是最可怕的痛苦。所谓分享和分担，未必要有人在场，但至少要有人知道。永远没有人知道，痛苦便会成为绝望，而快乐——同样也会变成绝望！

交往为人性所必需，它的分寸却不好掌握。帕斯卡尔说："我们由于交往而形成了精神和感情，但我们也由于交往而败坏着精神和感情。"我相信，前一种交往是两个人之间的心灵沟通，它是马丁·布伯所说的那种"我与你"的相遇，既充满爱，又尊重孤独；相反，后一种交往则是熙熙攘攘的利害交易，它如同尼采所形容的"市场"，既亵渎了爱，又羞辱了孤独。相遇是人生的莫大幸运，在此时刻，两颗灵魂仿佛同时认出了对方，惊喜地喊出："是你？"人一生中只要有过这个时刻，爱和孤独便都有了着落。

玫瑰往事

◎林清玄

11 岁的时候，他喜欢上教他国文的女老师，老师 25 岁，有一对黑眼珠和深深的酒窝。

那时他的父亲种了一亩玫瑰，他每天偷剪一朵父亲的玫瑰，起得绝早，在暝色中将玫瑰放在老师讲台的抽屉，然后回家睡觉，再假装像没事人一样到学校上课。老师对每天的一朵玫瑰调查了好几次，但从来不知道是谁放的。他也不敢承认，只要看到老师每天拿起玫瑰时那带着酒窝的微笑，他就一天都很快乐，甚至唱着小调回家。他在老师抽屉放玫瑰花足足放了两年，直到他从乡下的小学毕业。20 年后，他的老师还在乡下教书，有一回在街上遇到，老师的头发白了，酒窝还在，他很想说出 20 年前那一段属于玫瑰的往事，但终于没有说出口。让玫瑰有它自己的生命吧？那样已经够了，他想。

金急雨是一种花的名字，花谢时像乱雨纷飞。他常站在她家巷口前的金急雨花下，看着落了一地的金黄色花瓣。有时风起，干落的花瓣就四散飞去，但不改金黄的颜色，仿佛满天飞起的黄蝴蝶。

有四年的时间，他几乎天天在花下等她，然后一起走过长长的红砖道路。

他们分开的那一夜是在金急雨花的树下，他看她的背影沉默地消失在黑夜的巷子，心中一片茫然，如同电影放映时的片断，往事一幕幕地从黑巷里放映出来，他一滴泪也没有落，竟感觉那夜的天星比平常更明亮。

他捧起一把落地的金急雨，让它们从手指间静静地滑落，那时他真切地体会到，如果金急雨不落下，明年就没有新的芽，也不会开出新的花。萎落的花并非死亡，而是一种成长，一种等待，等待下一个季节。

相识的时候是花结成蕾，爱的时候是繁花盛开，离别之际是花朵落在微风抖颤的黑夜。为了体会到这种惊奇的成长，他竟落下泪来。

奇　语

◎柏　杨

一个人如果交上了桃花运，不是说劝告的话挡不住，便是原子弹都挡不住。

社会上现在流行一种观念，认为既然怕老婆的都是上流人物，打老婆的都是低级家伙，假怕老婆的现象乃应运而生。

凡是漂亮的女人，似乎多半没有脑筋；不是她根本没有脑筋，而是贱骨头的男人大多，无论啥事，都为她设计周全，并赴汤蹈火以服务之，用不着她去用脑筋也。

女人仅经济上有独立能力似乎还不够，如果心理上不能独立，那只有更苦——社会家庭两头忙。必须心理上有独立能力，才算是真正的人格独立，才有资格完成自我。

一个有头脑的太太，永不会忘记修饰自己，不知道修饰自己的女人乃一头伟大的母猪，它以为它连老命都奉献啦，应该被爱了吧？人类都是爱猫者有之，爱狗者有之，爱金丝雀、画眉鸟有之，而爱母猪的似乎不太多也。盖人之异于禽兽，在于人有审美眼光。人类间之爱，不完全基于实用，有时候甚至和实用根本一点关系都没有，而只求悦目。像一幅图画，像一段音乐，它能疗饥饿乎？一个做妻子的人必须了解这一点，才算孺子可教。

处女是神圣的，因为处女差不多都很纯洁，所以古时候杀人献祭，从没有听说把一个老头弄去宰掉，而都是要一个美貌处女。

一个人本来是非常聪明的，一旦恋起爱来，便恋得糊涂不堪；同样的一个人，一旦嫉妒起来，也会照样糊涂不堪。

诺 言

◎ 张小娴

一个男人说："不是我的诺言不兑现，而是时间和环境改变得太快，出乎我的意料。"

他到底知不知道什么是诺言？能够因为时间、环境改变而做出相应的改变，还算是诺言吗？

诺言是我答应过你的事，即使时间、环境、所有客观的因素改变，我依然会付诸实施。

正是我们知道许多事情都会改变，有那么一天，环境、际遇、你和我，都会改变，所以我们才需要诺言。

随时可以改变的那些，不是诺言，是对策。

连什么是诺言都不知道的男人，当然不可能遵守诺言，也不配许下诺言。

为什么一对夫妻要在教堂里许下诺言："无论环境顺逆，无论疾病健康，我都会爱你！"最深沉的情意，最伟大的奉献，是与世上一切变迁抗衡的。

今天我答应你，无论将来世界变成怎样，你变成怎样，我仍然会像今天这样爱你。所有的盟誓都应该是这样，而不是此一时，彼一时。

诺言是很贵的，如果你尊重自己的人格的话。

溺身于情

◎培　根

有人说："人生不过是一座大舞台"，但我不赞同这种说法。好像一个本该思考天意，追求高尚目标的人，却应一事不做而只拜倒在一个小小的偶像面前，成为自己感官的奴隶——虽说还不是与禽兽无异的奴隶，但毕竟也只是娱目色相的奴隶。难道上帝赐给人类眼睛的目的不是看更高尚的东西吗？

过度的爱情，必然会夸张对象的性质和价值。例如，只有在爱情中，才总是需要那种浮夸谄媚的辞令。而在其他场合，同样的辞令只能招人耻笑。古人有云："最大的奉承，人总是留给自己。"但对情人的奉承应算例外。因为再伟大的人也甘愿拜倒在情人的脚下。所以古人说得好："恋爱者难保神智清明。"情人的这种弱点不仅在外人眼中是明显的，就是在被爱者的眼中也会很明显，除非她（他）也在爱他（她）。所以，爱情的代价就是如此，若得不到要求的爱，那就只有得到轻蔑。由此可见，人们应当十分警惕这种感情。因为它不但会使人丧失其他，而且可以使人丧失自己。

至于其他方面的损失，古人早告诉我们，那追求海伦的人，舍弃了天后和巴立斯的礼物。这就是说溺身于情的人是甘愿放弃一切的，包括金钱和思想。

爱情在人心最空虚、最寂寞的时候最容易进入，也就是当人春风得意、忘乎所以和处境窘困、孤独、凄凉的时候。虽然在后一情境中不易得到爱情，但人在这样的时候最急于跳入爱情的火焰中。由此可见，"爱情"实在是"愚蠢"的儿子。但有一些人即使心中有了爱也会加以控制，使它不妨碍重大的事业。因为爱情一旦干扰事业，就等于在人与目标之间筑起了一道高墙。

我不懂是什么缘故，使许多军人更容易堕入情网，也许这正像他们嗜爱饮酒一样，是因为欢乐可以缓解长久的紧张状态。

人心中都有一种博爱，若不集中于某个专一的对象就必然施之于更广泛的大众，使他成为仁善的人，像有的僧侣那样。

夫妻之爱，使人类繁衍；朋友之爱，致人于完善。但那荒淫纵欲的爱却只会给人带来毁灭。

不要做婚姻的文盲

◎戴尔·卡耐基

一些婚姻的破裂与夫妻间的性生活有着很大关系，但生活中许多人在这方面缺少一定的知识与常识，于是给自己的家庭生活带来悲剧。

社会卫生所总干事戴维斯博士曾就夫妇间性生活问题调查了1000位已婚妇女，结论令人吃惊——普通的美国成年人在性生活方面都不大快乐。戴维斯博士指出："国内离婚的一个重要原因，就是生理问题的不和谐。"

另一位学者汉密尔顿博士花费4年工夫，研究了100名男子及100名女子的婚姻，得出了与戴维斯博士相同的论点。他个别询问了这些男女大概400个关于他们婚姻生活的问题，并透彻地讨论他们的问题。最后汉密尔顿博士与马克哥文把这次调查的结果与思考写成《婚姻的症结是什么》一书，有兴趣的读者可购来一阅。

汉密尔顿博士在《婚姻的症结是什么》中写道："唯有很偏见的很不谨慎的精神病治疗家，方能说许多婚姻的冲突不是因为性生活的不和谐。无论如何，由于别种困难所引起的冲突，假如性关系的本身是满意的，都是可以化解的。"

洛杉矶家庭关系研究所的鲍本诺博士考察过数千例婚姻，他认为，导致婚姻失败的主要因素主要有以下4种：

性生活不和谐；

消闲的方式、观念不同；

经济困难；

心理的、身体的或情绪的反常现象。

鲍本诺博士所罗列的婚姻失败的原因，第一条就是性生活，令人奇怪的是经济因素只居第三。所有的婚姻问题专家，都同意性的配合是绝对的必须。例如，数年前，辛辛那提家庭关系法庭的郝门法官——一位曾听过数千个家庭悲剧的人——宣称："离婚者中的90%是因为性生活不谐调。"

著名心理学家沃森也说："性，众所公认的是生活中最重要的问题。无疑的，那是造成男女关系破裂最主要的原因。"我听过许多行医的医生在我的班中演讲，说的大致都是一样的话。在20世纪的今天，有众多的书及教育的熏陶，却仍有不少人因对这种重要天然本能的无知，而导致婚姻生活的破灭，真是可悲可叹。

白德费尔在从事传教事业18年后毅然放弃了这一职业，去担当纽约市家庭辅导服务处主任，他大概为青年们举行婚礼比谁都多。他说："根据我早年做牧师的经验，我发觉到，即使恋爱时间较长、彼此感情较深，很多走上婚姻殿堂的男女也仍是婚姻的文盲。"

"婚姻的文盲！"这种见解令人颇为吃惊。

他继续说道："你们认为我们把婚姻的诸多难题都交给了机会，把离婚率控制在16%是一件惊人的事。而处在这个惊人数目中的夫妇实际上并没有真正地结婚，仅仅是没有离婚而已。机会很难创造出快乐的婚姻。"

"快乐的婚姻，很少是机会的产物。它们就像建筑似的必须要有理智的、用心去设计。"很多年来，白德费尔特牧师坚持由他证婚的男女，一定同他坦白地讨论他们未来的计划，并帮助他们设计幸福婚姻。通过与无数对结婚青年的探讨，他得出结论：急于结合的人几乎都是"婚姻的文盲"。

"性，不过是在结婚生活中多种满意的一种，但除非这种关系适当，没有别的事会适当的。"

那么，怎样使之适当呢？

白德费尔特牧师接着说："碍于情面的不言语，必须代之以客观言论的能力，并要有对结婚生活的充分认识和适应。获得这种能力，最好的办法，就是去读一些科学合理、情趣高尚的有关生理学及婚姻学方面的书。"

爱情的生命

◎纪伯伦

春

来呀，亲爱的！让我们到荒野去！冰雪已经消融了，生命从梦乡苏醒，春在河谷、山坡蹒跚，摇曳。走呀！让我们去追寻春天在辽阔的田野上留下的踪迹；上呀！让我们登上高山，放眼眺望四周那如海似涛的翠微。

啊！冬之夜叠好、收起的衣裳，如今春之晨又将它铺展开来。于是桃树、苹果树打扮得如同"盖得尔夜"的新娘；葡萄树醒来呀，枝藤扭结好似情人紧紧拥抱在一起；溪流在岩石间边跳着舞，边哼着欢乐的歌，潺潺流去；百花从大自然的心中绽开，如同从大海中涌出浪花朵朵。

来！让我们从水仙花的酒杯中喝干残存的雨的泪水。让我们倾听小鸟的欢歌，心旷神怡；让我们呼吸那春风的芳菲，如醉如痴。

让我们坐在那藏匿着紫罗兰的岩石下，相互在爱恋中亲吻。

夏

快，亲爱的！让我们到田野去！收获的季节到了！大自然在太阳的仁爱的光芒普照下，庄稼已经成熟了。快来呀！莫让鸟儿和蚂蚁趁我们疲劳的时机赶在了前头，把我们地里的粮食全搬走。快来呀！让我们采撷大地上的果实，如同精神采撷爱情在我们心中播下的忠诚的种子所结出的幸福之果；让我们用田里的产品装满库房，如同生活充实了我们感情的谷仓。

来呀，我的情侣！让我们盖着蓝天，铺着草地，头枕一捆松软的干草，在一天劳累之后，躺下来休息，听着月下谷地的小溪在潺潺细语。

秋

亲爱的，让我们到葡萄园去！把葡萄榨成汁，装进酒池里，好似把世世代代的智慧和哲理收藏在心窝里。让我们采集干果，提取花的香液，即使花果消亡，亦可芳泽人世……

让我们回到自己的住处；因为树叶已经变黄，风卷枯叶飘落四方，好像要用它们为凋零的百花盖上尸衣，那些花是走在送别夏天时，悲伤得郁郁而死。走吧！群鸟已向海岸飞去，它们带走了园林中的生气，只给素馨和野菊留下一片孤寂，于是它们把未尽的泪水洒落在地。

我们回去吧！小溪已不再歌唱，泉眼已流干了它欢乐的泪，山丘也脱下了它的艳服盛装。走吧，我亲爱的！大自然已经睡眼朦胧，唱了一首悲壮、动人的歌曲，为清醒送行！

冬

靠近我，我终身的伴侣！莫让冰雪的气息隔开我们的身体。请坐在我身边，在火炉前！火是寒冬美味的水果。同我谈谈子孙后代的前景！因为我的两耳已经听腻了风的叹息和种种悲鸣。把门窗全都关紧！因为见到天气的怒容，会让我伤感、悲痛，看到城市像失去了儿子的母亲坐在冰天雪地中，会令我愁肠百结，忧心忡忡。老伴儿，给灯添些油吧！它几乎要熄灭了。把灯移到跟前！让我看看漫漫长夜在你脸上刻画下的阴影。拿酒来，让我们边斟边饮边回忆那逝去的青春。

靠近我，靠近我些，亲爱的！火已经熄了，灰烬几乎把它盖了起来。拥抱我吧！灯已经灭了，周围是一片漆黑。啊！陈年老酒使我们眼皮沉重。再瞧瞧吧！用你那朦胧的睡眼。搂着我！趁着睡魔还未将我搂紧之前。吻吻我吧！冰雪已经战胜了一切，唯有你的吻还是那样温暖、热烈……啊，亲爱的！安眠的海是多么深沉！啊，明晨又是多么遥远……在这世界上！

情 深

◎安琪拉·马丁

那是一个凉爽的秋日。乌云遮盖着蓝色的苍穹，仿佛是上帝想要掩盖太阳的光芒。风声低语着，树叶沙沙地落到地上。

这是一个值得纪念的日子。这是年轻女子一辈子最盼望的一天，我知道我会永远珍惜这些时刻。

我面前站着一位年轻男子，我和他分享了许多的秘密和迷人的时刻。我曾在他的耳边低声地许下承诺，也尽力去实现这些诺言。在他进入我生命之前，我从不信任任何人。现在我知道只有这个人可以打开我的心房。

这是我们两个的第一次。我们紧张地彼此注视，等着对方踏出第一步。我不确定我们是否都已经准备好了，做出这么仓促的决定，很可能对我们的生活造成毁灭性的影响。

我们沉默地站在那里，仿佛站了一辈子。我的脑海里不断浮现出过去的景象。我们曾经共同分享过的欢笑与泪水将会被我收藏在心里特殊角落。我的感情此时非常地脆弱。

我一方面想跑去藏起来，另一方面我却对自己说："迎向前去吧，时间到了。"

他仿佛可以看透我的心思一般，轻轻地抓住我的手，让我感到寒冷刺骨，也消除了我所有的疑虑。他温柔地低声说："时间到了。"

我站在后面看了他最后一眼，我要记住，我们跨出这重大的一步之前，他是何模样。我将来再也不会像现在这样看着他了。等到我们走到另一端之后，事情就会变得不一样了，我们就不能再往回看了。

我们的眼神再一次相遇。真希望我们可以让时间停止，然后将那些时光偷来，永远藏在我们的心中。我们两个都不会再有当时那感受了。什么事情都只有一个第一次，现在就是了。

我拥抱着他，开玩笑地吻了他和鼻头，接着我轻柔地在他的耳边低声说："我爱你。"接着我们两个所等待的时刻终于到来了。

我永远也不会忘记这一天，也不会忘记他咧嘴微笑的蠢样子。

爱情，爱情，爱情

◎波伏娃

最最亲爱的人：

日子现在很轻松地飞向 5 月 10 日。天气跟去年这个季节一样，温暖、安静、宜人。那时我也在南方过了三个星期，离这儿不远。我仍在写那本没完没了的书，但没有那么玩命，反正也不打算赶着把它写完，我在等待你。今年你来到我的国家非常好。既然你每天做一件有关旅行的事，我建议你可做一件事：也许你能去办理一个意大利的入境签证？法国人只需要护照，不需申请签证就可去意大利。我想对美国人会容易些，你可以去打听一下吗？我有足够的钱可以像国王和王后那样在意大利过一个月。

劳伦斯（T. E.）实在是个怪人！他征服了阿拉伯世界，写了一本了不起的书，此后决定用一个假名过 7 年普通士兵的生活，但又憎恨军队、军官和其他士兵。正因为他恨这一切所以他要这样去做。你这个聪明的人，你能理解吗？

两天前我乘了一辆出租车去看望我的俄国病友，她在附近一个美丽村子里度过冬天，恢复健康。她的丈夫有时来陪她，但他必须回到巴黎工作，她一个人独自呆了几个星期。她翻译一些低水平的美国侦探小说，人们通过出版质量差的美国侦探小说赚了不少钱，好的小说反而难卖出去。她到处散步，希望自己康复。令人难过的是，我从巴黎获知她的肺里仍有病菌。我陪她兜了一大圈后把她送上了火车。她爱看风景，看我的可爱的村子和舒服的旅馆，她跟我讲述了不少故事，在这个地方，有许多女巫和奇奇怪怪的人。见到她，能使她快活些，我也高兴，我觉得挺喜欢她。她怕回到巴黎，怕了解到我已知道而她尚不知道的情况。当火车驰出车站把她带向可怕的真相时，我的心中忐忑不安。希望——绝望——又希望——又绝望，月复一月，年复一年下去，太可怕了。

亲爱的，收到你的来信，在我的小阳台上看你的信，望着大海心中甜滋滋的。我一直喜欢听关于法雷尔的故事，他好像是在美国或法国能找到的最自满、差劲、无聊、不值分文的作家！

现在又回来写我的书，在你到来前我已不抱希望写完它了。也许两周后你白天使劲睡觉时我可以工作一会儿，我猜你会睡觉的。

再见纳尔逊，我非常高兴。你要在我身旁，该有多好！下一封信请寄到巴黎。去了解一下有没有一班火车直接把你从船上拉到巴黎，以及几点到站。我想到车站接你好些，也只是两个小时的差别，而我不需要在那里等你办理各种入境手续：海关检查、护照等等，船上要花许多时间。我去火车站。

爱情、爱情、爱情……

你的西蒙娜

爱情问候

◎燕　妮

此信上方的地名将告诉你，它，那悲惨的地方，那古老的宗教小巢连同它那小小的人类世界，已经留在我背后了。接着，这地名还要告诉你，我们去了一趟沃格策，告诉你我在那个小小的殷勤的疗养地的内心生活和外部活动。但是，你先得屏气凝息来细听，我的心爱的人，细听我的心儿带给你亲切的爱情的问候，细听心儿向你絮絮低声诉说爱情的甜蜜、温柔的话语。——亲爱的卡尔，如果你现在能和我在一起，如果我能偎依在你胸前，和你一起眺望那令人心旷神怡的亲切的谷地、美丽的牧场、森林密布的山岭，那该有多好啊！可是，啊，你是那么遥远，那么不可企及。我的目光徒然把你寻觅，我的双手徒然向你张开，我以最柔情蜜意的话语徒然把你呼唤。我只得在你的爱情的无声的信物上印上热烈的吻，把它们当作你紧贴在心房，用我的泪水浇灌它们。卡尔，常给我送来这种爱情的使者吧，常给我来信吧，我需要它，我对它的需要非笔墨所能形容。这是我所拥有的唯一能鼓舞我那沮丧的心灵，唯一使我不致完全陷于悲哀和绝望的东西了。我至今仍不能平静下来，想到那无法弥补的损失我就不能平静而理智地忍受。在我看来，一切是那样的悲惨、那样的不祥，未来的一切我觉得是那样的暗淡；未来没有东西向我微笑，面前没有东西使我欢乐。甚至灿烂的过去也只产生悲哀的回忆，唉，眼前毫无乐趣的每时每刻重新强使我把我们昔日的丰富和我们今日的贫乏极为痛苦地进行对比。每一天，每一瞬间都提醒我：如今一切都变了，过去的一切都一去不复返了，那为我们的爱情祝福的卓绝的人不再和我们在一起了，他已不能把祝福我们的、给我们力量的太阳的光芒投入今日的黑暗中，他被永远地从我们身边夺走了，他永远地走了。

今天，他那亲切而美好的形象栩栩如生地重现在我的眼前，今天正好是我们一起去屈伦茨的一周年，那天我们两人曾单独在一起，两三个小时地谈论生活中最重要的事，谈论最高尚的、神圣的利益，谈论信仰与爱情。他说了一些美好而珍贵的话，像金科玉律铭刻在我的心头。他和我交谈时是如此慈爱，如此真诚，如此亲切，只有像他这样天资卓越的人才能做得到。我的心真诚地感受着他的爱并且将永远铭记他的爱！有一种爱，它超过了我们的生命，永无穷期，他的爱就是这样的爱。那一天，他心情忧郁，表情严肃，他谈了很多关于亲爱的爱德华的令人担忧的状况，他当时已很清楚地预见到这事的悲惨结局；他也埋怨他自己身体衰弱。那天，他咳得很厉害，备受折磨。

我给他采来了一束草莓，并把最好的浆果摘给他。你要是能看到他当时多么高兴，多么感激我，并向我微笑那该多好。我永远永远不会忘记这天使般的微笑！——后来，他变得开朗些了，甚至风趣地开起玩笑来，把我叫作总督夫人。事情是这样的：当时里韦总督的妻子病得非常重，人们每天都以为她会死去，你的父亲说我可以取代她的位置，我应当把总督选作我的临时丈夫，在一段长时期内扮演总督夫人的角色，因为和你的事还得等很久。这个怪念头使他开心了很久很久，我一抬头看他，他便开玩笑地说："我们最仁慈的女长官夫人，近来可好？"就这样，每天、每时都令我回想起这位非常好的人物，重新唤起我追念这位亲爱的与世长辞的人的情怀，怀念他和我们在一起时的美好时日。但是，我并不希望他回到我们这个悲惨的世界，不，我为他的运道祝福，我羡慕这种运道——我为他在上帝的怀抱中所感受到的幸福的安息而高兴，为他不再受苦受难而高兴，为他在另一个世界里由于他卓越的一生得到重赏而高兴。

卡尔，原谅我这样悲痛欲绝，原谅我这么长久地陷在对你和我们大家都永远难忘的、神圣的人的回忆上，原谅我这样做重新引起你那好不容易才平静下来的悲痛，原谅我由于哀痛而无法控制自己。请原谅我给你的信缺乏生气和亲切，但是，我还不能完全左右自己的情绪，还不能完全消释自己的悲痛。我们要哀悼他的逝世，还有什么比我们始终怀念他，永远保留对他的清白的一生、他的崇高的美德、他的圣洁的爱的永志不忘，更适当更庄重的呢？对我们来说，这也就是最大的安慰，最好的镇痛剂。

随信寄给你几根亲爱的人的头发。这是他的躯体留下的最后一点遗物了——愁苦与操劳使它们变白了。我在那上面印上了亲吻，倾注了泪水。

愿它们成为你这一生的护身符吧，让它们时刻向你提醒你的……美德吧。

我多么需要你的温存

◎乔治·桑

　　我亲爱的天使，我感到极度的不安。我没有收到安托尼奥的任何信件。为了知道第一个夜晚你是怎样度过的，我特意去了维琴察。我仅获悉那个上午你从这里经过，你从帕多瓦给我写的两行字是我得到的有关你的全部消息了。我当时真不知该怎么办才好了。帕杰洛对我说，万一你病了，安托尼奥肯定会给我们写信的。不过我也清楚，在这个国家，信件经常会寄丢或者会在路上滞留六个礼拜。我绝望了。最终我收到了你从日内瓦寄来的信。噢！我的宝贝，你让我怎么感谢你呢?! 这封信有多好，它让我心中的这块石头落了地。你真的没有生病、很健康，真的没有受苦吗? 我总是担心，你出自感情原因总向我夸口，总说自己身体好。哦！我亲爱的小弟弟，愿上帝给你一个健康的身体，并永保健康。你的好身体如同你的友情，在我的生活里不可或缺。缺了哪一样，我都无法指望有一天好日子过。阿尔弗雷德，当我想到失去你的心时，你不要以为我还会感到高兴。不论我是你的情妇还是你的母亲，这都无关紧要。无论是我激发了你的爱情还是友情，我和你在一起无论是幸福还是不幸，这一切都无法改变我现在的心境。我只知道我爱你，事情就这样简单。但是，我并不是渴望每分每秒都拥抱你，并非想置你于死地而后快。我只是想用男性的阳刚和女性的温柔来爱你，关心你，使你免遭任何不幸，为你解除一切不快，向你提供娱乐、让你高兴，这就是当我失去你之后感受到的需求和歉疚心情……为什么这样一桩我本该愉快地去完成的美事儿，后来却渐渐地变得如此苦涩，到头来竟突然变成了不可能呢? 是什么天命把我奉献的良药变成了砒霜? 为了让你有一夜的休息和宁静我本该付出我全部的心血，我为什么竟成了对你的一种折磨、一种祸患、一个梦呢? 当我受到达些讨厌的回忆缠绕的时候（什么时候才让我安宁!），我几乎要发疯了。我泪落如涌，洒满枕头。在那万籁俱寂的夜晚，你的呼唤声在我耳边回响。现在，有谁再来呼唤我? 有谁还要我来彻夜照料? 而我专为你积聚的力量不来作践自己又能用于何处？

　　噢！我的心肝、我的宝贝！我多么需要你的温存，你的谅解！你可别提要我原谅的话，永远也不要对我说你曾经错待过我。我知道什么呢？我什么都想不起来了。我只记得我们非常地不幸，我们已经分手。可是，我知道，我感觉到我们将真心诚意、和和睦睦地相亲相爱，百年偕老。我们将以圣洁的感情来治愈我们彼此为了对方而遭受的痛苦和磨难。唉，多么不幸，这不是我们的过错，我们只是顺从了命运的安排，我们那种粗犷、暴躁的性格妨碍了我们过普通情人的生活。然而我们命中注定要相识、要相爱，请你相信这是缘分。那天早晨，要不是你年轻，要不是你血气方刚，要不是我的软弱心肠——你的眼泪感化了它，我们可能还以姐弟相处。当时，我们都清楚这样对我们更合适。你我彼此早就预料到了我们今天的结局。总之，这又有什么关系呢？我们走的是一条崎岖不平的羊肠小道，然而我们还是到了我们本该在一起歇息的高峰。我们曾是情侣，彼此相互了解，直至心灵的深处，这样再好不过了。我们彼此又发现了什么，致使我们相互嫌弃呢？噢！要是我们在盛怒之下就分手，彼此不能谅解，又不能说个明白，那我们不是太惨了吗！因此，就是这可恨的想法破坏了我们的整个生活。那么，我们从此再也不会相信任何东西了。但是我们就这样心甘情愿地分手吗？我们不是作过多次徒劳无益的努力吗？每当我们孤身独处的时候，我们那充满傲气和怨恨的心不是被痛苦和悔恨撕得粉碎吗？在放弃这种已经不可能继续维持的关系的同时，我们还应该永远保持联系。你说得对，我们的拥抱是乱伦行为，可我们当时并不知道。我们彼此清白无辜地、真诚地投入了对方的怀抱。好吧！我们能够回忆起哪一次拥抱是不贞洁、不神圣的吗？你曾在一时的激动和狂热中责备我不会给你爱的欢快，当时我哭了，现在我感到十分高兴：这种责备多少含有某种真实的东西。我感到欣慰的是，那种爱的欢快比你在别处得到的欢快更严肃、更含蓄。至少，你在别的女人怀里想不起我来。但是，当你孤身一人，需要祈祷、需要哭泣时，你会想到你的乔治，想到你真正的同伴、你的护士、你的朋友，想到所有那些比这还要好的东西。因为我们的感情是由许许多多东西编织而成的，这份感情不能与其他任何一种感情相比。世人对此永远也无法理解，这真是太好了。我们将相亲相爱，但我们又不把这种感情放在心上。

　　关于这一点，我曾经给你写过一封长信，叙述了我在阿尔卑斯山旅行的情况。如果不妨碍你的话，我打算把它刊登在杂志上。我把这封信先寄给你，如果你认为无可挑剔的话，你就把它交给布洛兹。如果你想作一些修改和删减，那么，不需我再重复，对我过去、现在、将来的所有手稿，你都有挥斧砍杀的权力。总之，如果你觉得这封信根本不宜发表，那你就把它扔进火炉里烧掉或者存放在你的文件夹里，随你的便。我把你母亲写来的一封信转给你，这是近日收到的；还有你放在我吸墨纸里、忘了拿走的诗稿，也一并给你寄去。为了少占点地方，我把诗重抄了一遍。

　　至于我的情况，跟你说些什么呢？我还行，还挺着呢。不过我无法预料我会出什么事。我现在威尼斯，等到凑够必要的钱和能够脱身，我就去君士坦丁堡。不过，在此之前我得完成布洛兹约的稿。为此我夜以继日地拼命干活。但是我还没有动手写《安德烈》，因为我提起精神干活也不过只是几天功夫。这些天，我还给你写了那封关于阿尔卑斯山之旅的信。我非常想回到山上去，可是这样一来我何时才能完成《安德烈》呢？蒂罗尔这个地方往我的脑袋里灌了不少不同寻常的想法，我一定要到那儿去构思《雅克》的轮廓。在此期间，我尽力重新振作起工作热情。我抽超长的烟斗，每天喝咖啡得花费二万五千个法郎。我几乎孤独一人生活。勒比佐每天早晨来看我，待半个小时。帕杰洛来我这儿吃晚饭，八点钟就离开。目前他正忙于照料病人。他原先的情妇，自从认为他对她不忠以来，又对他产生了强烈的占有欲，搞得他非常苦恼。他太善良，太温顺了，没有勇气跟她说他已不再爱她。其实，他真该这么做，因为她是个泼妇。更有甚者，她还给他脸色看。可是，谁去劝他也厉害点呢？反正不是我。这个女人来求我帮忙说说情，尽管我清楚地感到我只能给他们帮倒忙，但我又非这么做不可。帕杰洛是个品行高尚的男人，他应该得到幸福。因此，我不该劝他与那个阿尔帕丽丝和好。也正因为如此，我将离开此地。

　　在此之前，我和他在一起把我一天中最愉快的时光花在谈论你的事情上。他这个人易动感情，心地善良。他真正理解我的忧愁，而且对此深表同情。他是个默默地为我作牺牲的人，他对我关怀备至，照顾周全，连我自己都没有想到的事他都做了。我没时间考虑自己的需要，他却猜得到我要什么，并给于物质上的满足，让我生活得更美好。至于别的事情，当他不明白时就沉默不语，从不烦人。我得顶住那些吃了饭没事干的人的围攻，他们已经聚集在我的斗室周围。不知为什么，每当我想独自清静一下的时候，总会有这样的事情发生。这些讨厌的人已经围在我的门前。我都弄不清楚是哪些爱说三道四的饶舌妇看了我的小说，并且发现我就在威尼斯。她们想见我、邀我参加她们的座谈。我不想听她们叽叽喳喳乱嚷嚷。我闭门不出，抽我的烟斗，把自己笼罩在烟雾之中，犹如云雾中的神仙。

我交了个好朋友，它给我带来许多欢乐，你肯定也会发疯似地喜欢它。这是一只驯化的欧椋鸟。一天早晨，是帕杰洛从他的口袋里掏出来放在我的肩上的。你能想象吗？它是个最蛮横无理、最胆怯、最淘气、最贪嘴、最荒唐的家伙。你想想，是不是约翰·克赖斯勒的灵魂附到了这只动物的身上？它喝墨汁，它吃我点着的烟斗里的烟丝，那缕缕青烟令它快活无比。我无论什么时候抽烟，它总要停在烟斗的把柄上，将身体深情地俯向冒着烟的烟斗。我坐下干活时，它就蹲在我的膝上或脚背上。我不论吃什么，它都要到我手上抢夺。它在帕杰洛笔挺的外衣上屙屎。总之，这是一只可爱的小动物，它很快就会说话了，它开始学着叫乔治的名字。

再见了，我亲爱的小宝贝，再见。常给我写信吧，我求求你了。我多么想确知你是平安无恙地回到巴黎的啊！别忘了你向我作过保证，要好好保护自己的身体。再见了，我的阿尔弗雷德，爱你的乔治吧。

请你给我邮寄一打轧光手套来，要六双黄颜色的、六双彩色的。尤为要紧的是把你为我而作的诗寄来，统统寄来，我现在一首诗也没有。

请你到我家再拿一册《安蒂亚娜》、一册《瓦伦丁》及一册《莱丽亚》。我想，《莱丽亚》还剩两册，其中一册是用犊皮纸印的，请你不要寄这一册，因为可能会寄丢的。把《西班牙故事》《景色》《罗拉》以及登有《玛丽亚娜》《安德烈》《方答丘》的各期杂志，总之把你写的所有作品都打在邮包里给我寄来。不过，给我寄些非精装本就行，别把我那一丁点儿收藏品拿去冒寄丢的风险。把包裹打好后存在你家，写上我的地址：SansFantin, CasaMezzani, CorteMinlli. 有人会拿着帕杰洛或我的条子到你家来取的。这里正在谈论翻译出版我们俩的作品的事儿，而且呼声还蛮高。请你把你为我写的诗，从第一首到最后一首统统给我寄来。最初写的那几首在我那本俄罗斯皮面的书里。要是你不愿去我家，你就让布库瓦朗把我要的东西交给你。晚些时候，你通过驿车把我要的几件小东西寄给我，但是不要和书放在一起。帕杰洛想给你写信，但是他今天太忙。他让我代他拥抱你，并嘱咐你照料好自己的病体。

爱情的故事

◎圣琼·佩斯

在一间孤零零的茅舍里面，坐着一位青春年少的小伙子。他透过窗户一会儿向缀满群星的夜空张望，一会儿又低头凝视着手中一位姑娘的画像。那画像的每根线条、每种色彩，都在青年的脸上反映出来，因此，这世界上的秘密和永恒世界的天机都在这脸上暴露无遗。那姑娘的画像在与青年喁喁私语，情意绵绵，使他的两眼变得好像耳朵一般，能听懂那屋子空间中邀游的灵魂的语言；那画像又仿佛把青年的一切化为一颗心。爱情使它像火一样炽烈，相思又使它如海一样深沉。

就这样过了一个时辰，那时候好似美梦中一分钟那样短暂，又仿佛是在永恒的人生中度过了一年。然后，青年把画像在画前放好，提笔在一张纸上写道：

"我心爱的人！

"伟大的超然物外的真情实感，无法通过人类相通的语言在人与人之间相传，而只能靠心心相印，默无一言。今夜万籁俱寂，我觉得正是这静谧在你我两颗心之间把情书递传。这书信是如此轻柔，胜似微风把深情写在水上头；这静谧又仿佛拿着我们两颗心中的情书，对我们两颗心轻轻地诵读。但是，正如上帝的旨意把心灵囚禁在躯体内部，爱情的旨意竟让我也变成了话语的俘虏……亲爱的！人们说，爱情会把人变得好似熊熊烈火在燃烧，能把一切都吞噬掉。我发现，离别的时间不能将你我的精神世界隔断。还有，第一次相见，我就知道我的心灵早已认识你不知多少年了。看到你的第一眼，实际上并非第一眼……我亲爱的！使我们这两颗被苍天贬谪下凡的心重新相聚在一起的时分，使我不禁再次相信，心灵的确不会泯灭，它将永世长存。只在这样的时刻里，造化才算揭去了自己的假面具，露出了它那有限的常令人怀疑的正义……

"亲爱的！你是否还记得那座花园——我们曾站在那里相互注视着情人的

脸？你是否知道，当时你的眼神告诉我，你对我的爱并非出自对我的怜悯？那眼神告诉我，并教我对自己，也对世人说：出自公正的馈赠远胜过悲天悯人的施舍，而虚假的爱情则像沼泽中的水一样污浊。

"亲爱的！我想让自己度过伟大、壮丽的一生，能让后世人长记心中，引起他们的爱戴，博得他们的尊敬。我遇见你时，这一生已经开始，而我深信它会永垂青史。因为我认为你是那样不凡，一定能将上帝寄存在我身上的神力通过伟大的言行得以体现，就好似太阳催开百花，使它们争奇斗妍，馨香满园。似这样，我的爱将永世存在，为我自己，也为后代。我爱人们，这爱是纯洁的，毫无私心；我更爱你，这爱是高尚的，脱俗超凡。"

青年站起身，在屋子里踱来踱去。然后他向窗外望去，只见月光溶溶，月色迷离。他坐下来，又接着写下去：

"原谅我吧，亲爱的！因为我刚才竟用了第二人称与你交谈，而实际上，你是我们同时出自上帝手中时我失落的美丽自身的另一半。原谅我吧，亲爱的！"

别了，亲爱的

◎伏尼契

明天我就要离开人世，当早晨太阳升起的时候，我就要被枪毙了。如此，我要履行把一切都告诉你的诺言。但毕竟你我之间是不大需要解释的。我们一直都用不着多说话就能互相了解，还是小孩子的时候就已经这样了。

那么，亲爱的，你还为从前那一记耳光的事情伤心吗？当然，那是一次沉重的打击，但同样沉重的打击，我也受过很多次了，而且我都熬过来了——其中几次我甚至还曾给以回击——而现在我仍旧在这儿，就像我们幼时同看的书（书名已忘记）上所说的那条鲤鱼："活着，跳着，活泼泼地。"不过这是我的最后一跳了，一到明天早晨，就要——"滑稽剧收场了"！你我不妨把这句话翻译成："杂耍收场了"，你不要难过，我们还要感谢那些神，他们至少已经对我们发了慈悲。慈悲虽然不多，但已经够了，对于这一点慈悲以及别的恩惠，我们就应该真心感激。

说到明天的事，我希望你和玛梯尼都要明白了解，我是非常快乐的、满意的，对这样的结局我感到非常自豪。请你把这意思告诉玛梯尼，算是我给他的一个口讯。他是一个好人，也是一个好同志，他会了解的。你瞧，亲爱的，我知道得很清楚，那些陷在泥淖里的家伙，这样快就重新使用起秘密审问和处决的手段来，这就给了我们一个有利的转机，同时使他们自己处在一个极其不利的地位；我又知道得很清楚，如果你们留下来的人能够坚定地团结起来，给他们以猛烈地打击，胜利就离我们不远了！至于我，我将怀着轻松的心情走到院子里去，就如同结束了一次繁重的工作去度假一样。我已经尽了我工作的本分，这次死刑的判决，就是我已经彻底尽职的证明。他们要杀我，是因为他们害怕我，一个人能够这样，你不为我骄傲吗？

只是我还有这么一个小小的心愿。一个快要去死的人是有权利提出他个人的心事的，我的一点心事就是要你心里明白，为什么我一直都像一头发怒的野兽一样对待你，为什么迟迟不肯把夙怨一笔勾销。当然，你自己心里也明白，我所以还要唠叨，是因为我想向你说明，我是爱你的！琼玛，当你还是一个难看的小姑娘、穿着一件花格子布的罩衫、围着一个皱褶不平的胸褡、背上拖着一条小辫子的时候，我就已经爱上你了，我现在也还爱着你。你还记得有一天我吻了你的手，而你那样可怜地央求我"请你以后不要再这样"那件事情吗？这是一种不光明的把戏，我也知道的，可是你一定得饶恕我。现在，我又在这张纸上写着你名字的地方吻过了。这样，我已经两次吻过你了，而两次都没有得到你的允许。

话已经说完了。别了，亲爱的……不论我活着，或是我死掉，你都是我心中的女神！

与爱同行

◎泰戈尔

川流不息的行人走在我的前面，晨光为他们祝福，真诚地说："祝你们一路顺风。"鸟儿为他们唱起吉祥的歌。道路两旁，希望似的花朵竞相怒放。启程时人人都说：前进吧，没有什么可怕的。

我赶不上他们，只好将他们的身影留入我的作品。他们忘却哀乐，抛下每一瞬间生活的负荷。我把他们的欢笑悲啼注入文稿，并在那里生根发芽。

他们忘记了他们所唱的歌谣，留下了他们的爱情。是的，除了爱情，他们一无所有。他们爱脚下的路，爱脚踩过的地面，企望留下足印。他们离别洒下的泪水沃泽了立足之处。他们和同路的陌生人结为挚友。爱情是他们前进的动力，消除他们跋涉的疲累。大自然的美景和母亲的慈爱，伴随着他们，召唤他们走出心境的黯淡，鼓励他们勇敢向前。

爱情若被锁缚，世人的旅程会即刻中止。爱情若被葬入坟墓，旅人就是倒在坟上的墓碑。就像船的特点是被驾驭着航行，爱情不允许被幽禁，只允许被推着向前。爱情的纽带的力量，足以粉碎一切羁绊。在崇高爱情的影响下，渺小爱情的绳索断裂；世界得以运动，否则会被本身的重量压瘫。

当旅人行进时，我倚窗望见他们开怀大笑，听见他们伤心哭泣。爱情能使人落泪，也能叫人抹去眼里的泪水，从而容颜焕发。欢笑、泪水、阳光、雨露，使我四周"美"的茂林百花吐艳。

第四部分

生活即追求力量

新生活

◎胡　适

哪样的生活可以叫做新生活呢？

我想来想去，只有一句话，新生活就是有意思的生活。

你听了，必定要问我，有意思的生活又是什么样子的生活呢？

我且先说一两件实在的事情做个样子，你就明白我的意思了。

前天你没有事做，闲的不耐烦了，你跑到街上一个小酒店里，打了四两白干，喝的人事不知，幸亏李四哥把你扶回去睡了。昨儿早上，你酒醒了，大嫂子把前天的事告诉你，你懊悔的很，自己埋怨自己："昨儿为什么要喝那么多酒呢？可不是糊涂吗？"

你赶上张大哥家去，作了许多揖，赔了许多不是，自己怪自己糊涂，请张大哥大量包涵。正说时，李大哥也来了。王二哥也来了，他们三缺一，要你陪他们打牌。你坐下来，打了十二圈，输了一百多吊钱。你回得家来，大嫂子怪你不该赌博，你又懊悔的很，自己怪自己道："是呵，我为什么要陪他们打牌呢？可不是糊涂吗？"

诸位，像这样的生活，叫做糊涂生活，糊涂生活便是没有意思的生活。你做完了这种生活，回头一想，"我为什么要这样干呢？"你自己也回答不出究竟为什么。

诸位，凡是自己说不出"为什么这样做"的事，都是没有意思的生活。

反过来说，凡是自己说得出"为什么这样做"的事，都可以说是有意思的生活。

生活的"为什么"，就是生活的意思。

人同畜生的分别，就在这个"为什么"上。你到万牲园里去看白熊一天到晚摆来摆去不肯歇，那就是没有意思的生活。我们做了人，应该不要学那些畜生的生活。畜生的生活只是胡混，只是不晓得自己为什么如此做。一个人做的事应该件件事会得出一个"为什么"。我为什么要干这个？为什么不干那个？回答得出，方才可算是一个人的生活。

我们希望中国人都能做这种有意思的新生活。其实这种新生活并不十分难，只消时时刻刻问自己为什么这样做，为什么不那样做，就可以渐渐的做到我们所说的新生活了。

诸位，千万不要说"为什么"这三个字是很容易的小事。你打今天起，每做一件事，便问一个为什么，——为什么不把辫子剪了？为什么不把大姑娘的小脚放了？为什么大嫂脸上搽那么多的脂粉？为什么出棺材要用那么多叫化子？为什么娶媳妇也要用那么多叫化子？为什么要骂他的爹妈？为什么这个？为什么那个？——你试办一两天，你就会觉得这三个字的功用也无穷无尽。

诸位，我们恭恭敬敬的请你来试试这种新生活。

生活不是苟活

◎鲁　迅

……我自己，是什么也不怕的，生命是我自己的东西，所以我不妨大步走去，向着我自以为可以走去的路。即使前面是深渊、荆棘、狭谷、火坑，都由我自己负责。然而向青年说话可就难了，如果盲人瞎马，引入危途，我就该得谋杀许多人命的罪孽。

所以，我终于还不想劝青年一同走我所走的路；我们的年龄，境遇，都不相同，思想的归宿大概总不能一致的罢。但倘若一定要问我青年应当向怎样的目标，那么，我只可以说出我为别人设计的话，就是：一要生存，二要温饱，三要发展。有敢来阻碍这三事者，无论是谁，我们都反抗他，扑灭他！

可是还得附加几句话以免误解，就是：我之所谓生存，并不是苟活；所谓温饱，并不是奢侈；所谓发展，也不是放纵。

中国古来，一向是最注重于生存的，什么"知命者不立于岩墙之下"，什么"千金之子坐不垂堂"，什么"身体发肤受之父母不敢毁伤"，竟有父母愿意儿子吸鸦片的，一吸，他就不至于到外面去，有倾家荡产之虞了。可是这一流人家，家业也决不能长保，因为这是苟活。苟活就是活不下去的初步，所以到后来，他就活不下去了。意图生存，而太卑怯，结果就得死亡。以中国古训中教人苟活的格言如此之多，而中国人偏多死亡，外族偏多侵入，结果适得其反，可见我们蔑弃古训，是刻不容缓的了。这实在是无可奈何，因为我们要生活，而且不是苟活的缘故。

中国人虽然想了各种苟活的理想，可惜终于没有实现。但我却替他们发见了，你们大概知道的罢，就是北京的第一监狱。这监狱在宣武门外的空地里，不怕邻家的火灾；每日两餐，不虑冻馁；起居有宅，不会伤生；构造坚固，不会倒塌；禁卒管着，不会再犯罪；强盗是决不会来抢的。住在里面，何等安全，真真是"千金之子坐不垂堂"了，但阙少的就有一件事：自由。

古训所教的就是这样的生活法，教人不要动。不动，失错当然就较少了，但不活的岩石泥沙，失错不是更少么？我以为人类为向上，即发展起见，应该活动，活动而有若干失错，也不要紧。唯独半死半生的苟活，是全盘失错的。因为他挂了生活的招牌，其实却引人到死路上去！

窗

◎钱钟书

又是春天，窗子可以常开了，春天从窗外进来，人在屋子里坐不住，就从门里出去，不过屋子外的春天太贱了！到处是阳光，不像射破屋里阴深的那样明亮；到处是给太阳晒得懒洋洋的风，不像搅动屋里沉闷的那样有生气。就是鸟语，也似乎琐碎而单薄，需要屋里的寂静来做衬托。我们因此明白，春天是该镶嵌在窗子里看的，好比画配了框子。

同时，我们悟到，门和窗有不同的意义。当然，门是造了让人出进的。但是，窗子有时也可作为进出口用，譬如小偷或小说里私约的情人就喜欢爬窗子。所以窗子和门的根本分别，决不仅是有没有人进来出去。若据赏春一事来看，我们不妨这样说：有了门，我们可以出去；有了窗，我们可以不必出去。窗子打通了大自然和人的隔膜，把风和太阳逗引进来，使屋子里也关着一部分春天，让我们安坐了享受，无需再到外面去找。古代诗人像陶渊明对于窗子的这种精神，颇有会心。《归去来辞》有两句道："倚南窗以寄傲，审容膝之易安。"不等于说，只要有窗可以凭眺，就是小屋子也住得么？他又说："夏月虚闲，高卧北窗之下，清风飒至，自谓羲皇上人。"意思是只要窗子透风，小屋子可成极乐世界；他虽然是柴桑人，就近有庐山，也用不着上去避暑。所以，门许我们追求，表示欲望；窗子许我们占领，表示享受。这个分别，不但是住在屋里的人的看法，有时也适用于屋外的来人。一个外来者，打门请进，有所要求，有所询问，他至多是个客人，一切要等主人来决定。反过来说，一个钻窗子进来的人，不管是偷东西还是偷情，早已决心来替你做个暂时的主人，顾不到你的欢迎和拒绝了。缪塞（Musset）在《少女做的是什么梦》那首诗剧里，有句妙语，略谓父亲开了门，请进了物质上的丈夫（matérielépoux），但是理想的爱人（idéal），总是从窗子出进的。换句话说，从前门进来的，只是形式上的女婿，虽然经丈人看中，还待博取小姐自己的欢心；要是从后窗进来的，才是女郎们把灵魂肉体完全交托的真正情人，你进前门，先要经门房通知，再要等主人出现，还得寒暄几句，方能说明来意，既费心思，又费时间，哪像从后窗进来的直捷痛快？好像学问的捷径，在乎书背后的引得，若从前面正文看起，反见得迂远了。这当然只是在社会常态下的分别，到了战争等变态时期，屋子本身就保不住，还讲什么门和窗！

世界上的屋子全有门，而不开窗的屋子我们还看得到。这指示出窗比门代表更高的人类进化阶段。门是住屋子者的需要，窗多少是一种奢侈，屋子的本意，只像鸟窠兽窟，准备人回来过夜的，把门关上，算是保护。但是墙上开了窗子，收入光明和空气，使我们白天不必到户外去，关了门也可生活。屋子在人生里因此增添了意义，不只是避风雨、过夜的地方，并且有了陈设，挂着书画，是我们从早到晚思想、工作、娱乐、演出人生悲喜剧的场子。门是人的进出口，窗可以说是天的进出口。屋子本是人造了为躲避自然的胁害，而向四垛墙、一个屋顶里，窗引诱了一角天进来，驯服了它，给人利用，好比我们笼络野马，变为家畜一样。从此我闪在屋子里就能和自然接触不必去找光明，换空气，光明和空气会来找我们。所以，人对于自然的胜利，窗也是一个。不过，这种胜利，有如女人对于男子的胜利，表面上看来好像是让步——人开了窗让风和日光进来占领，谁知道来占领这个地方的就给这个地方占领去了！我们刚说门是需要，需要是不由人做得主的。譬如饿了就要吃，渴了就得喝。所以，有人敲门，你总得去开，也许是易卜生所说比你下一代的青年想冲进来，也许像德昆西论谋杀后闻打门声所说，光天化日的世界想攻进黑暗罪恶的世界，也许是浪子回家，也许是有人借债（更许是讨债），你愈不知道，怕去开，你愈想知道究竟，愈要去开。甚至每天邮差打门的声音，也使你起了带疑惧的希冀，因为你不知道而又愿知道他带来的是什么消息。门的开关是由不得你的。但是窗呢？你清早起来，只要把窗幕拉过一边，你就知道窗外有什么东西在招呼着你，是雪，是雾，是雨，还是好太阳，决定要不要开窗子。上面说过窗子算得奢侈品，奢侈品原是在人看情形斟酌增减的。

我常想，窗可以房屋的眼睛。刘熙译名说："窗，聪也；于内窥外，为聪明也。"正和凯罗（Gottfriedkelier）《晚歌》（Abendlied）起句所谓："双瞳如小窗（Fensterlein），佳景收历历。"同样地只说着一半。眼睛是灵魂的窗户，我们看见外界，同时也让人看到了我们的内心；眼睛往往跟着心在转，所以孟子认为相人莫良于眸子。梅特林克戏剧里的情人接吻时不闭眼，可以看见对方有多少吻要从心里上升到嘴边。我们跟戴黑眼镜的人谈话，总觉得捉摸不住他的用意，仿佛他以假面具相对，就是为此。据爱戈门（Eckermann）记一八三〇年四月五日歌德的谈话，歌德恨一切戴眼镜的人，说他们看得清楚他脸上的皱纹，但是他给他们的玻璃片耀得眼花缭乱，看不出他们的心境。窗子许里面人看出去，同时也许外面人看进来，所以在热闹地方住的人要用窗帘子，替他们私生活做个保障。晚上访人，只要看窗里人无灯光，就约略可以猜到主人在不在家，不必打开了门再问，好比不等人开口，从眼睛里看他的心思。关窗的作用等于闭眼。天地间有许多景象是要闭了眼才看得见的，譬如梦。假使窗外的人声物态太嘈杂了，关了窗好让灵魂自由地去探胜，安静地默想。有时，关窗和闭眼也有连带关系，你觉得窗外的世界不过尔尔，并不能给与你什么满足，你想回到故乡，你要看见跟你分离的亲友，你只有睡觉，闭了眼向梦里寻去，于是你起来先关了窗。因为只是春天，还留着残冷，窗子也不能整天整夜不关的。

观　棋

◎钱大昕

　　我在朋友那里观看下围棋。一个客人屡次失败，我讥笑他失算，每次都想替人变换放置的棋子，认为他不如我。一会儿，客人请求和我对局，我很有些轻视他。刚下几个子，客人就已得了先手。棋局将到一半，我思索更加困苦，可是客人的智谋还绰绰有余。收局时计算棋子，客人胜我十三子。我羞愧脸红得厉害，不能说出一句话。以后再有招呼我观看下棋的，我就整天默坐在那里观看。

　　现在的读书人，读古人的书，多爱诋毁古人的失误，与今时的人在一起，也喜欢评说别人的过失。人当然不能没有过失，然而试着交换场所来处事，用公平的心去衡量一下，我果真没有一点失误吗？我能知道别人的过失，而不能发现我的过失；我能指出别人的小过失，而不能发现我的大过失。我寻求我的过失尚且没有闲暇，又哪有闲暇议论别人呢？下棋的优劣是有定准的，一着棋的失误，别人都能看出来，即使是护短的人，也不能掩盖。道理所在之处，各人肯定自己认为对的，各人否定自己认为错的。可是世上没有孔子，谁能裁定对与错的真理？既然如此，那么别人的所谓失，未必不是得；我的所谓无失，未必不是大的过失。如果彼此相讥笑，没完没了，竟连观棋的人都不如了。

庙 会

◎庐　隐

正是秋雨之后，天空的雨点虽然停了，而阴云兀自密布太虚。夜晚时的西方的天，被东京市内的万家灯火照得起了一尺乌灰的绛红色。晚饭后，我们照例要到左近的森林中去散步。这时地上的雨水还不曾干，我们各人都换上破旧的皮鞋，拿着雨伞，踏着泥滑的石子路走去。不久就到了那高矗入云的松林里。林木中间有一座土地庙，平常时都是很清静的闭着山门，今夜却见庙门大开，门口挂着两盏大纸灯笼。上面写着几个蓝色的字——天主社——庙里面灯火照耀如同白昼，正殿上搭起一个简单的戏台，有几个戴着假面具的穿着彩衣的男人——那面具有的像龟精鳖怪，有的像判官小鬼。大约有四五个人，忽坐忽立，指手画脚的在那里扮演，可惜我们语言不通，始终不明白他们演的是什么戏文。看来看去，总感不到什么趣味，于是又到别处去随喜。在一间日本式的房子前，围着高才及肩的矮矮的木栅栏，里面设着个神龛，供奉的大约就是土地爷了。可是我找了许久，也没找见土地爷的法身，只有一个圆形铜制的牌子悬在中间，那上面似乎还刻着几个字，离得远，我也认不出是否写着本土地神位，——反正是一位神明的象征罢了。在那佛龛前面正中的地方悬着一个幡旌似的东西，飘带低低下垂。我们正在仔细揣摩赏鉴的时候，只见一个年纪五十上下的老者走到神龛面前，将那幡旌似的飘带用力扯动，使那上面的铜铃发出零丁之声，然后从钱袋里掏出一个铜钱——不知是十钱的还是五钱的，只见他便向佛龛内一甩，顿时发出铿锵的声响，他合掌向神前三击之后，闭眼凝神，躬身膜拜，约过一分钟，又合掌连击三声，这才慢步离开神龛，心安意得的走去了。

自从这位老者走后，接二连三来了许多人，男的女的，老的少的，——还有尚在娘怀抱里的婴孩也跟着母亲向神前祈祷求福，凡来顶礼的人都向佛龛中舍钱布施。还有一个年纪二十多岁的女人，身上穿着白色的围裙，手中捧着一个木质的饭屉，满满装着白米，向神座前贡献。礼毕，那位道袍秃顶的执事僧将饭屉接过去，那位善心的女施主便满面欣慰的退出。

我们看了这些善男信女礼佛的神气，不由得也满心紧张起来，似乎冥冥之中真有若干神明，他们的权威足以支配昏昧的人群，所以在人生的道途上，只要能逢山开路，见庙烧香，便可获福无穷了。不然，自己劳苦得来的银钱柴米，怎么便肯轻轻易易双手奉给僧道享受呢？神秘的宇宙！不可解释的人心！

我正在发呆思量的时候，不提防同来的建扯了我的衣襟一下，我不禁"呀"了一声，出窍的魂灵儿这才复了原位。我便问道："怎么？"建含笑道："你在想什么？好像进了梦境，莫非神经病发作了吗？"我被他说得也好笑起来，便一同离开神龛到后面去观光。吓！那地方更是非常热闹，有许多倩装艳服，然而脚着木屐的日本女人，在那里购买零食的也有，吃冰激凌的也有。其中还有几个西装的少女，脚上穿着长统丝袜和皮鞋，——据说这是日本的新女性，也在人丛里挤来挤去，说不定是来参礼的，还是也和我们一样来看热闹的。总之，这个小小的土地庙里，在这个时候是包罗万象的。不过倘使佛有眼睛，瞧见我满脸狐疑，一定要瞪我几眼吧。

迷信——具有伟大的威权，尤其是当一个人在倒霉不得意的时候，或者在心灵失却依据徘徊歧路的时候，神明便成为人心的主宰了。我有时也曾经历过这种无归宿而想象归宿的滋味，然而这在我只像电光一瞥，不能坚持久远的。

说到这里，使我想起童年的时候——我在北平一个教会学校读书。那一个秋天，正遇着耶稣教徒的复兴会，——期间是一来复，在这一来复中，每日三次大祈祷，将平日所作亏心欺人的罪恶向耶稣基督忏悔，如是，以前的一切罪恶便从此洗涤尽净——哪怕你是个杀人放火的强盗，只要能悔罪便可得救，虽然是苦了倒霉钉在十字架的耶稣，然而那是上帝的旨意，叫他来舍身救世的，这是耶稣的光荣，人们的福音。——这种无私的教理，当时很能打动我弱小的心弦，我觉得耶稣太伟大了，而且法力无边，凡是人类的困苦艰难，只要求他，便一切都好了。所以当我被他们强迫的跪在礼拜堂里向上帝祈祷时，——我是无情无绪的正要到梦乡去逛逛，恰巧我们的校长朱老太太颤颤巍巍走到我面前也一同跪下，并且抚着我的肩说："呵！可怜的小羊，上帝正是我们的牧羊人，你快些到他们面前去罢，他是仁爱的伟大的呵！"我听了她那热烈诚挚的声音，竟莫明其妙的怕起来了，好像受了催眠术，觉得真有这么一个上帝，在睁着眼看我呢，于是我就在那些因忏悔而痛哭的人们的哭声中流下泪来了。朱老太太更紧紧的把我搂在怀里说道："不要伤心，上帝是爱你的。只要你虔心的相信他，他无时无刻不在你的左右……"最后她又问我："你信上帝吗？……好像相信我口袋中有一块手巾吗?"我简直不懂这话的意思，不过这时我的心有些空虚，想到母亲因为我太顽皮送我到这个学校来寄宿，自然她是不喜欢我的，倘使有个上帝爱我也不错，于是就回答道："朱校长，我愿意相信上帝在我旁边。"她听了我肯皈依上帝，简直喜欢得跳了起来，一面笑着一面擦着眼泪……从此我便成了耶稣教徒了。不过那年以后，我便离开那个学校，起初还是满心不忘上帝，又过了几年，我脑中上帝的印象便和童年的天真一同失去了。最后我成了个无神论者了。

但是在今晚这样热闹的庙会中，虔信诚心的善男信女使我不知不觉生出无限的感慨，同时又勾起既往迷信上帝的一段事实，觉得大千世界的无量众生，都只是些怯弱可怜的不能自造命运的生物罢了。

在我们回来时，路上依然不少往庙会里去的人，不知不觉又联想到故国的土地庙了，唉！……

吹牛的妙用

◎庐　隐

吹牛是一种夸大狂，在道德家看来，也许认为是缺点，可是在处世接物上却是一种刮刮叫的妙用。假使你这一生缺少了吹牛的本领，别说好饭碗找不到，便连黄包车夫也不放你在眼里的。

西洋人究竟近乎白痴，什么事都只讲究脚踏实地去做，这样费力气的勾当，我们聪明的中国人，简直连牙齿都要笑掉了。西洋人什么事都讲究按部就班的慢慢来，从来没有平地登天的捷径，而我们中国人专门走捷径，而走捷径的第一个法门，就是善吹牛。

吹牛是一件不可看轻的艺术，就如修辞学上不可缺少"张喻"一类的东西一样。像李太白什么"黄河之水天上来"，又是什么"白发三千丈"，这在修辞学上就叫作"张喻"，而在不懂修辞学的人看来，就觉得李太白在吹牛了。

而且实际上说来，吹牛对于一个人的确有极大的妙用。人类这个东西，就有这么奇怪，无论什么事，你若老老实实的把实话告诉他，不但不能激起他共鸣的情绪，而且还要轻蔑你冷笑你。假使你见了那摸不清你根底的人，你不管你家里早饭的米是当了被褥换来的，你只要大言不惭的说"某部长是我父亲的好朋友，某政客是我拜把子的叔公，我认得某某巨商，我的太太同某军阀的第五位太太是干姐妹"。吹起这一套法螺来，那摸不清你的人，便贴贴服服的向你合十顶礼，说不定碰得巧还恭而且敬的请你大吃一顿燕菜席呢！

吹牛有了如许的好处，于是无论哪一类的人，都各尽其力的大吹其牛了。但是且慢！吹牛也要认清对手方面的，不然的话必难打动他或她的心弦，那么就失掉吹牛的功效了。比如说你见了一个仰慕文人的无名作家或学生时，而你自己要自充老前辈时，你不用说别的，只要说胡适是我极熟的朋友，郁达夫是我最好的知己，最妙你再转弯抹角的去探听一些关于胡适郁达夫琐碎的佚事，比如说胡适最喜听什么，郁达夫最讨厌什么，于是便可以亲亲切切的叫着"适之怎样怎样，达夫怎样怎样"。这样一来，你便也就成了胡适郁达夫同等的人物，而被人所尊敬了。

如果你遇见一个好虚荣的女子呢，你就可以说你周游过列国，到过土耳其南非洲！并且还是自费去的。这样一来就可以证明你不但学识阅历丰富，并且还是资产阶级。于是乎你的恋爱便立刻成功了。

他如遇见商贾、官僚、政客、军阀，都不妨察言观色，投其所好，大吹而特吹之。总而言之，好色者以色吹之，好利者以利吹之，好名者以名吹之，好权势者以权势吹之，此所谓以毒攻毒之法，无往而不利。

或曰吹牛妙用虽大，但也要善吹，否则揭穿西洋镜，便没有戏可唱了。

这当然是实话，并且吹牛也要有相当的训练。第一要不红脸，你虽从来没有著过一本半本的书，但不妨咬紧牙根说："我的著作等身，只可恨被一把野火烧掉了！"你家里因为要请几个漂亮的客人吃饭，现买了一副碗碟，你便可以说："这些东西十年前就有了"，以表示你并不因为请客受窘。假如你荷包里只剩下一块大洋，朋友要邀你坐下来入圈，你就可以说："我的钱都放在银行里，今天竟匀不出工夫去取！"假如那天你的太太感觉你没多大出息时，你就可以说张家大小姐说我的诗作的好，王家少奶奶说我脸子漂亮而有丈夫气，这样一来太太便立刻加倍的爱你了。

这一些吹牛经，说不胜说，但神而明之，存乎其人！

野 草

◎夏 衍

有这样一个故事。

有人问：世界上什么东西的气力最大？回答纷纭的很，有的说"象"，有的说"狮"，有人开玩笑似地说：是"金钢"，金钢有多少气力，当然大家全不知道。

结果这一切答案完全不对，世界上气力最大的，是植物的种子。一粒种子可以显现出来的力，简直是超越一切，这儿又是一个故事。

人的头盖骨，结合得非常致密与坚固，生理学家和解剖学者用尽了一切的方法，要把它完整地分出来，都没有这种力气，后来忽然有人发明了一个方法，就是把一些植物的种子放在要剖析的头盖骨里，给它以温度与湿度，使它发芽，一发芽，这些种子便以可怕的力量，将一切机械力所不能分开的骨骼，完整地分开了，植物种子力量之大，如此如此。

这，也许特殊了一点，常人不容易理解，那么，你看见笋的成长吗？你看见被压在瓦砾和石块下面的一颗小草的生成吗？它为着向往阳光，为着达成它的生之意志，不管上面的石块如何重，石块与石块之间的如何狭，它必定要曲曲折折地，但是顽强不屈地透到地面上来，它的根往土壤钻，它的芽往地面挺，这是一种不可抗的力，阻止它的石块，也被它掀翻，一粒种子的力量的大，如此如此。

没有一个人将小草叫做"大力士"，但是它的力量之大，的确是世界无比，这种力，是一般人看不见的生命力，只要生命存，这种力就要显现，上面的石块，丝毫不足以阻挡，因为它是一种"长期抗战"的力，有弹性，能屈能伸的力，有韧性，不达目的不止的力。

种子不落在肥土而落在瓦砾中，有生命力的种子决不会悲观和叹气，因为有了阻力才有磨炼。生命开始的一瞬间就带了斗争来的草，才是坚韧的草，也只有这种草，才可以傲然地对那些玻璃棚中养育着的盆花哄笑。

晒月亮

◎池　莉

常熟有一座山，叫做虞山。虞山有一座寺，叫做兴福寺。兴福寺有年纪，大约一千五百来岁。寺内山坡上有一片竹林。竹林的特点是因为竹林里有一条曲径。曲径的特点是因为有一首唐人的诗歌。诗歌的特点是到现在还非常流行。我曾经好几次听见父母们教导幼儿背诵这首唐诗，有一次是在麦当劳快餐厅。这首诗歌我也记得，便是唐人常建的："清晨入古寺，初日照高林。曲径通幽处，禅房花木深。山光悦鸟性，潭影空人心。万籁比皆寂，唯闻钟磬音。"字是宋人米芾写的。米芾湖北人，出了名的任性和疯狂。有洁癖，好奇装异服。性情渗透在字里，诡异又憨厚。漂亮！今年四月的一天，我就住在这首美丽的诗歌里面。清早起床，推开房门就是竹林。走在竹林的曲径上，梳着头发，根根发丝都飘向远方：唐朝和宋朝。美丽的东西是横截面，一旦美丽便永远美丽。

兴福寺的茶是兴福寺的。沏茶的水也是兴福寺的，泉水。水杯是一般常见的玻璃杯。水瓶也是一般常见的塑料外壳的水瓶。水瓶上用油漆写了号码。油漆已经斑驳，暗中透着沧桑。不知沏了多少杯茶了！我这个不喝茶的人，破例喝茶了。一杯接着一杯。没有别的原因，就是因为茶水香气扑鼻。无须精致的茶具烘托和引导，这是一种明明白白的清澈和香甜。生活中有时候去掉刻意讲究的形式，内容会更好。

入夜，听慧云法师讲经。古老的寺庙，偏偏有年轻的小当家。20来岁的慧云法师，相貌还没有彻底脱去男孩子的虎气，谈吐却已经非常圆熟老道。可以举重若轻地引领我们前行。我当然是想有所进步的。我努力了。但不知进步了没有。这就需要过一段时间才能够证明。可以肯定的是，想进步总比不思进取的好。努力了总比不努力的好。至少努力是一种健康的姿态。

夜深深，在寺内缓缓散步。看风中低语的古树。看树叶滑落潭水。看青苔暗侵石阶。看夜鸟梦呓巢穴。看回廊结构出种种复杂的立体图案。看老藤椅疑惑深夜的寂寞。看时间失去滴答滴答的声音。看僧人们的睡眠呈现一种寺庙独有的静寂。

看细细的茸毛在皮肤上悄悄生长，色泽因此变得柔和。看身体的条条曲线向着灵魂蜿蜒，欲念因此变得清晰。你的眼睛里面有我的眼睛。你的笑意包含我的笑意。你的心情可以覆盖我的心情。朋友们和我自己，变得都很透明和简单。所有的牙齿，都曾经被烟垢污染，不记得何时有过今夜的灿烂。一笑，就有贝光闪烁。这就是兴福寺的月亮！

兴福寺的月亮是唯一的月亮。因为它有兴福寺提供的一切人文环境。有兴福寺的院墙作为我们获得某种特定感受的保障。兴福寺的月亮不是单纯的月亮。我越来越不需要单纯的东西。我已经是成年人。我在新疆看见过又大又圆清澈如水的月亮，可它的背景是沙漠。那种月亮适合失恋少女，行吟诗人，科研工作者和深受声名富贵所累的成功者。而我，还是要等待机会和缘分，再去兴福寺住几日。到了晚上，就出来晒月亮。

不要急

◎苏 童

多年以前在我们那条街上曾经发生过一起令人唏嘘的车祸，死于车祸的是一个初为人父的男子。据说是婴儿的尿布在那个阴雨天都用完了，而头天洗的尿布都在工厂的锅炉房烘烤着，婴儿的母亲让做父亲的去工厂取那些尿布来救急。这件事情使年轻的父母心急火燎的，那男子的自行车骑得飞快，结果被一辆卡车撞了。

后来事故现场的目击者都说，他的自行车确实骑得太快了，他赶路太急了。

想起这个不幸的故事完全是缘于最近流行的一句话：不要太急哦！我第一次听到这句话是在牌桌上，我打牌一直没什么风度，输多了就很急躁。那位朋友相反，输得越多人越轻松，而且妙语连珠，从来不急，是真正那种好牌风的人。有一次他像是对自己也像是对我们说，不要太急了。他的声音使热闹的骂声沸腾的牌桌突然安静下来，然后我们听见那位朋友说，最近流行这句话，这句话真好。

这确实是一句好话，是不多见的具有劝世意义的流行话语。不知怎么，又想起另一个好脾气的朋友。有一次他的孩子发高烧，他的妻子急得手忙脚乱，光着脚抱起孩子就往医院冲，而那位朋友一如既往地穿戴整齐才尾随妻儿而去。事后他妻子指责他，他说，再怎么急也不至于光着脚出门呀！他妻子便一时无言以对。

我想人的性情通达至此，生活便是另一种坦荡的境界了。那两位朋友对于危机的处理方法出于天生的性情，其实也是一种对生活的态度。他们不肯受制于危机的打压，他们用理性控制着自己生活中的每一个细节，如此，危机便仅仅成为正常生活的一个部分了。

不要太急了。对于大多数人来说，这是金玉良言，但做起来却不容易。急躁不是美德，却几乎是我们共有的思维和行为方式。每一次急躁都有其自然而然的理由，正如你的小宝贝没有尿布换了，而尿不湿这种新产品还没有面世；正如你在牌桌上大输特输，而你口袋里的筹码却不多了；正如你的孩子高烧四十度，病因却不详。你有理由着急，但是我们却总是容易忘记这个常识：急有什么用？

不要太急了，说的是嘛，我们急了这么多年，生活中该有的有了，不该有的还是没有，急出什么名堂来了？一着急说不定就像那个不幸的父亲，为了尿布而葬送了自己的性命。我不提倡市侩哲学，但我一直认为为了生命献出生命是值得的，为了尿布献出生命却是很可惜的。

重视生活

◎三 毛

我认为写作不是人生最大的幸福。有人问我："你可知道你在台湾是很有名的人吗？"我说不知道，因为我一直是在国外，他又问："你在乎名吗？"我回答说，好像不痛也不痒，没有感觉。他就又问我："你的书畅销，你幸福吗？"我说，我没有幸福也没有不幸福，这些都是不相干的事。又有别人问我："写作在你的生活里是很重要的一部分吗？"我说它是最不重要的一部分。他又问："如果以切蛋糕的比例来看，写作占多少呢？"我说就是蛋糕上面的樱桃嘛！

也许，各位会认为这写作是人生的一种成就，我很真诚的说一句人生有太多值得追求的事了，固然写出一本好书也可以留给后世很多好的影响。至于我自己的书呢，那还要经过多少年的考验。我的文字很浅，小学四年级的孩子就可以看，一直看到老先生，可是这并不代表文学上的价值，这绝对是两回事。

有一年，我正在恋爱，跟我的荷西走在马德里的一个大公园，清早六点半，那时我替《实业世界》写稿，那天已到交稿的最后一天了，我烦得不得了。我对荷西说明天不跟你见面了，因为我一定要交稿了。荷西说："这样好了，明天清早我再带你来公园走，走到后来，你的文章就会出来了。"我继续跟他在公园里走，可是脑子一直在想文章的事，这时，看到公园的园丁，在冬天那么冷的清早，爬到好高的树上锯树。我看了锯树的人，就对荷西说："他们好可怜，这么冷，还要待在树上。"荷西却对我说了一句话，他说："我觉得那些被关在方盒子里办公，对着数目字的人，才是天下最可怜的。如果让我选择，我一定要做那树上的人，不做那银行上班的人。"听了荷西的这番话，我回家就写了封信给杂志编辑说，对不起，下个月的专栏要开天窗了，我不写了。

所以我是一个很重视生活的人，远甚于写作，写作只是我的游戏之一。

别人也许会问你是不是游戏人生呢？我要说我是游戏人生。来到这个世界本就是来玩的，孔子就说"游于艺"，这几个字包含了多少意义，用最白话的字来说是玩。我说的玩不是舞厅的玩，也不是玩电动玩具的玩，或者抽大麻的那种，不是。我的人生一定要玩得痛快才走，当然走不走不在我，但起码我的人生哲学是做任何事一定要觉得好玩地才去做，绝不会为了达成一个目的，而勉强自己。我说这话是非常紧张的，这句话说出来很不好，但这只是对我自己，不是对别人，而且我的人生观是任何事情都是玩，不过要玩得高明。譬如说，画画是一种，种菜是一种，种花是一种，做丈夫是一种，做妻子也是一种，做父母更是一种，人生就是一个游戏，但要把它当真的来玩，是很有趣的。

很多人看了我的书，都说："三毛，你的东西看了真是好玩。"我最喜欢听朋友说"真是好玩"这句话，要是朋友说，你的东西有很深的意义，或是说——我也不知怎么说，因为很少朋友对我说这个，一般朋友都说，看你的东西很愉快，很好玩。我就会问我写的东西是不是都在玩？他们说是啊。

生活中的事情

◎戴尔·卡耐基

我们生活里的事情，大概有百分之九十都是对的，只有百分之十是错的。如果我们要快乐，我们所应该做的就是，集中精神在那百分之九十对的事情上，而不要理会那百分之十的错误。如果我们想要担忧，想要难过，想要得胃溃疡，我们只要集中精神去想那百分之十的错事，而不管那百分之九十的好事。

你很可能发现自己所担心的事情，比起来实在是很微不足道，很不重要。

《格列佛游记》的作者史维伏特，可以算是英国文学史上最悲观的一位。他为自己的出生感到很难过，所以他在生日那天一定要穿黑衣服，并绝食一天。可是，在他的绝望之中，这位英国文学史上有名的悲观主义者，却赞颂开心与快乐能带给人健康的力量。"世界上最好的三位医生是——节食、安静和快乐。"

你和我，每一天每个小时，都能得到"快乐医生"的免费服务，只要我们能把注意力集中在我们所拥有的那么多令人难以置信的财富上——那些财富远超过阿里巴巴的珍宝。你愿意把你的两只眼睛卖一亿美金吗？你肯把你的两条腿卖多少钱呢？还有你的两只手，你的听觉，你的家庭。把你所有的资产加在一起，你就会发现你现在所拥有的一切决不会就此卖掉，即使把洛克菲勒、福特、摩根三个家族所有的黄金都加在一起也不卖。

可是我们能否欣赏这些呢？啊，不能的。就像叔本华说的："我们很少想到我们已经拥有的，而总是想到我们所没有的。"这世界上最大的悲剧，所造成的痛苦可能比历史上所有的战争和疾病要多得多。

要得到快乐，算算你的得意事，而不要理会你的烦恼。

开始新的生活

◎奥格·曼狄诺

今天，我开始新的生活。

今天，我爬出满是失败创伤的老茧。

今天，我重新来到这个世上，我出生在葡萄园中，园内的葡萄任人享用。

今天，我要从最高最密的藤上摘下智慧的果实，这葡萄藤是好几代前的智者种下的。

今天，我要品尝葡萄的美味，还要吞下每一颗成功的种子，让新生命在我心里萌芽。

我选择的道路充满机遇，也有辛酸与绝望。失败的同伴数不胜数，叠在一起，比金字塔还高。

然而，我不会像他们一样失败，因为我手中持有航海图，可以领我越过汹涌的大海，抵达梦中的彼岸。

失败不再是我奋斗的代价。它和痛苦都将从我的生命中消失。失败和我，就像水火一样，互不相容。我不再像过去一样接受它们，我要在智慧的指引下，走出失败的阴影，步入富足、健康、快乐的乐园，这些都超出了我以往的梦想。

我要是能长生不老，就可以学到一切，但我不能永生，所以，在有限的人生里，我必须学会忍耐的艺术，因为大自然的行为一向是从容不迫的。造物主创造树中之王——橄榄树需要一百年的时间，而洋葱经过短短的九个星期就会枯老。我不留恋从前那种洋葱式的生活，我要成为万树之王——橄榄树，成为现实生活中最伟大的推销员。

怎么可能？我既没有渊博的知识，又没有丰富的经验，况且，我曾一度跌入愚昧与自怜的深渊。答案很简单，我不会让所谓的知识或者经验妨碍我的行程。造物主已经赐予我足够的知识和本能，这份天赋是其他生物望尘莫及的。经验的价值往往被高估了，人老的时候开口讲的多是糊涂话。

说实在的，经验确实能教给我们很多东西，只是这需要花费太长的时间。等到人们获得智慧的时候，其价值已随着时间的消逝而减少了。结果往往是这样，经验丰富了，人也余生无多。经验和时尚有关，适合某一时代的行为，并不意味着在今天仍然行得通。

只有原则是持久的，而我现在正拥有了这些原则。这些可以指引我走向成功的原则全写在这几张羊皮卷里。它教我如何避免失败，而不只是获得成功，因为成功更是一种精神状态。人们对于成功的定义，见仁见智，而失败却往往只有一种解释，即失败就是一个人没能达到他的人生目标，不论这些目标是什么。

事实上，成功与失败的最大分别，来自不同的习惯。好习惯是开启成功的钥匙，坏习惯则是一扇向失败敞开的门。因此，我首先要做的便是养成良好的习惯，全心全意去实行。

小时候，我常会感情用事，长大成人了，我要用良好的习惯代替一时的冲动。我的自由意志屈服于多年养成的恶习，它们威胁着我的前途。我的行为受到品味、情感、偏见、欲望、爱、恐惧、环境和习惯的影响，其中最厉害的就是习惯。因此，如果我必须受习惯支配的话，那就让我受好习惯的支配。那些坏习惯必须戒除，我要在新的田地里播种好的种子。

我要养成良好的习惯，全心全意去实行。

这不是轻而易举的事情，要怎样才能做到呢？靠这些羊皮卷就能做到。因为每一卷里都写着一个原则，可以摒除一项坏习惯，换取一个好习惯，使人进步，走向成功，这也是自然法则之一，只有一种习惯才能抑制另一种习惯，所以，为了走好我选择的道路，我必须养成一个好习惯。

每张羊皮卷用三十天的时间阅读，然后再进入下一卷。

清晨即起，默默诵读；午饭之后，再次默读；夜晚睡前，高声朗读。

第二天的情形完全一样。这样重复三十天后，就可以打开下一卷了。每一卷都依照同样的方法读上三十天，久而久之，它们就成为一种习惯了。

这些习惯有什么好处呢？这里隐含着人类成功的秘诀。当我每天重复这些话的时候，它们成了我精神活动的一部分，更重要的是它们渗入我的心灵。那是个神秘的世界，永不静止，创造梦境，在不知不觉中影响我的行为。

当这些羊皮卷上的文字被我奇妙的心灵完全吸收之后，我每天都会充满活力地醒来。我从来没有这样精力充沛过。我更有活力，更有热情，要向世界挑战的欲望克服了一切恐惧与不安。在这个充满争斗和悲伤的世界里，我竟然比以前更快活。

最后，我会发现自己有了应付一切情况的办法。不久，这些办法就能运用自如。因为，任何方法，只要多练习，就会变得简单易行。

经过多次重复，一种看似复杂的行为就变得轻而易举，实行起来就会有无限的乐趣。有了乐趣，出于人之天性，我就更乐意常去实行。于是，一种好的习惯便诞生了。习惯成为自然。既是一种好的习惯，也是我的意愿。

今天，我开始新的生活。

我郑重地发誓，决不让任何事情妨碍我新生命的成长。在阅读这些羊皮卷的时候，我决不浪费一天的时间，因为时光一去不返，失去的日子是无法弥补的。我也决不打破每天阅读的习惯。事实上，每天在这些新习惯上花费少许时间，相对于可能获得的快乐与成功而言只是微不足道的代价。

当我阅读羊皮卷中的字句时，决不能因为文字的精练而忽视内容的深沉。一瓶葡萄美酒需要千百颗果子酿制而成，果皮和渣子抛给了小鸟。葡萄的智慧代代相传，有些被过滤，有些被淘汰，随风飘逝。只有纯正的真理才是永恒的，它们就精练在我要阅读的文字中。我要依照指示，决不浪费，种下成功的种子。

今天，我的老茧化为尘埃。我在人群中昂首阔步，不会有人认出我来，因为我不再是过去的自己，我已拥有新的生命。

生活即追求力量

◎爱默生

人类社会发展到今天，我们仍不无遗憾地发现，我们仍无法为一个人所可能具有的才能开列一张清单，而我们所能做的只是把一个人的见解奉为金科玉律。又有谁能够为一个人的影响力划定一条界线呢？有那么一些人，他们能够把整个民族吸引到身旁，并且引导着人类的生活。然而，他们并没有什么特异功能，他们所凭借的只是自身和他的民族之间相互吸引的感应力而已。

在人世间，假如说人的心灵能够与自然形影相随的话，换句话说，就是人心和自然之间真有某种神秘的联系的话，那么，也许有些人身上的确蕴藏着无比巨大的磁力，以此他可以牵引物质和自然的力量，而且无论他们在什么地方显身，各种各样神奇的力量都会自然而然地在他们周围凝聚、运转。

什么是生活？生活就是对力量的追求。这个颠扑不破的真理浸透了空间的角角落落，也弥漫了时间的时时刻刻。每个瞬间，每条罅隙，它都无所不在。所以，真诚的追求战无不胜，哪里有付出，哪里就有收获，这就是生活的真理。

因此，我们应该时刻告诫自己，珍视事件和财物，而不是把它们视为炫耀的装饰品，也不要把它们视为品德的绊脚石，它们不过是一堆有待开发的矿物质，我们确实在这里面找到了力量——一种美妙的矿物质。

如果事件、财物和身体的呼吸，可以把他们的价值物化为力量，灌输到人的身体之中，那么，毫无疑问人们会像捕着鱼后抛弃鱼网一样放弃具体的事件、财物和呼吸。这和人们得到了长生不老的仙丹之后，就能够把那些仙丹从中蒸馏而出的广阔花园加以抛弃一样。集求知的智慧和行动的勇气于一身的品德高尚的人士，是大自然追求的最高目标，而所有这一切，这一切地质学和天文学所荟萃的精神之花，就是对意志的孕育和培养。

众所周知，所有成功者都在一件事情上有比较相同的见解，他们都是因果论的忠实笃信者。他们相信，事物绝非偶然的产物，当然了，更不是侥幸发展的结果；相反，他们坚信事物在自然规律的运动下有条不紊地发展。他们确信在联结着事物起源和终结的因果链上，决不会有任何一个薄弱的或者破裂的环节，一切都是牢不可破的。

所有宝贵的心灵都有一个共同的特点：相信因果关系，或者说，相信即使是一件极细小琐碎的事情也与生活的原则密切相关。他们相信后果，相信报应，或者说他们相信善良的花朵不会结出恶劣的果实，而恶劣的花朵也绝对不会结出善良的果实。

勤奋者所流的每一滴汗水都是这种信念的具体体现。最勇敢的人，也最相信法则的张力。所向披靡的波拿巴曾经说过："所有伟大的首领都是依靠顺应技巧的规则，靠着使自己的努力适应于障碍，而获得了巨大的成就。"

打开时代之锁的也许是这一把钥匙，也许是那一把钥匙，或者是另外的那一把……不更事的演说家们就是这样渲染着。然而，他们却无法得悉愚蠢低能才是解答一切时代的钥匙。我们必须承认，在任何时候绝大多数人都是愚蠢低能的，甚至英雄们也无法幸免。除了在特定的辉煌时刻，他们大多数时候也都笼罩在愚蠢低能的阴霾之中。毫无疑问，他们都是地球引力、习俗和恐惧的牺牲品。天地间的芸芸众生总是在日出日落之间打发着日子，他们并不具备独立自主或者独立创造的习惯——也正是这一点，才使得强者显得力量无穷。

生活在此刻

◎丽莎·普兰特

你一定很少抬头去看天上的星星，也许你认为它每天都会出现，从而使你好几个月都不会抬头仰望夜空。但若遇到难得的流星雨呢？那么传媒一定会提前大做宣传，而事后还会大赞其美丽绝妙。当那时刻来临时，每个人都一定会出去仰望，并大谈其壮观。同样是星星，为什么人们对待后者却如此的留连忘返呢？

正如罗丹所说："生活中不是缺少美，而是缺少发现。"不会欣赏每日的生活是我们最大的悲哀。其实我们不必费心地寻找"流星雨"，"流星"本来是随处可见的。可惜的是生活中的"流星雨"总是被忽略，我们无意中把它当做"星星"对待。想一想吧，早上还没起床时你就开始担心起床后的寒冷而错失了被子里最后几分钟的温暖；吃早餐的时候你又在想着开车上班的路上可能会堵车；上班的时候就开始设计下班后怎么打发时间；参加社交活动时又在烦恼着什么时候才能回家。

我们总是生活在等待的日子里，我们着急地迎来周末、假期、孩子长大、年老退休。等我们老时，我们对自己说："现在我已是等死的人了。"

我们一刻也不停地忙着。我们对堵车的马路乱骂脏话；我们在超市中像没头苍蝇到处乱碰；我们对着电视不停地调换频道；我们一个劲儿地催促孩子快点。也许是我们毁坏了宇宙，宇宙就用时间来控制我们？

梭罗说："我可以杀死时间，并且以后不会有任何不良反应。"我们在"杀"时间，这曾经是无所事事的说法，但现在我们是真的在摧毁我们的时间。我们把自己的时间花在杀死灵性、杀死享受愉悦的能力上。我们过于以自我为中心，以为创立了人类有史以来一个最佳的文明，但我们根本没有时间享受，这同浮士德与魔鬼交换条件有什么区别呢。

我们之所以总是更喜欢观看"流星雨"，是因为我们总是担心时间不够，就像我们总是觉得钱不够一样。其实，学习享受已经拥有的时间与每天都会出现的星星一样，才是我们最重要的一课……

投入生活

◎鲍森·布朗·沃尔夫

每天早晨的公交车站都会站立着各种姿态等车的人，也许你也是其中之一。但不论如何，只要你肯加入他们行列中去，那么总是好的，因为等待表示仍有期待，结束更意味着另一个开端。

生命犹如等公共汽车，当你面临着上班快要迟到却无可奈何时，你可以选择另一条近道。面临工作退休、寡居、离婚或是面临空巢期的中年夫妻，对生活中骤然的改变，刚开始难免无法适应，但若长期痴迷于这种生活突变的痛苦之中不能自拔，那么这跟空有一具行尸走肉有何区别？俗语说得好："山穷水尽疑无路，柳暗花明又一村。"当我们遭遇突变而来的绝境，其实，我们可以重新正视自己的生活而大干一场。

世界上死心眼的人非常之多，他们非要等到把一件事完成好以后，才会开始着手干另一件事。好不容易等到这事完成，一生的时间已过去了一半，往日的勇气冲劲也早已不存，或是原先与自己分享生命的伴侣早已循陌路远去。

大自然给予每个人的时间法宝都是等值的。然而，同样的十年，有人可以坐视它悄然而逝，有人却轰轰烈烈闯出了半壁江山。你想成为他们中的前者或是后者，你自己看着办。

如果你每天都坐在那里等待着幸运女神的关照，那么我劝你最好做个"空想家"。新生活要从现在开始，一旦决定自己想要的生活方式即刻着手计划，说做就做。就算是一切得从头再来，又有什么关系？只要把握住机会，活得有劲就好。不论你面临着什么，千万不可浪费你的一分一秒。

你的人生充不充实，关键在于你对待人生的态度。如果此时此地的生活并不快乐，何不勇敢地尝试改变呢？把它看做是一次创新的机会，或许会因此而带来欢乐。选择自己喜欢的事情来做，马上动手，不要再空等、空想。现在就开始，一切都还不迟。

生活中重要的话

◎山达鲁斯

生活中，每个人都想并愿意听到的一句话就是"我爱你"。

其实，想听的并不一定都好，不想听的也不一定都差。但是，还有几句话对我们同样重要，我们却常常忘记它们，其中一句就是"我就来"。

当你疲惫了一天下班回家想要冲个热水澡却发现家里的热水器坏了，你忙给修理公司挂了电话，那边传来了"我就来"时，你无疑会感到极大的轻松。当你驾车在车水马龙的道路上车子突然熄火，后面的汽车又排成长龙拼命地鸣笛催促时，你心急火燎地摸出最后一个分币打通了朋友的电话，得到一句"我就来"会让你如释重负。

"儿子，明天我到你家，你来接我好吗？"母亲说。

"亲爱的，我现在病了，你能来看我吗？"妻子说。

"爸爸，下礼拜学校开毕业典礼，你能来吗？"孩子说。

"我就来。"你应该说。

第二次世界大战中，德国法西斯轰炸英国首都伦敦时，国王全家都没有离开那里，王后说了一句最重要的话：一国不能无君。

你有没有过和朋友为了争论某个观点而面红脖子粗，当事情结束后才发现自己的观念或许错误。但是，当时你绝不会说：或许你是对的。这句话犹如叫一个人在激战中放下武器，在争执中承认错误，是很伤面子的。但是，如果在需要之时，不说这句话也许会是对自己最严重的伤害。在家庭纠纷中，如果夫妻中有一方肯说了这句话，那么，在这个世界上法官、律师的职业也就不会存在了。

成功人士的父母最爱对他们讲的一句话是"你自己应该明白"。小孩子在成长中难免会碰到这样那样自己难以处理的问题，他们会求助于自己的父母。但聪明的父母会对孩子说："你自己应该明白。"孩子往往会非常委屈："这是什么意思？我需要你的指点，需要你告诉我该怎么做。"一个固执的孩子也许会说:"就算是我自己明白,但我的心并没有告诉我该怎么做呀!"称职的父母会笑笑说:"学会去听吧,好孩子。"在人生旅途上,人们总会遇到各种各样事先难以预料的难题,也总会有人建议我们去如何如何地对付难题,但做出最后选择的应当是我们自己。因此,当我们想要得到一个问题的最终解决办法时,最好还是"你自己应该明白。"学心理学的人把这叫做"本能反应",宗教之人称其为"自我行为的加强"。不管叫做什么吧,人总归有能力对自己的生活做出最正确的回答。这是生活给予人们最好的礼物,人们要学会使用这一礼物。

人们往往不能预测自己的一生中会遇到什么问题,当问题出现时,会发现这些简单然而意味深长的句子是有用的。

人的一生中难免遭遇挫折,当难题出现时,我们会发现这些看似简单的句子,是非常有用的:

"我就来。"

"或许你是对的。"

"你自己应该明白。"

论生活

◎托尔斯泰

请注意，握好你的钢笔。以下的内容是你必须要做好笔记的。

（一）习惯是伟大的。习惯使得以前无论何时都需要许多努力——精神的要素和动物的要素相斗争——的各种行为，不再需要那些努力和注意，而让它们能够使用到后来的工作上面去。习惯是凝固基石的石灰，它使得在基石上面能够加上新的石块。可是，这种习惯的善的性能，当斗争的解决对动物的要素有利的时候，也可以变成不道德的原因。即发生了人吃人、执行死刑、进行战争、私有土地、卖淫等等事情。

（二）不错，信心、迷信、妄想都给人生以巨大的力量。然而，在这种场合为了实行人生一切法则就得制定重要的、唯一的、而且大部分可能的形式和方法，比如教会法则的实行、去势、自焚、无信仰者的绝灭等等。而在没有迷信的信仰的场合，为要解决以上帝的共同法则为基础的人生最重要的一切问题，爱是必要的。这种活动并没有像前者有鲜明的现象。

（三）自我牺牲越来得大，谦虚也就越来得困难。相反的场合也正相反。

（四）临死的人所说的话意味特别深长。可是，我们不是时常都朝着死亡走着吗？老年人更加明显的是这样。让老年人理解自己所说的话意味特别深长吧。

（五）"他跪拜、哭泣、诵读祈祷书，向上帝请教自救之道，但在心之深处却感到这一切都是无聊的事情，没有谁会救自己的。"

（六）为了使所谓"野蛮人"变成文明人而传授自己教会信仰的牧师们是多么可怕，是多么可惊的不逊和疯狂呵！

（七）被我们称做世界的是由意识和被意识到的东西这两部分所合成的。没有意识，也就没有世界吧？但是，却不能说：没有世界，也就没有意识吧？可不是吗？

（八）在言语上我们常常说：不要跟人谈及他所难于理解的事物。但是，在实际上，我们却往往不能自制，完全无益地浪费唇舌，感情激动地对那些人谈着他们所不理解的事情。

（九）一切利己的生活，都是非理性的、动物的生活。未成年的孩子们和动物的生活就是这样的。但是，所有利己的生活对于有理性的成年人而言，都是一种不自然的状态——跟疯狂相同。然而，世上大部分的妇女在儿童时代都过着合法的利己生活；其次生活于动物的家庭爱的利己主义，以及生活于利己的夫妇爱，不久就依靠孩子们而生活。失去外部的利己生活，具备着思虑和辨别，但依旧还是缺少普遍的博爱精神而停留在动物的状态中。这种女性的生活状态是很可怕的，然而却是极普通的。

（十）你想要为别人服务，劳动者想要劳动，但要为工作而得到利益，必定要有工具。不但是这样，而且必定要有最好的工具。可是，你是怎么样的呢？具备着各种物质、性格、习惯、知识等等的你，果然能够从自身提出为万众服务的最好的工具吗？对于你，必要的事情，并不是服务于人，而是服务于上帝。而服务于上帝这件事情——是明白的、被规定了的，那就是你要扩大自己内心的爱。由于扩大自己内心的爱，你就不得不服务于人们。而你，对于自己，对于人们，对于上帝，都同样有必要服务。

（十一）不幸的并不是受到痛苦的人，而是将痛苦给予他人的人。

（十二）所有的人都处在成长的过程当中，因而不能把任何人加以否定。可是，有些人，他们在现在的境地过于隔绝和无知，我们只好完全像对待孩子般地去对待他们。即我们虽然爱、尊敬、庇护他们，但不能够跟他们站在同一水准，也不能够向他们要求对于他们所缺少的东西的理解。但有一件事情使得这样地对待这些人更加困难，那就是孩子们具有知识欲和真实性，而这些成了人的"孩子们"却缺乏这些东西；反之，他们保留着冷淡以及对于自己所不理解的东西的否定，而最重要的一点就是自信太过。

生活的道路

◎托尔斯泰

一个人如要不虚度自己的一生，他必须知道什么是他该做的和不该做的。为了知道这一点，他必须理解他自己和他生活在其中的那个世界是怎么一回事。这是各民族最英明、最善良的人们一直在传授的。全部这些学说在主要方面彼此之间是一致的，也与每个人的理智和良心对他的启示相一致。这个学说是这样的。

除了我们看到的、听到的、探索到的和从人们那儿知道的东西之外，还有一些我们所没有看到的、没有听到的、没有探索到的和任何人也没有告诉过我们的，但却是世界上我们最理解的东西，这就是赋予我们以生命并被我们称之谓"我"的东西。

我们承认赋予我们以生命的无形之源在一切活的生物身上都有，尤其在与我们类似的生物——人的身上特别活跃。

我们在自己身上意识到的和在与我们类似的生物——人身上承认的、赋予全部生物以生命的、万有的无形之源，我们称之为灵魂；而赋予全部生物以生命的、万有的无形之源本身，我们称之为上帝。

人们的肉体使人们的灵魂彼此分离并与上帝分离，人们的灵魂力求与它们所分离的东西融合，通过爱达到与别人的灵魂融合，而与上帝融合则依靠自己的宗教意识。人生的意义和幸福就在于通过爱和自己的宗教意识日益与别人的灵魂和上帝融合。

人的灵魂与其他生物和上帝的日益融合也是人的日益幸福，是通过灵魂摆脱妨碍人类之爱与自己的宗教意识的障碍取得的，那些障碍是罪孽，即对肉欲的放纵、诱惑，或对幸福的错误理解、迷信，即为罪孽与诱惑辩解的错误学说。

妨碍人类与其他生物及上帝统一的罪孽有：

贪吃之罪，即贪食与酗酒；

淫乱之罪，即放荡的性生活；

游手好闲之罪，是将自己从满足自己需要的必要的劳动中解脱出来；

贪财之罪，是用别人的劳动成果来获取和保存财产；

罪孽之中最坏的莫过于使人们分离，如嫉妒、恐惧、斥责、敌意、愤怒，总之对人们不怀好意。阻止人的灵魂通过爱与上帝及其他生物融合的罪孽，就是这些。

吸引人们犯罪的诱惑是对人际关系的错误认识，也就是骄傲的诱惑，即自己优于其他人的错误认识。

不平等的诱惑是可能把人分成最高等和低等人的错误认识。

支配他人的诱惑是一部分人有可能和有权利用暴力安排另一部分人的生活的错误认识。

惩治人的诱惑是一部分人有权为了公道或者改造而对人行恶的错误认识。

虚荣的诱惑是人的行为准则没有从理智和良心出发，是对人间的意见与法规的错误认识。

吸引人们犯罪的诱惑就是这些。为罪孽和诱惑辩解的迷信是国家的迷信、教会的迷信和科学的迷信。

国家的迷信认为少数游手好闲之徒统治大多数劳动人民是必要的和有益的。

教会的迷信是这样的信念：不断地给人们以启迪的宗教真理被发现了，攫取到教给人们正确信念的权利的某些人才拥有唯一的表现得尽善至美的这种宗教理论。

科学的迷信是这样的信念：一切人的生活所必要的、唯一的、正确的知识仅仅是那些偶然从浩瀚的知识领域择选出来的、形形色色的片断，大部分是些不需要的知识，这些知识在一定时间内引起少数人的注意，他们摆脱了生活必需的劳动，因而过着一种不道德和不合理性的生活。

罪孽、诱惑和迷信，一面阻止灵魂与其他生物和上帝融合，一面又剥夺人们仅有的幸福，因此为了人们能够享有这种幸福，应当与罪孽、诱惑和迷信作斗争，为此，人应尽力而为。

这种努力永远受人控制，首先是因为它仅仅发生在眼前的一瞬间，即发生在超越时间的那一点上，在那种情况下，过去与将来相接近，人永远是自由的。

其次，这些努力受人们控制，还因为它们不是去完成某些可能完成不了的行为，而仅仅要求对人来说永远可能的克制，即努力克制违背爱他人和认识人自身的宗教意识的行为。

对肉欲的放纵把人引向一切罪孽，因此为了与罪孽作斗争，人们需要努力克制放纵的行为、言论和思想，即努力超脱肉体。

一部分人有凌驾于其他人之上的优越性的错误认识，把人引向一切诱惑。因此为了与诱惑作斗争，人应该努力克制自己凌驾于其他人之上的行为、言论和思想，即努力使自己谦虚起来。

对虚伪的认可把人引向一切迷信，因此为了同迷信作斗争，人应该努力克制自己有违真理的行为、议论和思想，即力求真实。

放弃个人利益、谦虚和诚实的努力，在人身上消除通过爱使他的灵魂与其他生物和上帝融合的障碍的同时，又给予他永远是他可能获得的幸福，因而人所想象的恶无非是表示：人错误地理解自己的生活和不去做那唯他所特有的幸福允许他做的一切。

人所想象的死亡，同样如此，仅仅对于那些认为自己的生命处于时间之流失之中的人而言才是存在的。而对那些认识生命的真谛、认为生命是人在现时为了摆脱阻挠他与上帝和其他生物融合的一切而作出努力的人来说，没有，也不可能有死亡。

对于理解自己的生命像它应该被理解的那样的人来说，唯有通过爱，唯有依靠人在现时的努力才能获得对自己宗教意识的认识而使自己的灵魂日益与一切生物和上帝融合，不存在肉体死亡之后他的灵魂会怎么样的问题。灵魂过去没有，将来也不会有，而永远只存在于现在。至于肉体死亡之后，灵魂将如何认识自己，人不应该知道，也不需要知道。

为了使人不把自己的精神力量集中于关心自己个人的灵魂在想象出来的另一个未来世界中的地位，而仅仅专注于取得现今这个世界完全确定的、没有任何力量能破坏的、与一切生物和上帝结合的幸福，人不应该知道，也不需要知道他的灵魂以后会怎样，因为如果他理解自己的生命，就像它应当被理解的那样，把它看作是自己的灵魂与其他生物的灵魂以及与上帝不断的、越来越紧密的融合，那么他的生命就不可能是别的，而只可能是他的追求，即任何什么也破坏不了的幸福。

生活是美好的

◎ 契诃夫

生活是极不愉快的玩笑，不过要使它美好却也不很难。为了做到这点，光是中头彩赢 20 万卢布，得个"白鹰"勋章，娶个漂亮女人，以好人出名，还是不够的——这些福分都是无常的，而且也很容易习惯。

为了不断地感到幸福，那就需要：

（一）善于满足现状；

（二）很高兴地感到："事情原本可能更糟呢。"这是不难的。要是火柴在你的衣袋里时燃起来了，那你应当高兴，而且感谢上苍：多亏你的衣袋不是火药库。

要是有穷亲戚上别墅来找你，那你不要脸色发白，而要喜洋洋地叫道："挺好，幸亏来的不是警察！"

要是你的手指头扎了一根刺，那你应当高兴："挺好，多亏这根刺不是扎在眼睛里！"

如果你的妻子或者小姨练钢琴，那你不要发脾气，而要感激这份福气：你是在听音乐，而不是在听狼嗥或者猫叫。

你该高兴，因为你不是拉长途马车的马，不是寇克的"小点"，不是旋毛虫，不是猪，不是驴，不是茨冈人牵的熊，不是臭虫……你要高兴，因为眼下你没有坐在被告席上，也没有看债主在你面前，更没有跟主编土尔巴谈稿费问题。如果你不是住在十分边远的地方，那你一想到命运总算没有把你送到边远地方去，岂不觉着幸福？

要是你有一颗牙痛起来，那你就该高兴：幸亏不是满口的牙痛。

你该高兴，因为你居然可以不必读《公民报》，不必坐在垃圾车上，不必一下子跟三个人结婚……

要是你被送到警察局去了，那就该乐得跳起来，因为多亏没有把你送到地狱的大火里去。

要是你挨了一顿桦木棍子的打，那就该蹦蹦跳跳，叫道："我多运气，人家总算没有拿带刺的棒子打我！"

要是你妻子对你变了心，那就该高兴，多亏她背叛的是你，不是国家。

依此类推……朋友，照着我的劝告去做吧，你的生活就会欢乐无穷了。

在生活面前

◎高尔基

在生活面前站着两人，两人都对生活不满，于是生活问他们："你们对我期待什么？"其中一位疲倦地说道：

"你本身的矛盾太残酷，这使我感到愤懑。我的理智无力理解你的真谛。在你面前，我的心灵里是一片莫名其妙的昏暗。我的意识告诉我，人是万物中最优秀的……"

"你想问我要什么？"生活冷冰冰地问道。

"要幸福！！……为了我的幸福你必须调解我心灵里两种相矛盾的原则：一是'我想要的'，一是'你应该给的'。"

"那你就期待你应该得到的东西吧！"生活严肃地说。

"我不想成为你的牺牲品！"他愤慨地扬声说道："我想当生活的主宰，可我现在必须俯首弯腰服从生活的法则、受到它的重压——这是为什么？"

"喂，你讲干脆点！"另外一个人说道。他站得离生活近些。可前者不理会后者的话，继续说道："我要生活的自由，我要生活得万事如意的自由；我不愿因为义务而当他人的附属品——不管是同伴或者奴仆；我要想当什么就当什么——即使是当同伴或者奴仆也要随我的心愿。我不愿做社会的一砖一瓦，因为社会为修建自己福利的牢笼，而把我想放哪里就随意放哪里。我是人，是生活的灵魂和理智，我应该是自由的！"

"请停一下！"生活说："你讲多了，我知道你往下还要说些什么。你想当自由的人！那好吧，你就当自由人吧！你来同我斗，你斗过了我，你就能当我的主人，我就是你的奴仆。你知道，我生性冷酷，缺乏热情，但对胜利者是恭顺的。在斗过我的前提下，你能为自身的自由同我斗争吗？你行吗？你有足够的力量战胜我吗？你相信自己的力量吗？"

可这个人沮丧地说：

"你逼使我同你斗争，你像磨石一样，仿佛要把我的理智磨成一把利刃，可这把利刀却深深地刺进和伤害了我的心灵。"

"您跟生活说话要严肃点，不要牢骚满腹。"第二个人说。

可前者毫不理会，还继续说：

"我受不了你的重压，我要休息。啊，让我尝尝幸福吧！"

生活冷冰冰地笑了一下，问道：

"你说吧，你是向我要求还是祈求？"

"祈求。"那人的回答像回音那么细柔。

"你祈求的样子简直像个没出息的乞丐，但是，我的可怜虫，我必须对你讲清——生活是不行施舍的。你知道什么呢？一个自由的人，他不会向我祈求，他会自己来向我索取我的赠品……而你，只不过是你自己欲望的奴仆。只有那些奋力抛弃繁多欲望，而投身于实现一个愿望的人，才是自由的人。明白了吗？去吧！"

他明白了，于是像狗一样躺倒在冷酷的生活脚下，企求悄悄地享受点从生活的餐桌上扔弃的残饭剩菜。

这时，严峻的生活把她那双冷漠的目光转向另外一个人——那人脸形粗犷，但却善良。

"你祈求什么？"

"我不是祈求，我是要求。"

"要求什么？"

"公理在哪儿？你把公理给我。其他的一切我以后再要。现在我需要公理。我长期而耐心地等待，我靠劳动生活，没有休息，没有光明。我一直在等待……相信公理总是有的。公理在哪儿呢？"

生活无动于衷地答道："你去夺取吧！"

论生活

◎车尔尼雪夫斯基

"一个人活在世上，如果没有一种高尚的思想存在于他的大脑中，那么他只能是四肢发达的行尸走肉，他与四肢动物有何差别呢?"然而，光有高尚的思想，而没有足够的力量来实现这种思想，那这种思想又有什么价值呢? 所以，只有肯为高尚思想而奋斗终生的人才是伟大的。"

想一想，我们有什么是最可爱的呢? 唯一的答案是生活。因为我们的一切欢乐、我们的一切幸福、我们的一切希望都与生活紧密相连。

我们的生活美不美好、伟不伟大，完全依赖于我们自己对待生活的态度。平庸人们的生活才是空虚和无味的。

人的一生不可能每次都步行于漂亮光滑的柏油路上，我们会不时来到田野沼泽地，也许一不小心还会掉入泥泞的陷阱。其中，关键是看我们选择的行程。

我为什么生活

◎罗　素

三种单纯而极其强烈的激情支配着我的一生，那就是对于爱情的渴望，对于知识的寻求，以及对于人类苦难痛彻肺腑的怜悯。这些激情犹如狂风，把我伸展到绝望边缘的深深苦海上东抛西掷，使我的生活没有定向。我追求爱情，首先因为它叫我销魂，爱情令人销魂的魅力使我常常乐意为了几小时这样的快乐而牺牲生活中的其他一切。我追求爱情，又因为它减轻孤独感——那种一个颤抖的灵魂望着世界边缘之外冰冷而无生命的无底深渊时所感到的可怕的孤独。

我追求爱情，还因为爱的结合使我在一种神秘的缩影中提前看到了圣者和诗人曾经想象过的天堂，这就是我所追求的。尽管人的生活似乎还不配享有它，但它毕竟是我终于找到的东西。

我以同样的热情追求知识。我想理解人类的心灵，我想了解星辰为何灿烂，我还试图弄懂毕达歌拉斯学说的力量，我在这方面略有成就，但不多。

爱情和知识只要存在总是向上通往天堂，但是怜悯又受饥荒煎熬，无辜者被压迫者折磨，孤弱无助的老人在自己的儿子眼中变成可恶的累赘，以及世上触目皆是孤独、贫困和痛苦——这些都是对人类生活的嘲弄。我渴望能减少罪恶，可我做不到，于是我也感到痛苦。

这就是我的一生。我觉得这一生是值得活的。如果真的可能再给我一次机会，我将欣然重活一次。

一位西方哲学家无意间在古罗马城的废墟里发现一尊"双面神"神像。这位哲学家虽然学贯古今，却对这尊神很陌生，于是问神像："请问尊神，你为什么一个头，两副面孔呢？"

双面神回答："因为这样才能一面察看过去，以吸取教训；一面瞻望未来，以给人憧憬。"

"可是，你为何不注视最有意义的现在？"哲人问。"现在？"双面神茫然。

　　哲人说："过去是现在的逝去，未来是现在的延续，你既无视于现在，即使对过去了若指掌，对于未来洞察先机，又有什么意义呢?" 双面神听了，突然号啕大哭起来，原来他就是没把握住"现在"，罗马城才被敌人攻陷，因此他遭人丢弃在废墟中。

在希望中生活

◎狄克斯

请抬高你的头，挺直你的腰，心中充满希望，热切地接受大自然给予你的一切。用你机智的头脑警觉周围的一切变化，勇敢地面对明天的日子带给你的希望、梦想和目标。让一切有碍你进步的琐细烦恼、失望、不自信都见鬼去吧！

在障碍面前，有人会被吓得心惊胆战，有人则会把它当做一块踏脚石。至于你会用它来攀登上进或颠跛下坠，要看你接近它时的心情而定。

假若我们已经尽可能地做到最好，以自己累积的经验来面对生活时，却仍然大大地跌了一跤，这真是一件令人十分遗憾的事。如果摔跤过后，我们已经失去了重头开始的资本，那么这样的损失将会使我们更加难以接受。

可是，我们面对生活的信心尚存，我们追求的人生目标尚存，既然我们能活着，就一定有活着的道理，那么，这一切的惨痛又算得了什么呢！

生活的写意

◎ 蒙　田

跳舞的时候我就跳舞，睡觉的时候我就睡觉。

即便我一个人在幽美的花园中散步，倘若我的思绪一时转到与散步无关的事物上去，我也会很快将思绪收回，令其想想花园，寻味独处的愉悦，思量一下我自己。天性促使我们为保证自身需要而进行活动，这种活动也就给我们带来愉快。慈母般的天性是顾及到这一点的。它推动我们去满足理性与欲望的需要，打破它的规矩则违背情理。

我知道恺撒与亚历山大就是在活动最繁忙的时候仍然充分享受着自然，这是必须的、正当的生活乐趣。我想指出，这不是要使精神松懈，而是使之增强。因为要让激烈的活动、艰苦的思索服从于日常生活习惯，那是需要有极大的勇气的。先贤们认为，享受生活乐趣是自己正常的活动，而战事才是非常的活动。他们持这种看法是明智的。我们倒是些大傻瓜。我们说："他这一辈子一事无成。"或者说："我今天什么事也没有做……"怎么！您不是也生活了吗？这不仅是最基本的活动，而且也是我们诸活动中最有光彩的。如果我能够处理重大的事情，我本可以表现出我的才能。您懂得考虑自己的生活，懂得运用安排它吗？那您就做了最重要的事了。天性的表露与发挥作用无需异常的境遇。它在各个方面乃至在暗中也都表现出来，就像在不设幕的舞台上一样。

我们的责任是调整我们的生活习惯，而不是去编排；是使我们的举止井然有序，而不是去打仗，去扩张领地。我们最豪迈、最光荣的事业乃是生活的写意。一切其他事情：执政、致富、建造产业，充其量也不过是这一事业的点缀和从属。

生活在大自然的怀抱里

◎卢　梭

　　我每天都早起，为的是能在自家的花园里看日出。如果这是一个晴天，我最殷切的期望是不要有信件或来访者扰乱这一天的清静。

　　上午的时间我会用来处理各种杂事。每件事都是我乐意完成的，因为这都不是非立即处理不可的急事。我狼吞虎咽地吃饭，为的是躲避那些不受欢迎的来访者，并且使自己有一个属于自己的下午。

　　即使最炎热的日子，在中午一点钟前我也顶着烈日带着小狗芳夏特出发。我加紧了步伐，担心刚出门便被不速之客拦住去路。可是，一旦绕过一个拐角我觉得自己得救了，就激动而愉快地松了口气，自言自语地说："我可以自己拥有这个下午了！"接着我迈着平静的步伐，到树林中去寻觅一个荒野的角落，一个人迹不至因而没有任何奴役和统治印记的荒野的角落，一个只有我才能找到的幽静的角落，那儿不会有令人厌恶的第三者跑来横隔在大自然和我之间。那儿我可以随意饱览大自然为我展开的华丽图景。金色的燃料木、紫红的欧石南非常繁茂，映入我的眼帘，出入我的脑中，使我欣悦；我头上树木的宏伟、我四周灌木的纤丽、我脚下花草惊人的纷繁使我眼花缭乱，不知道应该观赏还是赞叹。这么多美好的东西竞相吸引我的注意力，使我在它们面前留步，从而助长我懒惰和爱空想的习惯，使我常常想："世界上最辉煌的所罗门和它们之中任何一个相比，也会自愧不如。"

　　我开始为这片美好的土地构想。我按自己的意愿在那儿立即安排了居民，我把舆论、偏见和所有虚假的感情远远驱走，使那些配享受如此佳境的人迁进这大自然的乐园。我将把他们组成一个亲切的社会，而我自己却不敢加入这个美妙的社会；我按照自己的喜好建造一个黄金的世纪，并用那些我经历过的给我留下甜美记忆的情景和我的心灵还在憧憬的情境充实这美好的生活。我多么神往着这样一个社会的建成，如此甜美、如此纯洁、如此远离人类的快乐。每每我如此的幻想，我的眼泪就夺眶而出。啊！这个时刻，如果有关巴黎、我的世纪、我这个作家的卑微的虚荣心的念头来扰乱我的遐想，我就会怀着无比的厌恶将它们甩掉，使我能够专心陶醉于这些充溢我心灵的美妙的感情。然而，在遐想中，我承认当我沉醉于自己的幻想中时，我会突然地想哭。甚至即使我所有的梦想变成现实，我也不会感到满足，到时我会有新的梦想、新的期望、新的憧憬。我感到自己的身心有种莫名的空虚，有一种虽然我无法阐明但我感到需要的对某种其他快乐的向往。然而，这种向往也是一种快乐，因为我从中找到了心酸的浪漫——而这都是我不愿意舍弃的东西。

我尽可能地将自己的思想从低升高，转向自然界所有的生命，转向事物普遍的体系，转向主宰一切的不可思议的上帝。我神志不清地迷失于大千世界里，停止思维，停止冥想，停止哲学的推理；我怀着快感，感到肩负着宇宙的重压。许许多多伟大观念呈现于脑里，我喜欢任由我的想象在空间驰骋；我禁锢在生命的疆界内的心灵感到这儿过分狭窄，我在天地间不能呼吸，我希望投身到一个无限的世界中去。我相信，如果我能够洞悉大自然所有的奥秘，我也许不会体会这种令人惊异的心醉神迷，而处在一种没有那么甜美的状态里。我的心灵所沉醉的这种出神入化的佳境使我在亢奋激动中有时高声呼唤："啊，我的老天！啊，我的老天！"但除此之外，我讲不出任何话来。

生活像做戏

◎有岛武郎

被称为世界三圣的释迦、基督、苏格拉底三人有一个共同点，这便是他们没有一个由自己执笔所写遗留给后世的东西。而这些人遗留后世的所谓说教，与如今的说教也有天壤之别。他们似乎不过只是对自己邻近所发生的事件呀，或者是些对人的质问之类，随意地提了一些自己的观点而已，并没有有组织地将那大哲学发表出来。可是，他们的日常谈话，居然会为后来的我们留下了大说教。

如果说这是巧合，那也太不可思议了，这使人反省我们的生活像做戏，尤其是以文笔为生活的大部分的人们。

怎样活着

◎德谟克里特

卑劣地、愚蠢地、放纵地、邪恶地活着，与其说是活得不好，不如说是慢性死亡。

追求对灵魂好的东西，是追求神圣的东西；追求对肉体好的东西，是追求凡俗的东西。

应该做好人，或者向好人学习。

使人幸福的并不是体力和金钱，而是正直和公允。

在患难时忠于义务，是伟大的。

害人的人比受害的人更不幸。

做了可耻的事而能追悔，就挽救了生命。

不学习是得不到任何技艺、任何学问的。

蠢人活着却尝不到人生的愉快。

蠢人是一辈子都不能使任何人满意的。

医学治好身体的毛病，哲学解除灵魂的烦恼。

智慧生出三种果实：善于思想，善于说话，善于行动。

人们在祈祷中恳求神赐给他们健康，却不知道自己正是健康的主宰。他们的无节制戕害着健康，他们放纵着情欲，自己背叛了自己的健康。

通过对享乐的节制和对生活的协调，才能得到灵魂的安宁。缺乏和过度惯于变换位置，将引起灵魂的大骚动。摇摆于这两个极端之间的灵魂是不安宁的。因此应当把心思放在能够办到的事情上，满足于自己可以支配的东西。不要光是看着那些被嫉妒、被羡慕的人，思想上跟着那些人跑。倒是应该将眼光放到生活贫困的人身上，想想他们的痛苦，这样，就会感到自己的现状很不错。很值得羡慕了，就不会老是贪心不足，给自己的灵魂造成苦恼。因为一个人如果羡慕财主，羡慕那些被认为幸福的人，时刻想着他们，就会不由自主地不断搞出些新花样。由于贪得无厌，终于做出无可挽救的犯法行为。

因此，不应该贪图那些不属于自己的东西，而应该满足于自己所有的东西，将自己的生活与那些更不幸的人比一比。想想他们的痛苦，你就会庆幸自己的命运比他们的好了。采取这种看法就会生活得更安宁，就会驱除掉生活中的几个恶煞：嫉妒、眼红、不满。

被拨弄的生活

◎泰戈尔

下午我坐在码头最后一级石阶上，碧澄的河水漫过我的赤足，潺潺逝去。多年生活的残羹剩饭狼藉的餐厅远远落在后面。

记得消费安排常常欠妥。手头有钱的时光，市场上生意萧条，货船泊在河边，散集的钟声可恶地敲响。

早到的春晓唤醒了杜鹃；那天调理好琴弦，我弹起一支歌曲。

我的听众已梳妆停当，桔黄的纱丽边缘披在胸前。

那是炎热的下午，乐曲分外倦乏、凄婉。

灰白的光照出现了黑色锈斑。停奏的歌曲像熄灯的小舟，沉没在一个人的心底，勾起一声叹息，灯再没点亮。

为此我并不悔恨。

饥饿的离愁的黑洞里，日夜流出激越的乐曲之泉。阳光下它舞蹈的广袖里，嬉戏着七色光带。

淙淙流淌的碧清的泉水，融和子夜诵读的音律。

从我灼热的正午的虚空，传来古典的低语。

今日我说被拨弄的生活富有成果——盛放死亡的供品的器皿里，凝积的痛楚已经挥发，它的奖赏置于光阴的祭坛上。

人在生活旅途上跋涉，是为寻找自己。歌手在我心里闪现，奉献心灵的尚未露面。

我望见绿荫中，我隐藏的形象，似山脚下微波不漾的一泓碧水。

暮春池畔的鲜花凋败，孩童漂放纸船，少女用陶罐汩汩地汲水。

新雨滋润的绿原庄重、广袤、荣耀，胸前簇拥活泼的游伴。

年初的飓风猛扇巨翅，如镜的水面不安地翻腾，烦躁地撞击环围的宁谧——兴许它蓦然省悟：从山巅疯狂飞落的瀑布已在山底哑默的水中屈服——囚徒忘掉了以往的豪放——跃过巉岩，冲出自身的界限，在歧路被未知轰击得懵头懵脑，不再倾吐压抑的心声，不再急旋甩抛隐私。

我衰弱、憔悴，对从死亡的捆绑中夺回生命的叱咤风云的人物一无所知，头顶着糊涂的坏名声踽踽独行。

在险象环生的彼岸，知识的赐予者在黑暗中等待；太阳升起的路上，耸入云际的人的牢狱，高昂着黑石砌成的暴虐的尖顶；一个个世纪用受伤的剧痛的拳头，在牢门上留下血红的叛逆的印记；历史的主宰拥有的珍奇，被盗藏在魔鬼的钢铁城堡里。

长顺荡着神王的呼吁："起来，战胜死亡者！"

擂响了鼓皮，但安分的无所作为的生活中，未苏醒搏杀的犷悍；协助天神的战斗中，我未能突破鹿砦占领阵地。

在梦中听见战鼓咚咚，奋进的战士的脚下火把的震颤，从外面传来，溶入我的心律。

世世代代的毁灭的战场上，在焚尸场巡回进行创造的人的光环，在我的心幕上黯淡了下来；我谨向征服人心、以牺牲的代价和痛苦的光华建造人间天堂的英雄躬身施礼！

第五部分

敞开的成功之门

夏三虫

◎鲁　迅

夏天近了，将有三虫：蚤，蚊，蝇。

假如有谁提出一个问题，问我三者之中，最爱什么，而且非爱一个不可，又不准像"青年必读书"那样的缴白卷的。我便只得回答道：跳蚤。

跳蚤的来吮血，虽然可恶，而一声不响地就是一口，何等直截爽快。蚊子便不然了，一针叮进皮肤，自然还可以算得有点彻底的，但当未叮之前，要哼哼地发一篇大议论，却使人觉得讨厌。如果所哼的是在说明人血应该给它充饥的理由，那可更其讨厌了，幸而我不懂。

野雀野鹿，一落在人手中，总时时刻刻想要逃走。其实，在山林间，上有鹰隼，下有虎狼，何尝比在人手里安全。为什么当初不逃到人类中来，现在却要逃到鹰隼虎狼间去？或者，鹰隼虎狼之于它们，正如跳蚤之于我们罢。肚子饿了，抓着就是一口，决不谈道理，弄玄虚。被吃者也无须在被吃之前，先承认自己之理应被吃，心悦诚服，誓死不二。人类，可是也颇擅长于哼哼的了，害中取小，它们的避之唯恐不速，正是绝顶聪明。

苍蝇嗡嗡地闹了大半天，停下来也不过舐一点油汗，倘有伤痕或疮疖，自然更占一些便宜；无论怎么好的，美的，干净的东西，又总喜欢一律拉上一点蝇矢。但因为只舐一点油汗，只添一点腌臜，在麻木的人们还没有切肤之痛，所以也就将它放过了。中国人还不很知道它能够传播病菌，捕蝇运动大概不见得兴盛。它们的运命是长久的；还要更繁殖。

但它在好的，美的，干净的东西上拉了蝇矢之后，似乎还不至于欣欣然反过来嘲笑这东西的不洁：总要算还有一点道德的。

古今君子，每以禽兽斥人，殊不知便是昆虫，值得师法的地方也多着哪。

四月四日

本篇最初发表于一九二五年四月七日《京报》附刊《民众文艺周刊》第十六号

跟着自己的兴趣走

◎胡　适

　　……目前很多学生选择科系时，从师长的眼光看，都不免带有短见，倾向于功利主义方面。天才比较高的都跑到医工科去，而且只走入实用方面，而又不选择基本学科，譬如学医的，内科、外科、产科、妇科，有很多人选，而基本学科譬如生物化学、病理学，很少青年人去选读，这使我感到今日的青年不免短视，带着近视眼镜去看自己的前途与将来。我今天头一项要讲的，就是根据我们老一辈的对选科系的经验，贡献给各位。我讲一段故事。

　　记得四十八年前，我考取了官费出洋，我的哥哥特地从东三省赶到上海为我送行，临行时对我说，我们的家早已破坏中落了，你出国要学些有用之学，帮助复兴家业，重振门楣，他要我学开矿或造铁路，因为这是比较容易找到工作的，千万不要学些没用的文学、哲学之类没饭吃的东西。我说好的，船就要开了，那时我和一起去美国的留学生共有七十人，分别进入各大学。在船上我就想，开矿没兴趣，造铁路也不感兴趣，于是只好采取调和折衷的办法，要学有用之学，当时康奈尔大学有全美国最好的农学院，于是就决定进去学科学的农学，也许对国家社会有点贡献吧！那时进康大的原因有二：一是康大有当时最好的农学院，且不收学费，而每个月又可获得八十元的津贴；我刚才说过，我家破了产，母亲待养，那时我还没结婚，一切从命，所以可将部分的钱拿回养家。另一是我国有百分之八十的人是农民，将来学会了科学的农业，也许可以有益于国家。

　　入校后头一星期就突然接到农场实习部的信，叫我去报到。那时教授便问我："你有什么农场经验？"我答："没有。""难道一点都没有吗？""要有嘛，我的外公和外婆，都是道地的农夫。"教授说："这与你不相干。"我又说："就是因为没有，才要来学呀！"后来他又问："你洗过马没有？"我说："没有。"我就告诉他中国人种田不是用马的。于是老师就先教我洗马，他洗一面，我洗另一面。他又问我会套车吗，我说也不会。于是他又教我套车，老师套一边，我套一边，套好跳上去。兜一圈子。接着就到农场做选种的实习工作，手起了泡，但仍继续的忍耐下去。农复会的沈宗瀚先生写一本《克难苦学记》，要我和他作一篇序，我也就替他做一篇很长的序。我们那时学农的人很多，但只有沈宗瀚先生赤过脚下过田，是唯一确实有农场经验的人。学了一年，成绩还不错，功课都在八十五分以上。第二年我就可以多选两个学分，于是我选种果学，即种苹果学。分上午讲课与下午实习。上课倒没有什么，还甚感兴趣；下午实验，走入实习室，桌上有各色各样的苹果三十个，颜色有红的，有黄的，有青的……形状有圆的，有长的，有椭圆的，有四方的……要照着一本手册上的标准，去定每一苹果的学名，蒂有多长？花是什么颜色？肉是甜是酸？是软是硬？弄了两个小时。弄了半个小时一个都弄不了，满头大汗，真是冬天出大汗。抬头一看，呀！不对头，那些美国同学都做完跑光了，把苹果拿回去吃了。他们不需剖开，因为他们比较熟悉，查查册子后面的普通名词就可以定学名，在他们是很简单。我只弄了一半，一半又是错的。回去就自己问自己学这个有什么用？要是靠当时的活力与记性，用上一个晚上来强记，四百多个名字都可以记下来应付考试。但试想有什么用呢？那些苹果在我国烟台也没有，青岛也没有，安徽也没有……我认为科学的农学无用了，于是决定改行，那时正是民国元年，国内正在革命的时候，也许学别的东西更有好处。

那么，转系要以什么为标准呢？你自己的兴趣呢？还是看社会的需要？我年轻时候《留学日记》有一首诗，现在我也背不出来了。我选课用什么做标准？听哥哥的话？看国家的需要？还是凭自己？只有两个标准：一个是"我"；一个是"社会"，看看社会需要什么？国家需要什么？中国现代需要什么？但这个标准——社会上三百六十行，行行都需要，现在可以说三千六百行，从诺贝尔得奖人到修理马桶的，社会都需要，所以社会的标准并不重要。因此，在定主意的时候；便要依着自我的兴趣了——即性之所近，力之所能。我的兴趣在什么地方？与我性质相近的是什么？问我能做什么？对什么感兴趣？我便照着这个标准转到文学院了。但又有一个困难，文科要缴费，而从康大中途退出，要赔出以前二年的学费，我也顾不得这些。经过四位朋友的帮忙，由八十元减到三十五元，终于达成愿望。在文学院以哲学为主，英国文学、经济、政治学之门为副。后又以哲学为主，经济理论、英国文学为副科。到哥伦比亚大学后，仍以哲学为主，以政治理论、英国文学为副。

我现在六十八岁了，人家问我学什么？我自己也不知道学些什么？我对文学也感兴趣，白话文方面也曾经有过一点小贡献。在北大，我曾作过哲学系主任，外国文学系主任、国文学系主任，中国文学系也做过四年的系主任，在北大学院六个学系中，五系全做过主任。现在我自己也不知道学些什么，我刚才讲过现在的青年太倾向于现实了。不凭性之所近，力之所能去选课。譬如一位有作诗天才的人，不进中文系学做诗，而偏要去医学院学外科，那么文学院便失去了一个一流的诗人，而国内却添了一个三四流甚至五流的饭桶外科医生，这是国家的损失，也是你们自己的损失。

在一个头等第一流的大学，当初日本筹划帝大的时候，真的计划远大，规模宏伟，单就医学院就比当初日本总督府还要大。科学的书籍都是从第一号编起。基础良好，我们接收已有十余年了，总算没有辜负当初的计划。今日台大可说是台湾唯一最完善的大学，各位一不要有成见，带着近视眼镜来看自己的前途，看自己的将来，听说入学考试时有七十一个志愿可填，这样七十二变，变到最后不知变成了什么。当初所填的志愿，不要当做最后的决定，只当做暂时的方向。要在大学一、二年的时候，东摸摸西摸摸的瞎摸。不要有短见，十八九岁的青年仍没有能力决定自己的前途、职业。进大学后第一年到处去摸、去看，探险去，不知道的我偏要去学。如在中学时候的数学不好，现在我偏要去学，中学时不感兴趣，也许是老师不好。现在去听听最好的教授的讲课，也许会提起你的兴趣。好的先生会指导你走上一个好的方向，第一、二年甚至于第三年还来得及，只要依着自己"性之所近，力之所能"的做去，这是清代大儒章学诚的话。

现在我再说一个故事，不是我自己的，而是近代科学的开山大师——伽利略（Galileo）。他是意大利人，父亲是一个有名的数学家，他的父亲叫他不要学他这一行，学这一行是没饭吃的，要他学医。他奉命而去。当时意大利正是文艺复兴的时候，他到大学以后曾被教授和同学捧誉为"天才的画家"，他也很得意，父亲要他学医，他却发现了美术的天才。他读书的佛劳伦斯地方是一工业区，当地的工业界首领希望在这大学多造就些科学的人才，鼓励学生研究几何，于是在这大学里特为官儿们开设了几何学一科，聘请一位叫Ricci 氏当教授。有一天，他打从那个地方过，偶然的定脚在听讲，有的官儿们在打瞌睡，而这位年轻的伽利略却非常感兴趣，于是不断地一直继续下去，趣味横生，便改学数学，由于浓厚的兴趣与天才，就决心去东摸摸西摸摸，摸出一条兴趣之路，创造了新的天文学、新的物理学，终于成为一位近代科学的开山大师。

大学生选择学科就是选择职业。我现在六十八岁了，我也不知道所学的是什么？希望各位不要学我这样老不成器的人。勿以七十二志愿中所填的一愿就定了终身，还没有的，就是大学二、三年也还没定。各位在此完备的大学里，目前更有这么多好的教授人才来指导，趁此机会加以利用。社会上需要什么，不要管它，家里的爸爸、妈妈、哥哥、朋友等，要你做律师、做医生，你也不要管他们，不要听他们的话，只要跟着自己的兴趣走。想起当初我哥哥要我学开矿、造铁路，我也没听他的话，自己变来变去变成一个老不成器的人。后来我哥哥也没说什么，只管我自己，别人不要管他。依着"性之所近，力之所能"学下去，其未来对国家的贡献也许比现在盲目所选的或被动选择的学科会大得多，将来前途也是无可限量的。……

超山的梅花

◎郁达夫

凡到杭州来游的人，因为交通的便利，和时间的经济的关系，总只在西湖一带，登山望水，漫游两三日，便买些土产，如竹篮纸伞之类，匆匆回去；以为雅兴已尽，尘土已经涤去，杭州的山水佳处，都曾享受过了。所以古往今来，一般人只知道三竺六桥，九溪十八涧，或西湖十景，苏小岳王；而离杭城三五十里稍东偏北的一带山水，现在简直是很少有人去玩，并且也不大有人提起的样子。

在古代可不同；至少至少，在清朝的乾嘉道光，去今百余年前，杭州人的好游的，总没有一个不留恋西溪，也没有一个不披蓑戴笠去看半山（即皋亭山）的桃花，超山的香雪的。原因是因为那时候杭州和外埠的交通，所取的路径都是水道；从嘉兴上海等处来往杭州，运河是必经之路。舟入塘栖，两岸就看得到山影；到这里，自杭州去他处的人，渐有离乡去国之感，自外埠到杭州来的人，方看得到山明水秀的一个外廓；因而塘栖镇，和超山、独山等处，便成了一般旅游之人对杭州的记忆的中心。

超山是在塘栖镇南，旧日仁和县（现在并入杭县了）东北六十里的永和乡的，据说高有五十余丈，周二十里（咸淳《临安志》作三十七丈），因其山超然出于皋亭、黄鹤之外，故名。

从前去游超山，是要从湖墅或拱宸桥下船，向东向北向西向南，曲折回环，冲破菱荇水藻而去的；现在汽车路已经开通，自清泰门向东直驶，至乔司站落北更向西，抄过临平镇，由临平山西北，再驰十余里，就可以到了；"小红唱曲我吹箫"的船行雅处，现在虽则要被汽车的机器油破坏得丝缕无余，但坐船和坐汽车的时间的比例，却有五与一的大差。

汽车走过的临平镇，是以释道潜的一首"风蒲猎猎弄轻柔，欲立蜻蜓不自由，五月临平山下路，藕花无数满汀洲"的绝句出名；而超山北面的塘栖镇，又以南宋的隐士，明末清初的田园别墅出名；介与塘栖与超山之间的丁山湖，更以水光山色，鱼虾果木出名；也无怪乎从前的文人骚客，都要向杭州的东面跑，而超山皋亭山的名字每散见于诸名士的歌咏里了。

超山脚下，塘栖附近的居民，因为住近水乡，阡陌不广之故，所靠以谋生的完全是果木的栽培。自春历夏，以及秋冬，梅子、樱桃、枇杷、杏子、甘蔗之类的出产，一年总有百万元内外。所以超山一带的梅林，成千成万；由我们过路的外乡人看来，只以为是乡民趣味的高尚，个个都在学林和靖的终身不娶，殊不知实际上他们却是正在靠此而养活妻孥的哩？

超山的梅花，向来是开在立春前后的；梅干极粗极大，枝叉离披四散，五步一丛，十步一坂，每个梅林，总有千株内外，一株的花朵，又有万颗左右；故而开的时候，香气远传到十里之外的临平山麓，登高而远望下来，自然自成一个雪海；近年来虽说梅株减少了一点，但我想比到罗浮的仙境，总也只有过之，不会不及。从杭州到超山去的汽车路上，过临平山后，两旁已经有一处一处的梅林在迎送了，而汇聚得最多，游人所必到的看梅胜地，大抵总在汽车站西南，超山东北麓，报慈寺大明堂（亦称大明寺）前头，梅花丛里有一个周梦坡筑的宋梅亭在那里的周围五六里地的一圈地方。

报慈寺里的大殿（大约就是大明堂了吧?）前几年被寺的仇人毁坏了，当时还烧死了一位当家和尚在殿东一块石碑之下。但殿后的一块刻有吴道子画的大士像的石碑，还好好地镶在壁里，丝毫也没有动。去年我去的时候，寺僧刚在募化重修大殿；殿外面的东头，并且已经盖好了三间厢房在作客室。后面高一段的三间后殿，火烧时也不曾烧去，和尚手指着立在殿后壁里的那一块石刻大士像碑说，"这都是这位大慈大悲救苦救难广大灵感观世音菩萨的福佑！"

在何春渚删成的《塘栖志略》里，说大明寺前有一口井，井水甘冽！旁树石碣，刻有"踊人堂堂，二曜重光，泉深尺一，点去冰旁；二人相连，不欠一边，三梁四柱烈火然，添却双钩两日全"之碑铭，不识何意等语。但我去大明堂（寺）的时候，却既不见井，也不见碑；而这条碑铭，我从前是曾在一部笔记叫作《桂苑丛谈》的书里看到过一次的。这书记载着："令狐相公出镇淮海日，支使班蒙，与从事诸人，俱游大明寺之西廊，忽睹前壁，题有此铭，诸宾皆莫能辨，独班支使曰：'得非大明寺水，天下无比八字乎?'众皆恍然。"从此看来，《塘栖志略》里所说的大明寺井碑，应是抄来的文章，而编者所谓不识何意者，还是他在故弄玄虚。当然，寺在山麓，地又近水，寺前寺后，井是当然有一口的；井里的泉，也当然是清冽的；不过此碑此铭，却总有点儿可疑。

大明寺前的所谓宋梅，是一棵曲屈苍老，根脚边只剩了两条树皮围拱，中间空心，上面枝干四叉的梅树。因为怕有人折，树外面全部是用一铁丝网罩住的。树当然是一株老树，起码也要比我的年纪大一两倍，但究竟是不是宋梅，我却不敢断定。去年秋天，曾在天台山国清寺的伽蓝殿前，看见过一株所谓隋梅；前年冬天，也曾在临平山下安隐寺里看见过一枝所谓唐梅。但所谓隋，所谓唐，所谓宋等等，我想也不过"所谓"而已，究竟如何，还得去问问植物考古的专家才行。

出大明堂，从梅花林里穿过，西面从吴昌硕的坟旁一条石砌路上攀登上去，是上超山顶去的大路了。一路上有许多同梦也似的疏林，一株两株如被遗忘了似的红白梅花，不少的坟园，在招你上山，到了半山的竹林边的真武殿（俗称中圣殿）外，超山之所以为超，就有点感觉得到了；从这里向东西北的三面望去，是汪洋的湖水，曲折的河身，无数的果树，不断的低岗，还有塘的两面的点点的人家；这便算是塘栖一带的水乡全景的鸟瞰。

从中圣殿再沿石级上去，走过黑龙潭，更走二里，就可以到山顶，第一要使你骇一跳的，是没有到上圣殿之先的那一座天然石筑的天门。到了这里，你才晓得超山的奇特，才晓得志上所说的"山有石鱼石笋等，他石多异形，如人兽状。"诸记载的不虚。实实在在，超山的好处，是在山头一堆石，山下万梅花，至若东瞻大海，南眺钱江，田畴如井，河道如肠，桑麻遍地，云树连天等形容词，则凡在杭州东面的高处，如临平山黄鹤峰上都用得着的，并非是超山独一无二的绝景。

你若到了超山之后，则北去超山七里地外的塘栖镇上，不可不去一到。在那些河流里坐坐船，果树下跑跑路，趣味实在是好不过。两岸人家，中夹一水；走过丁山湖时，向西面看看独山，向东首看看马鞍龟背，想象想象南宋垂亡，福王在庄（至今其地还叫作福王庄）上所过的醉生梦死脂香粉腻的生涯，以及明清之际，诸大老的园亭别墅，台榭楼堂，或康熙乾隆等数度的临幸，包管你会起一种像读《芜城赋》似的感慨。

又说到了南宋，关于塘栖，还有好几宗故事，值得一提。第一，卓氏家乘《唐栖考》里说："唐栖者，唐隐士所栖也；隐士名珏，字玉潜，宋末会稽人。少孤，以明经教授乡里子弟而养其母。至元戊寅，浮图总统杨连真伽，利宋攒宫金玉，故为妖言惑主听，发掘之。珏怀愤，乃货家具，召诸恶少，收他骨易遗骸，瘗兰亭山后，而树冬青树识焉。珏后隐居唐栖，人义之，遂名其地为唐栖。"这镇名的来历说，原是人各不同的，但这也岂不是一件极有趣的故实么？还有塘栖西龙河圩，相传有宋宫人墓；昔有士子，秋夜凭栏对月，忽闻有环珮之声，不寐听之，歌一绝云："淡淡春山抹未浓，偶然还记旧行踪，自从一入朱门去，便隔人间几万重。"闻之酸鼻。这当然也是一篇绝哀艳的鬼国文章。

塘栖镇跨在一条水的两岸，水南属杭州，水北属德清；商市的繁盛，酒家的众多，虽说只是一个小小的镇集，但比起有些县城来，怕还要闹热几分。所以游过超山，不愿在山上吃冷豆腐黄米饭的人，尽可以上塘栖镇上去痛饮大嚼；从山脚下走回汽车路去坐汽车上塘栖，原也很便，但这一段路，总以走走路坐坐船更为合适。

一九三五年一月九日

原载一九三五年二月十五日《新小说》创刊号，据《达夫游记》

夜 莺

◎戴望舒

在神秘的银月的光辉中，树叶儿啁啾地似在私语，綷縩地似在潜行；这时候的世界，好似一个不能解答的谜语，处处都含着幽奇和神秘的意味。

有一只可爱的夜莺在密荫深处高啭，一时那林中充满了她婉转的歌声。

我们慢慢地走到饶有诗意的树荫下来，悠然听了会鸟声，望了会月色。我们同时说："多美丽的诗境！"于是我们便坐下来说夜莺的故事。

"你听她的歌声是多悲凉！"我的一位朋友先说了，"她是那伟大的太阳的使女：每天在日暮的时候，她看见日儿的残光现着惨红的颜色，一丝丝的向辽远的西方消逝了，悲思便充满了她幽微的心窍，所以她要整夜的悲啼着……"

"这是不对的，"还有位朋友说，"夜莺实是月儿的爱人：你可不听见她的情歌是怎地缠绵？她赞美着月儿，月儿便用清辉将她拥抱着。从她的歌声，你可听不出她灵魂是沉醉着？"

我们正想再听一会夜莺的啼声，想要她启示我们的怀疑，但是她拍着翅儿飞去了，却将神秘作为她的礼物留给我们。

载《璎珞》第一期，一九二六年三月

二　绿

◎朱自清

　　我第二次到仙岩（山名，瑞安的胜迹）的时候，我惊诧于梅雨潭的绿了。梅雨潭是一个瀑布潭。仙岩有三个瀑布，梅雨瀑最低。走到山边，便听见哗哗哗哗的声音；抬起头，镶在两条湿湿的黑边儿里的，一带白而发亮的水便呈现于眼前了。我们先到梅雨亭。梅雨亭正对着那条瀑布；坐在亭边，不必仰头，便可见它的全体了。亭下深深的便是梅雨潭。这个亭踞在突出的一角的岩石上，上下都空空儿的；仿佛一只苍鹰展着翼翅浮在天宇中一般。三面都是山，像半个环儿拥着；人如在井底了。这是一个秋季的薄阴的天气。微微的云在我们顶上流着；岩面与草丛都从润湿中透出几分油油的绿意。而瀑布也似乎分外的响了。那瀑布从上面冲下，仿佛已被扯成大小的几绺；不复是一幅整齐而平滑的布。岩上有许多棱角；瀑流经过时，作急剧的撞击，便飞花碎玉般乱溅着了。那溅着的水花。晶莹而多芒；远望去，像一朵朵小小的白梅。微雨似的纷纷落着。据说，这就是梅雨潭之所以得名了。但我觉得像杨花，格外确切些。轻风起来时，点点随风飘散，那更是杨花了。——这时偶然有几点送入我们温暖的怀里，便倏的钻了进去，再也寻它不着。

　　梅雨潭闪闪的绿色招引着我们；我们开始追捉她那离合的神光了。揪着草，攀着乱石，小心探身下去，又鞠躬过了一个石穹门，便到了汪汪一碧的潭边了。瀑布在襟袖之间；但我的心中已没有瀑布了。我的心随潭水的绿而摇荡。那醉人的绿呀！仿佛一张极大极大的荷叶铺着，满是奇异的绿呀。我想张开两臂抱住她；但这是怎样一个妄想呀。——站在水边，望到那面，居然觉着有些远呢！这平铺着，厚积着的绿，着实可爱。她松松的皱缬着，像少妇拖着的裙幅；她轻轻的摆弄着，像跳动的初恋的处女的心；她滑滑的明亮着，像涂了"明油"一般，有鸡蛋清那样软，那样嫩，令人想着所曾触过的最嫩的皮肤；她又不杂些儿尘滓，宛然一块温润的碧玉，只清清的一色——但你却看不透她！我曾见过北京什刹海拂地的绿柳，脱不了鹅黄的底子，似乎太淡了。我又曾见过杭州虎跑寺近旁高峻而深密的"绿壁"，丛叠着无穷的碧草与绿叶的，那又似乎太浓了。其余呢，西湖的波太明了，秦淮河的也太暗了。可爱的，我将什么来比拟你呢？我怎么比拟得出呢？大约潭是很深的，故能蕴蓄着这样奇异的绿；仿佛蔚蓝的天融了一块在里面似的，这才这般的鲜润呀。——那醉人的绿呀！我若能裁你以为带，我将赠给那轻盈的舞女；她必能临风飘举了。我若能挹你以为眼，我将赠给那善歌的盲妹；她必明眸善睐了。我舍不得你；我怎舍得你呢？我用手拍着你，抚摩着你，如同一个十二三岁的小姑娘。我又掬你入口，便是吻着她了。我送你一个名字，我从此叫你"女儿绿"，好么？

我第二次到仙岩的时候，我不禁惊诧于梅雨潭的绿了。

2月8日，温州作

一群蝌蚪

◎柔 石

茫君为想建筑新校舍，邀我同至某王府看地址和旧屋。

我们向一条深的胡同闯进去，转了一个弯，看见一片长满乱草的空地。旁边有一带小屋，约数十间，大约是以前的厢房，现在是住着寥寥落落的王公子孙。

我们向一家走进去，因为要探问这地的主人和价目。但这家的男主人不在家，一位老婆婆抱着一个不满三周的小孩来招待我们，请我们里边坐一息。房子是很窄的，堆满各色的破旧物。一个约周岁的婴儿，坐在竹椅车中，旁边一个五岁模样的小孩子在逗他玩。这三个小孩子，身裹着破衣服，龌龊不堪，且都赤着脚。但他们的脸孔，一样的额角高突，鼻小眼圆，极像胎生学上绘着的六七个月的胎儿图。这时从里面又来了一个比竹车边的稍大一些的孩子，手里捧着一碗饭，站在我们的前面。而一息，又从里边来了一个和上个孩子差不多大的孩子，也两手捧着饭碗，似奇怪地瞧着我们的生面孔，站在我们的前面。但不到一会儿，随着又有一个约十岁模样的孩子出来了，两手里也有一只饭碗，滑稽而如小丑一般地面向我们站着。这三个孩子，并排地站在我们身前，更一样的额角高突，眼圆鼻小，像胎生学上绘着的六七个月的胎儿图。身子裹着破衣服，赤着两脚，臂腿都非常强壮，嘴里嚼着饭，似有韵律的，眼呆睁着我们，茫君禁不住发笑了。他向我问："怎样来了这许多模样仿佛的孩子？"我答："一群蝌蚪。"而茫君竟"哈"的一声笑了。幸得这位老婆婆不懂我们的话，一时又和我们谈着别的。以后，我向老婆婆问：

"这都是你的孙子罢？"

"是呀。"她笑眯眯地答。

我说："你的孙子很多呢！"

"是呀，已经有八个了。"

接着，她就将这一群蝌蚪的岁数告诉我们："这个二岁，这个三岁，这个五岁，这个七岁"等，一边指着孩子，一边还加注些所生的月份；在她老年的记忆中，已经不甚清楚的了。茫君私向我说：

"我们变做调查户口的警察了。"

我答"是。"

而这位老婆婆接着大声叫：

"阿大，你再出来，给这两位先生看一看。"

随着，又有一个孩子从里面走出来，更一样的额角高突，眼圆鼻小，可是手里没有饭碗，只捻着一双筷。我问：

"他几岁了？"

老婆婆答："十三岁了。"

而茫君又要哈哈了。

这时，从里面走出一位妇人来，约三十五六的年纪，也是额突眼小的人，一望可知是他们的母亲。不料这位母亲，还膨胀着肚子，蜘蛛一般的。老婆婆说：

"她不久又要产了。"

于是我微笑的问老婆婆道：

"你说有八个孙子，连肚里也算一个么？"

"不，还有阿二，十二岁的一个，跟他阿爷出去了。"

茫君又向我私说：

"也是一个蝌蚪罢？"

"大概是的。"

我答，而茫君又要笑了。

男主人还没有回来，第八个蝌蚪不想见了。他们围绕着我和茫君，一边捧着饭碗吃饭一边看我们的生脸孔，我们又问他们话，可是他们一句都不答，甚至没有听出来。我很觉得这是一回有趣的事，但无心再看了。老婆婆虽说，男主人一定要带她的阿二回来吃中饭的。我们说：我们也要回去吃中饭了；仍可第二次再来，因为这是有趣的事。

"明天再会罢！"

我们也就别了这一群蝌蚪。

成功与失败

◎冯友兰

就一个人说，他做事应该只问其是否应该做，而不计较其个人的利害，亦不必计较其事的可能底成败。此即是无所为而为。若做事常计较个人的利害，计较其事的可能底成败，即是有所为而为。有所为而为者，于其所为未得到之时，常恐怕其得不到；恐怕是痛苦底。于其所为决定不能得到之时，他感觉失望；失望是痛苦底。于其所为既得到之后，他又常忧虑其失去；忧虑亦是痛苦底。所谓患得患失，正是说这种痛苦。但对于事无所为而为者，则可免去这种痛苦。孔子说："君子坦荡荡，小人常戚戚。"君子对于事无所为而为，没有患得患失的痛苦，所以坦荡荡；小人有所为而为，有患得患失的痛苦，所以常戚戚。

坦荡荡有直率空阔的意味。君子做事，乃因其应该做而做之，成败利害，均所不计较。所以他的气概是一往直前底；他的心境是空阔无沾滞底。所谓胸怀洒落者，即是指此种心境说。就其一往直前及其心境空阔无沾滞说，他的为是无为。戚戚有畏缩，勉强，委曲不舒展的意味。小人做事，专注意于计较成败利害，所以他的气概是畏缩勉强底，他的心境是委曲不舒展底。就其畏缩勉强及其心境委曲不舒展说，他的为是有为。

我们说：一个人对于做某事不必计较成败，并不包涵说，一个人对于做某事，并不必细心计划，认真去做，对于做某事，一个人仍须细心计划，认真去做，不过对于成功，不必预为期望，对于失败，不必预为忧虑而已。事实上对于成功预期过甚者，往往反不能成功。对于失败忧虑过甚者，往往反致失败。不常写字底人，若送一把扇子叫他写，他写得一定比平常坏。这就是因为预期成功，忧虑失败，过甚的缘故。《庄子·达生》篇说："以瓦注者巧，以钩注者惮，以黄金注者昏。其巧一也，而有所矜，则重外也。凡外重得内拙。"有所为而为者，所重正是在外。无所为而为者，所重正是在内。

一个人一生中所做底事，大概可以分为两部分。一部分是他所愿意做者，一部分是他所应该做者。合乎他的兴趣者，是他所愿意做者；由于他的义务者，是他所应该做者。道家讲无所为而为，是就一个人所愿意做底事说。儒家讲无所为而为，是就一个人所应该做底事说。道家以为，人只须做他所愿意做底事，这在事实上是不可能底。儒家以为，人只应该做他所应该做底事，这在心理上是过于严肃底。我们必须将道家在这一方面所讲底道理，及儒家在这一方面所讲底道理，合而行之，然后可以得一个整个底无所为而为底人生，一个在这方面是无为底人生。

成　功

◎季美林

什么叫成功？顺手拿过来一本《现代汉语词典》，上面写道："成功，获得预期的结果。"言简意赅，明白之至。

但是，谈到"预期"，则错综复杂，纷纭混乱。人人每时每刻每日每月都有大小不同的预期，有的成功，有的失败，总之是无法界定，也无法分类，我们不去谈它。

我在这里只谈成功，特别是成功之道。这又是一个极大的题目，我却只是小做。积七八十年之经验，我得到了下面这个公式：

$$天资 + 勤奋 + 机遇 = 成功$$

"天资"，我本来想用"天才"，但天才是个稀见现象，其中不少是"偏才"，所以我弃而不用，改用"天资"，大家一看就明白。这个公式实在是过分简单化了，但其中的含义是清楚的。搞得太繁琐，反而不容易说清楚。

谈到天资，首先必须承认，人与人之间天资是不相同的，这是一个事实，谁也否定不掉。十年浩劫中，自命天才的人居然大批天才。葫芦里卖的是什么药，至今不解。到了今天，学术界和文艺界自命天才的人颇不稀见，我除了羡慕这些人"自我感觉过分良好"外，不敢赞一词。对于自己的天资，我看，还是客观一点好，实事求是一点好。

至于勤奋，一向为古人所赞扬。囊萤映雪、悬梁刺股等故事流传了千百年，家喻户晓。韩文公的"焚膏油以继晷，恒兀兀以穷年"，更为读书人所向往。如果不勤奋，则天资再高也毫无用处。事理至明，无待饶舌。

谈到机遇，往往为人所忽视。它其实是存在的，而且有时候影响极大。就以我自己为例，如果清华不派我到德国去留学，则我的一生完全不会像现在这个样子。

把成功的三个条件拿来分析一下，天资是由"天"来决定的，我们无能为力。机遇是不期而来的，我们也无能为力。只有勤奋一项完全是我们自己决定的，我们必须在这一项上狠下功夫。在这里，古人的教导也多得很，还是先举韩文公。他说："业精于勤，荒于嬉；行成于思，毁于随。"这两句话是大家都熟悉的。

王静安在《人间词话》中说："古今之成大事业、大学问者，必经过三种之境界：'昨夜西风凋碧树，独上高楼，望尽天涯路。'此第一境也。'衣带渐宽终不悔，为伊消得人憔悴。'此第二境也。'众里寻他千百度，蓦然回首，那人却在，灯火阑珊处。'此第三境也。"静安先生第一境写的是预期。第二境写的是勤奋。第三境写的是成功。其中没有写天资和机遇。我不敢说，这是他的疏漏，因为写的角度不同。但是，我认为，补上天资与机遇，似更为全面。我希望，大家都能拿出"衣带渐宽终不悔"的精神来从事做学问或干事业，这是成功的必由之路。

高处何处有

◎张晓风

很久很久以前，在一个很远很远的地方，一位老酋长病危了。

他找来村中最优秀的三个年轻人，对他们说："这是我要离开你们的时候了，我要你们为我做最后一件事。你们三个都是身强体壮而又智慧过人的好孩子，现在请你们尽其可能的去攀登那座我们一向奉为神圣的大山。你们要尽其可能爬到最高的地方，然后，折回头来告诉我你们的见闻。"

三天后，第一个年轻人回来了，他笑生双靥，衣履光鲜：

"酋长，我到达山顶了，我看到繁花夹道，流泉淙淙、鸟语花香，那地方真不坏啊！"

老酋长笑笑说：

"孩子，那条路我当年也走过，你说的鸟语花香的地方不是山顶，而是山麓。你回去吧！"

一周以后，第二个年轻人也回来了，他神情疲倦，满脸风霜：

"酋长，我到达山顶了。我看到高大肃穆的松树林，我看到秃鹰盘旋，那是一个好地方。"

"可惜啊！孩子，那不是山顶，那是山腰。不过，也难为你了，你回去吧！"

一个月过去了，大家都开始为第三位年轻人的安危担心，他却一步一蹭，衣不蔽体地回来了。他发枯唇燥，只剩下清炯的眼神：

"酋长，我终于到达山顶。但是，我该怎么说明？那里只有高风悲旋，蓝天四垂。"

"你难道在那里一无所见吗？难道连蝴蝶也没有一只吗？"

"是的，酋长，高处一无所有。你所能看到的，只有你自己，只有'个人'被放在天地间的渺小感，只有想起千古英雄的悲激心情。"

"孩子，你到的是真正的山顶。按照我们的传统，天意要立你做新酋长，祝福你。"

真英雄何所遇？他遇到的是全身的伤痕，是孤单的长途，以及愈来愈真切的渺小感。

工 作

◎ 罗斯福

　　随着知识积累的不断增加，我们应当意识到全然免除工作的义务不只是违反自然的，而且是非法的，因为我们逃避了本分，并且仅能把工作抛在别人的肩上。

　　自然规律告诉我们，这种结束工作的做法必然导致人类死于饥荒。这种虐政是我们无法逃避的，我们必须解决的问题是我们能给我们自己多少闲暇。

　　我们要工作多久才能觉得我们已尽到我们的职责，可以悠闲直到明天呢？像古代战船上的奴隶一样工作吗？这是从未得到解答的问题，而且在我们目前的制度下也不能得到解答，因为还有许多人在干不仅无益而且有害的勾当。或许我们可以借助于公平的分派和平分收入而获得解答，那样我们就可以摆脱金钱的束缚而把工作作为我们自由自在的收获了。

直到成功

◎奥格·曼狄诺

坚持不懈，直到成功。

在古老的东方，挑选小公牛到竞技场格斗有一定的程序。它们被带进场地，向手持长矛的斗牛士攻击，裁判以它受戳后再向斗牛士进攻的次数多寡来评定这只公牛的勇敢程度。从今往后，我须承认我的生命每天都在接受类似的考验。如果我坚韧不拔，勇往直前，迎接挑战，那么我一定会成功。

坚持不懈，直到成功。

我不是为了失败才来到这个世界上的，我的血管里也没有失败的血液在流动。我不是任人鞭打的羔羊，我是猛狮，不与羊群为伍。我不想听失意者的哭泣，抱怨者的牢骚，这是羊群中的瘟疫，我不能被它传染。失败者的屠宰场不是我命运的归宿。

坚持不懈，直到成功。

生命的奖赏远在旅途终点，而非起点附近。我不知道要走多少步才能达到目标。踏上第一千步的时候，仍然可能遭到失败。但成功就藏在拐角后面，除非拐了弯，我永远不知道还有多远。

再前进一步，如果没有用，就再向前一步。事实上每次进步一点点并不太难。

坚持不懈，直到成功。

从今往后，我承认每天的奋斗就像对参天大树的一次砍击，头几刀可能了无痕迹。每一击看似微不足道，然而，累积起来，巨树终会倒下。这恰如我今天的努力。就像冲洗高山的雨滴，吞噬猛虎的蚂蚁，照亮大地的星辰，建起金字塔的奴隶，我也要一砖一瓦地建造起自己的城堡，因为我深知水滴石穿的道理，只要持之以恒，什么都可以做到。

坚持不懈，直到成功。

我决不考虑失败，我的字典里不再有放弃、不可能、办不到、没法子、成问题、失败、行不通、退缩……这类愚蠢的字眼。我要尽量避免绝望，一旦受到它的威胁，立即想方设法向它挑战。我要辛勤耕耘，忍受苦楚。我放眼未来，勇往直前，不再理会脚下的障碍。我坚信，沙漠尽头必是绿洲。

坚持不懈，直到成功。

我要牢牢记住古老的平衡法则，鼓励自己坚持下去，因为每一次的失败都会增加下一次成功的机会。这一次的拒绝就是下一次的赞同，这一次皱起的眉头就是下一次舒展的笑容。今天的不幸，往往预示着明天的好运。夜幕降临，回想一天的遭遇，我总是心存感激。我深知，只有失败多次，才能成功。

坚持不懈，直到成功。

我要尝试，尝试，再尝试。障碍是我成功路上的弯路，我迎接这项挑战。我要像水手一样，乘风破浪。

坚持不懈，直到成功。

从今往后，我要借鉴别人成功的秘诀。过去是否成败，我全不计较，只要抱定信念，明天会更好。当我精疲力竭时，我要抵制回家的诱惑，再试一次。我一试再试，争取每一天的成功，避免以失败收场。我要为明天的成功播种，超过那些按部就班的人。在别人停滞不前时我应继续拼搏，终有一天我会丰收。

坚持不懈，直到成功。

我不因昨日的成功而满足，因为这是失败的先兆。我要忘却昨日的一切，是好是坏都让它随风而去。我信心百倍，迎接新的太阳，相信"今天是此生最好的一天"。

只要我一息尚存，就要坚持到底，因为我已深知成功的秘诀：坚持不懈，终会成功。

积极的进取

◎拿破仑·希尔

卡耐基曾经告诉过我："有两种人绝不会成大器：一种是除非别人要他做，否则绝不主动做事的人；另一种人则是即使别人要他做，也做不好事情的人。那些不需要别人催促，就会主动去做应做的事，而且不会半途而废的人必将成功。"

创造非凡成就的人都有一些共同的特质，包括：有明确目标；不断追求明确目标的动机；成立智囊团以期获得达到目标的力量；独立；自律；以"赢的意志"为基础所建立起来的坚毅精神；有所节制和具有丰富想象力；迅速且明确地决策的习惯；以事实为根据发表意见而非猜测；要求自己多付出一点点的习惯；激发热忱和控制热忱的能力；要求细节的习惯；听取批评而不动怒的能力；熟悉十项基本的行为动机；一次致力于一项工作的能力；为自己的行为负更多责任的能力；为属下的过失承担所有责任的意愿；对属下和朋友付出耐心；随时保持积极心态；运用信心的能力；贯彻到底的习惯；强调彻底而非强调速度的习惯；可信赖性。

当你明确目标之时，就是你开始运用个人进取心的时候了，开始执行你的计划，组织你的智囊团。尽管你会发现在执行计划的过程中你的目标发生一些变化，但最重要的是"马上展开"你的计划。

别让外在力量影响你的行动，虽然你必须对他人的惊讶和你所面对的竞争做出反应，但你必须每天以你的即定计划为基础向前迈进。用你对成功的想象来滋养你的强烈的欲望；让你的欲望和热情燃烧，最好能烧到你的屁股，随时提醒你不可在应该行动时仍然坐待机会。

每当你完成一件工作时就应做一番反省，这是你所能做到的最好的成绩吗？如何能做得更好？何不现在就使自己更进一步？是否能够发挥个人进取心，应视你对于每次机会的觉醒程度，以及你是否能在发现机会时立即行动而定。

很明显的，个人进取已是一种要求甚多的特质，它的实践需要许多心理资源作为后盾。当你的进取处于低潮时，不妨求助于可在其他所有成功原则中注入新的生命力，并且使它们再度发挥作用的一项原理：积极心态。

创造成功的机会

◎奥里森·马登

不要等待非同寻常的机会在你的面前出现，而要抓住每一个普通的机会，让它在你的手中变得非同寻常。

1838年9月6日早晨，在英格兰与苏格兰之间的兰斯顿灯塔里，一位年轻的女子被外面恐惧的呼叫声惊醒了。外面正狂风大作，暴雨倾盆如注，海浪在怒吼翻滚，一阵凄厉的呼叫声穿越呼啸的风声与咆哮的波涛声传来。而她的父母却什么也没有听见。通过望远镜，她看见九个人，他们正拼命地抓住一艘失事船只的漂浮木板，而船头却悬挂在了半英里之外的岩石上。

"我们对此无能为力。"灯塔的看守人威廉姆·达琳无可奈何地摇摇头说。"不，一定会有办法的，想想办法吧。我们必须把他们救出来。"女儿含泪苦苦地恳求着父母。父亲终于动摇了："好吧，格雷思，我就按你的要求去试一试，但我知道这样有悖常理，不合我的判断。"

随后，一叶小舟如同狂风中飘零的一片羽毛一样，在汹涌澎湃的大海上颠簸起伏，穿过疾风骤雨，钻进惊涛骇浪，驶向失事的船只。那些船员们的尖声呼叫将这位孱弱女子的柔弱身躯挤压成了钢筋铁骨。不知道从哪儿来的一股勇气和力量，这个勇敢的姑娘与父亲一道，奋力地划着桨在暴风雨中穿行。九个船员最终得救了，他们安全地到了船上。

"愿上帝保佑你，亲爱的姑娘。没想到您这么一位如此单薄瘦弱的姑娘，却在惊涛骇浪中救了这么多的人。"一位船员难以置信地看着这位女英雄，不禁脱口称赞道。她的所作所为让全英国的人都感到无比光荣。她的英雄气概让高贵的君王在她面前也黯然失色。

弱者等待机会，而强者创造机会。

夏宾说过："优秀的人不会等待机会的到来，而是寻找并抓住机会，把握机会，征服机会，让机会成为服务于他的奴仆。"

你一生中能获得特殊机会的可能性还不到百万分之一；然而，机会却常常出现在你面前，你可以把握住机会，将它变为有利的条件。而你所需要做的事情只有一件：行动起来。

软弱的人和犹豫不决的人总是借口说没有机会，他们总是喊：机会！请给我机会！其实，每个人生活中的每时每刻都充满了机会。你在学校或是大学里的每一堂课是一次机会；每一次考试是你生命中的一次机会；每一个病人对于医生都是一个机会；每一篇发表在报纸上的报道是一次机会；每一个客户是一个机会；每一次布道是一次机会；每一次商业买卖是一次机会，是一次展示你的优雅与礼貌、果断与勇气的机会，是一次表现你诚实品质的机会，也是一次交朋友的好机会；每一次对你自信心的考验都是一次机会。

在这个世界上，生存本身就意味着上帝赋予了你奋斗进取的特权，你要利用这个机会，充分施展自己的才华，去追求成功，那么这个机会所能给予你的东西要远远大于它本身。想一想吧，像弗莱德·道格拉斯这样一个连身体都不曾属于自己的奴隶，尚且能够通过自身的努力最终成为一位杰出的演说家、作家和政治家，那么，当今的年轻人，与道格拉斯相比拥有无限机会的年轻人，是不是应该做得更好些呢？

只有懒惰的人才总是抱怨自己没有机会，抱怨自己没有时间；而勤劳的人永远在孜孜不倦地工作着、努力着。有头脑的人能够从琐碎的小事中寻找出机会，而粗心大意的人却轻易地让机会从眼前飞走了。有的人在其有生之年处处都在寻找机会。他们就像辛劳的蜜蜂一样，从每一朵花中汲取琼浆。对于有心人而言，每一个他们遇到的人，每一天生活的场景都是一个机会，都会在他们的知识宝库里增添一些有用的知识，都会给他们的个人能力注入新的能量。

创造性天才

◎爱迪生

　　伟大的天才人物并不是全部为世界所欣赏，这是因为他们那些令人惊叹、喜爱的作品，并不是凭借于技巧和学识，而是由于他们的天赋才情而创作出来的。在这些伟大的天才人物身上似乎有些伟大的品质，这些东西的美是法国人称之为文人才子的所有品格和修饰的美所远远不能比拟的，他们靠这些东西表现出一种天才，而这种天才是在交际、思考和阅读最高雅的作品的过程中培育成的。那些伟大的天才可以在涉猎高尚艺术和科学中捕捉信息，进而陷于模仿的境地。

　　在人类的历史中，许多伟大的天才人物，在其成功的道路上从未受过艺术规律的限制和束缚。在荷马的作品中，想象的奔放是维吉尔力所不及的，而在《旧约全书》中我们看到，有些章节又比荷马作品中的任何章节都更为庄严和崇高。在认为古代人是更伟大和更富于魅力的天才的同时，我们必须承认，他们中间最伟大的人物可以说远远不能超过现代人的精细与恰切。在他们的暗喻或明喻的创作中，只要某种相似性的存在与否而对比喻的合宜不加考虑。例如，所罗门把他爱人的鼻子比做面朝大马士革的黎巴嫩塔楼，就像夜间盗贼进宅。在《新约全书》中也有类似的比喻。古人描写中个别的过失，为那些庸才俗子的讥讽嘲笑敞开了广阔的言路。荷马用麦田中一头被全村孩子痛打而无法移动一步的驴子，来比喻他的一位被敌人包围的英雄。而把另一位在床上翻来滚去并且怒不可遏的英雄，比做一块在煤火上烘烤的鲜肉。他们根本体味不到描写伟大作品的崇高美，只知道嘲笑作品中的某种不合礼仪。

　　当代的波斯皇帝遵奉东方人的这种思维方式，在许许多多自命不凡的头衔之中，选取了光辉的太阳和快乐的树种。简单地说，要放弃那种对古人创作中微小瑕疵的探究。特别是热带的那些古人，他们的想象最热烈也最生动，因此我们必须以一丝不苟的精雕细刻的创作精神来弥补我们气魄和力量的不足。我们的同胞莎士比亚就是这种第一流伟大天才的卓越典范。

胜利者

◎ 穆丽尔·詹姆斯

胜利者所具有的能力有着不同的表现形式，但居于第一位的并不是事业的成就，而是要有真实的生活。一个真实的人通过认识他自己，走他自己的路来经历他自己的生活，从而成为一个可以信赖的、对外界反应敏捷的人；他既保持他固有的个性，又能欣赏别人的个性。

胜利者对待知识及思考有着独到见解，运用自己的知识从不放弃自己的思考。他能从别人的意见中分辨出真实的东西，他从不装着什么都懂；他听取别人的建议，并进行评价，然后做出自己的决定；他也尊敬甚至钦佩别人，但不是受人支配，五体投地的听从。

胜利者总是热爱生活，他能从工作、娱乐、美食、人际交往、性生活和大自然中得到无穷的乐趣；他既心安理得地欣赏自己的成就，又能毫无醋意地赞赏别人的成果。

胜利者在享受生活的愉悦中懂得控制自己，去获得更大的愉悦。他从不害怕追求他所希望的，但知道使用适当的方法；他从不依靠控制别人来得到安全感，更不高踞在失败者之上。

胜利者处事顺其自然，而不是从僵硬的框框出发，如果需要，他可以修改自己的计划。胜利者懂得人是社会生活中的一分子，不能与所生存的社会分离开，而对世界和人类非常关切。他充满热情地关注着生活，尽他所能加以改进；即使在民族危机、世界冲突面前，他也从不自认毫无作为，而是尽力使这个世界变得更加美好。

成功的代价

◎罗　素

　　美国人在进行投资时几乎所有人都会选择利润率高的风险投资，而会毫不犹豫地放弃4%的安全投资。结果又如何呢？金钱不断地丧失，人们为之担忧烦恼不已。就我来说我希望从金钱中得到安逸快活的闲暇时光。但是典型的现代人，他们希望得到的则是更多的用来炫耀自己的金钱，以便胜过同自己地位一样的人们。这是因为美国的社会等级是不确定的，且处于不断的变化中，所有的势利意识，较之那些社会等级固定的地方更显得波动不已。其次，虽然为使自己声名显赫，只有金钱是不行的，但没有金钱则是万万不行的。再者，一个人挣钱多少已成了公认的衡量智商水平的尺度。大款一定是聪明人，反之，穷光蛋就肯定不怎么聪明。在利益的驱使下，没有人愿意被看成傻瓜，纷纷选择高利润率的风险投资。于是，当市场处于不景气局面时人就会像年轻时代在考场上一样惶惶不安。

　　在这种投资中，破产所带来的真正的、非理性的恐惧感远远大于破产本身。这种恐惧感常常会进入商人焦虑的意识里。我毫不怀疑地相信，那些童年时饱受贫穷折磨的人常常被一种担心自己的孩子遭受同样命运的恐惧所困扰，他们还常常产生这种想法，即很难积聚百万钱财来抵挡这一灾难。阿诺德·贝奈特笔下的克莱汉格，无论他变得多么富有，却总在担心自己会死在工场里。在创业者当中，这种恐惧很可能是不可避免的，但对于从来不知一贫如洗为何物的人来说却很可能没有什么影响。

　　这种恐惧的根源是人们对竞争成功的过分期待，期待它成为幸福的主要源泉。我不否认成功意识更容易使人热爱生活。比方说，一个在整个青年时期一直默默无闻的画家，一旦他的才华得到公认，他多半会变得快乐幸福起来。我也不否认在一定意义上金钱能大大地有助于增进幸福，而一旦超出这种意义，事情就不一样了。因此我认为成功只能是构成幸福的一个因素，如果为了成功而不惜牺牲幸福的其他一切因素，那么这种牺牲实在是太不值得了。

成功的秘诀

◎塞克斯

成功没有秘诀。成功是做你应做的事情。若想成功就应该做你应该做的事情，而不做你不应该做的事情。

成功并未将你限于你生活中的某一个范围，而是包括你与旁人之间关系的所有方面：作为一个父亲或母亲，作为一个丈夫或妻子，作为一个公民、工人、邻居，以及所有其他种种。

成功并非指你的人格的某一部分，而是同所有各部分——身体、精神、心理、感情的发展相连的。它使整个人得到了利用。

成功是发现你最佳的才能、技巧和能力，并且是把它们应用在能对旁人做最有效的贡献的地方。正如朗费罗所说："做你做得到的事情，并且做好你所做的任何事情。"

成功是将全部的精力在你所爱做的工作上面的运用。换句话说，一个人要热爱自己的工作，它需要你把自己的心力运用于你生活中的主要目标。

成功是你现在的全部力量集中在你所热望完成的事情上。

持续的力量

◎罗曼·罗兰

永生不死的作品就是完美的作品吗?

要说完美《唐·吉诃德》谈不上完美,莎士比亚的戏剧当中也没有一部可以称得上是完美的作品,莫里哀的诸多喜剧作品,其书写方式也经常是不完整的,伊里亚特也迷迷糊糊地沉睡着。

天才,是有必要在处处留下痕迹的。的确如此,但是极度完美也有在天才身上体现的时候,这是无需明说的。然而,天才总是前进得太快,并给道路制造了裂缝。所以,让道路发挥作用,是跟在天才后面行走的人们的工作。

美不美、是不是天才,都不是问题的根源所在,问题的实质是持续的问题。持续就是生命。

在自己的心里有着生命中最大的总成绩——为了活着的人取得的最大总成绩,这样的人或这样的作品,应该可以活得最长久吧?

拥有持续力量的所有杰出作品是人类每日的精神食粮。

充满选择的人生

◎罗曼·罗兰

人生中常常有许多决定命运的时刻，永恒的火焰在昏黑的灵魂中燃着了，好似电灯在都市的夜里突然亮起来一样。只要一颗灵魂中蹦出一点火星，那个期待着的灵魂就能借此灵火燃烧。

如果人们的眼睛已经想不起阳光就要在自己心中重新找到阳光的热力，你先得使周围变成漆黑，闭着眼睛，往下走到矿穴里，走到梦中的地道里。在那儿，你才能看到往日的太阳。

当一个人在人生中更换躯壳的时候，同时也换了一颗心。而这种蜕变并非老是一天一天、慢慢儿来的，往往在几小时的剧变中一切都立刻更新了，老的躯壳蜕下来了。在那些苦闷的日子里，一个人自以为一切都完了，殊不知一切才刚刚开始呢。一个生命死了，另外一个已经诞生了。

一点不能再浪费光阴了

◎卢　梭

　　读书要讲究方法。我的读书方法不仅不能使我得到益处，而且只能增加我的疲劳。因为我对读书没有正确的理解，竟认为要从读一本书得到好处，必须具有书中所涉及到的一切知识，丝毫没考虑到就是作者本人也没有那么多的知识，他写那本书所需要的知识也是随时从其他书汲取来的。由于方法的不当，我读书的时候就不时地停下来，从这本书跳到那本书，甚至有时我所要读的书自己看了不到十页，就得查遍好几所图书馆。在很长一段时间里，我顽固地死抱着这种极端费力的办法，脑子里越来越混乱不堪，几乎到了什么也看不下去、什么也不能领会的程度。幸好我觉悟早，发现自己置身于一个漫无边际的迷宫里，走在一条错误的道路上。因此，在我还没有完全迷失在里面以前就回头了。

　　一个真正对学问有着爱好的人，在钻研学问的时候就一定会发觉各门科学之间有相互联系。这种联系使它们互相牵制、互相补充、互相阐明，哪一门也不能独立存在。虽然人的智力不能把所有的学问都掌握，而只能选择一门，但如果对其他科学一窍不通，那他对所研究的那门学问也就往往不会有透彻的了解。我觉得我的思路是好的和有用的，只是在方法上需要改变一下。我首先看的就是百科全书，我把它分成几个部分加以研究。不久，我又认为应当采取完全相反的方法：先就每一个门类单独加以研究，一个一个分别研究下去，一直研究到使它们汇合到一起的那个点上。这样，我又回到前面的综合方法上来了，但这次我不是盲从的，我是有意识这样做的，而且是正确的方法。在这方面我的深思弥补了知识的不足，合乎情理的思考帮助我走上了正确的方向。不论我是活在世上还是行将死去，我都一点不能再浪费光阴了。

　　一个人到了二十五岁还是一无所知，就必须下决心很好地利用时间学到一切。由于不知道什么时候命运或死亡可能打断我这种勤奋治学的精神，所以我无论如何也要先对一切东西获得一个概念，目的是试探一下我的天资，进而可以亲自来判断一下最好研究哪一门科学。

这个计划在执行的过程中我发现了一个意想不到的好处，那就是很多时间都利用上了。应当承认，我本不是一个生来适于研究学问的人，因为我用功的时间稍长一些就会感到疲倦，甚至我不能保持半小时始终集中精力在一个问题上，尤其在顺着别人的思路进行思考时更是这样。当我顺着自己的思路进行思考时可能要用较长的时间，但还能有相当的成果。如果我必须用心去读一位作家的著作，刚读几页我的精力就会涣散，并且立即陷入迷惘状态。即使我坚持下去也是白费，结果是头昏眼花，什么也看不懂了。但是，如果我连续研究几个不同的问题，即使毫不间断，我也能轻松愉快、一个一个地思考下去，这一问题可以消除另一问题所带来的疲劳，用不着休息一下脑筋。于是我就开始对一些问题交替进行研究，这样即使我整天用功也不觉得疲倦了。当然，田园里和家里的那些零星活计也是一种有益的消遣，但是，在我的求知欲日益高涨的时候，我便积极寻找能从工作中匀出学习时间的办法，并且能同时从事两件事，而不担心会有哪一件进行的稍差一些。

我感到极为欣慰的是我在时间分配上进行的种种实验已经尽可能做到既轻松愉快，又得到益处。对我来说我的努力仿佛已经取得了结果，甚至还要超过许多，因为学习的乐趣在我的幸福中占据了主要成分。

尽我所能

◎居里夫人

生活对于任何一个男女都非易事，因此我们必须具有坚韧不拔的精神，而最为重要的是我们要有自信心。我们必须相信每个人对每件事情都具有天赋的才能，而且无论怎样，哪怕付出巨大代价都要把这件事完成。当事情结束的时候，你要能够问心无愧地说："我已经尽我所能了。"

在一年的春天里，被迫在家休息养病的我注视着我的女儿们所养的蚕结着茧子，令人兴奋的是望着这些蚕固执地、勤奋地工作着，我感到我和它们非常相似。正如它们结茧一样，我总是耐心地执著于一个目标。我之所以如此或许是因为有某种力量在鞭策着我，正如蚕被鞭策着去结它的茧子一般。

在近五十年来，我致力于科学的研究，致力于对真理的探讨。我有许多美好快乐的记忆。少女时期我在巴黎大学孤独地过着求学的岁月；在那整个时期中，我丈夫和我专心致志，像在梦幻之中一般艰辛地坐在简陋的书房里研究，后来我们就在那儿发现了镭。

在生活中，我所追求的永远是安静的工作和简单的家庭生活。在这种理想的指引下，我一生都在竭力保持宁静的环境，以免受人事的侵扰和盛名的渲染。

认识能力

◎康　德

认识的能力主要取决于心灵健康与否。如果心灵软弱或心灵病态者可导致认识能力的缺陷。就认识能力而言，灵魂的疾病主要可以概括为两类：一是忧郁症（疑病），二是精神失常（躁狂症）。前一种疾病是思想的一种任意活动，它有自己的规则，但这个规则却与那些和经验法则相符合的规则背道而驰；后一种病人似乎意识到他的思想活动进行得不正常是因为他的理性不具有足够的力量控制自己去调节思路，去终止或推动它。在他心里一会儿是高兴，一会儿是忧伤，脾气的变幻就像他不得不忍受的天气一样。

笨蛋、傻瓜、呆子、愚妄之徒、头脑简单的人和不聪明的人，不仅在程度上而且在心灵紊乱的质上也与精神失常的人不同，因为他们还不至于因自己的缺陷而进入疯人院。在疯人院里，一个人即使在年龄上已达到成熟和强壮，却在最起码的生活事务上不得不由外来的理性料理。狂气带着激情的癫狂，它往往能够自发地、不由自主地迸发出来，而且是在诗兴结合着天才时才产生。这样一方面更加敏捷，而另一方面却成为毫无规则的意象之流，当它与理性汇合时就被称为迷狂。在同一个不可能实现的意向上愁肠百结，例如在丧失爱人时，从痛苦中寻求安慰这是抑郁狂。迷信类似于癫狂，而迷狂则类似于狂想症。后面这种精神病态叫做性格乖僻，温和一点说往往也被称为过度兴奋。

发烧时的胡言乱语，或者由强烈的想象力的交感所触发起来的那种癫痫病的狂暴发作，这些都只是暂时的，还不能被看做是精神错乱。但人们称之为性情乖张的内部感官抑郁乖戾，并非是一种心灵病态，这种人多半处于一种近乎癫狂的高傲自大状态，而且无理要求别人在把自己和他相比较时应该感到自卑，而这恰好与他本来的意图相违背，因为刺激他产生这种意图的是他的自命不凡，这意图在一切可能形式下受到破坏，遭到压制，而他冒犯人的愚蠢只不过招来嘲笑。较轻微的一些性情乖张常常闪现自己所独有的某种怪念头，这种道理本应人所共知，然而，没有一个聪明人赏识它。

潜在力量

◎尼　采

我们之所以受到了影响是因为我们自身没有可以进行抵挡的力量，甚至我们还没有认识到。这是一种在无意识地接受外部印象的过程中放弃了自己的独立性的过程，此种感受令人痛心。即习惯势力压抑了自己心灵的能力，并且在不知不觉中向自己心灵里扔下了萌发混乱的种子。

在民族历史里，这一切表现的最为明显。许多民族遭到同类事情的打击，他们同样以各种不同方式受到了影响。

这种错误危害了一切社会理想，它给全人类刻板地套上了某种特殊的国家形式或社会形式。原因是一个人永远不可再是同一个人。一旦有可能通过强大的意志推翻整个世界，我们就会立刻加入独立精神的行列。于是，世界历史对我们来说只不过是一种梦幻般的自我沉迷状态。

自由意志似乎是随心所欲、无拘无束的，它是无限自由、任意游荡的东西——是精神。如果我们不相信世界是个梦幻错误；不相信人类的剧烈疼痛是幻觉；不相信我们自己是我们的幻想玩物，那么，命运的必然性则是抗拒自由意志的无穷力量。没有命运的自由意志，就如同没有实体的精神，没有恶和善，是同样不可想象的，因为，没有了对立面的事物就不会有特征。

命运不止一次地证明："事情是由它本身所决定的。"如果这是唯一真正的原则，那么人就是在暗中起作用的力量的玩物，他不会对自己的错误负责，任何道德都无法约束他，他只是一根链条上必不可少的一个环节。前提条件是他不能看透自己的地位，能够在羁绊自己的锁链里安静地生活，搞乱满足于这个世界及其运行机制。

精神只是无限小的物质，善只是恶自身的复杂发展，自由意志也许不过是命运最大的潜在力量。我们不应无限扩大物质这个词的意义，否则，世界史就是物质的历史了。因为必定还存在着更高的原则，在更高的原则面前，一切差别无不汇入一个庞大的统一体；在更高的原则面前，一切都以阶梯状发展，一切都流向辽阔无边的大海。在那里促进世界发展的一切因素重新汇聚到一起，融合起来形成一个整体。

妙用关键

◎松下幸之助

在人的一生中存在着许多不可预测的坎坷，人们很难期望能平平稳稳，没有任何挫折困顿地度过，所以，有时不禁也要发出慨叹。然而，在这一连串的遭遇事故中，我们应当想到坎坷发生的关键处。那种拖拖拉拉、懒懒散散面对人生的态度是不明智也是不恰当的。

在漫长延续的人生过程中，只有发现人生一个个关键处，我们的心态才会得以改变。

重要的是假使我们能分辨察觉出一个个关键，我们的思想也会跟着更新改变。

了解关键的重要性，并且切实掌握住这些关键处，会使各式各样的遭遇不仅不再令人惧怕，反而还成为有助于我们更新进步的粮食。而对于未来将面临的各种挑战，我们不如放下负担，以释然的心情欢迎它们的到来。

关键的发现有时是机缘凑巧天造而成，有时却是靠自己掌握创造出来的。无论是在何种情况下我们都应以我们坚定不动摇的信念去看、去思、去行。或许有时行之不易，但无论如何"关键"的确是人生中极为重要的事。

观察和思考

◎池田大作

人们经常说要转换观点，不断地转换观点，或者说不断地发现新的着眼点，这是促使人类进步的一个起点。在科学领域也是如此，而且会发生更为明显而重大的观点转换，如近代由天动说变为地动说，到20世纪又产生了爱因斯坦的相对论。

人类有一种习性，喜欢在现成的框架中生活，而且这个习性顽强地扎根在人的心灵深处，一旦你想跳出框架，它就会使出惊人的力量拖住你。可以说无论是个人还是社会的机构，在这一点上都是同样的。

从古至今，日本这个社会总是从日本的立场出发来观察世界。对于个人来说当然要以自己为中心去观察别人，但是，借助他人的眼睛来观察自己也是非常重要的。这和天文学的观点转换有相通之处，以地球为中心就形成天动说，以太阳这一外在天体为中心，就重新认识了地球。因此不能再以日本为中心观察世界，而要借助世界性的客观目光重新审视日本。我觉得现在比任何时候都需要这种观点的转换。

说起平等人们就会想到物质、金钱及社会地位的平等，或想到个人自身的平等，在此需要说明的是平等就是要把所有人都作为客观存在来尊重。这就涉及到改变观念的问题，以这个关于人类尊严的平等观念作为绝对的前提，就能理解所有人应享有能发挥自己特长的条件及权利的平等，而且必须享有和各自特长、能力、功绩相适合的报酬方面的物质平等。与此相反，如果一味强制推行报酬方面的平等，那么，相对人与人的差别来说反而变成了不平等，进而导致漠视人的尊严的恶果。而且在设置和个人差别相适合的报酬差别之时，也必须注意人的尊严。

人类有着相当顽固的执著心。人一旦认准某种价值观就会被它束缚，看起来人在进行自由的思考，实际上往往是在作茧自缚。因此，只有抛弃这个执著心，新的创造才能产生。

理性万能、科学万能也是执著心的表现之一。不只我一个人认识到，过去也许这个观念还可以使用；现在这一信念已经过时了，而且正在发生彻底的动摇。转换观点的时机已经到来。可以说，所谓进步就是从固定变为动摇，并带来新的思考，随后产生新创造的过程。

同样的天赋

◎柏拉图

　　啊，朋友，事物属于作为人的女人或者男人；而自然的天赋则按相同的方式在男女当中进行分配。妇女按其天性可以参加一切事务，就像男人可以参加一切事务一样。但是，妇女在一切方面都弱于男子——自然。所以我们想要把一切都委托给男子而不委托给妇女——这却从何而来——这是实际情况。我想正如我们所主张的那样，一位妇女天性是医学方面的，而另一位不是；一位是音乐家而另一位却独不喜欢音乐——其他又怎样呢？还有一位是爱好体育并且好斗的，但另一位却对此不感兴趣——我确实这样想——怎样？不是还有爱好智慧和蔑视智慧的吗？这一位勇敢而另一位怯懦吗——这也发生过——所以也有一位妇女适合于去当国家监督，而另一位不适合。我们不是同样认为有特别适合于当国家监督的天性的男子吗——确实有这样的人，所以男子和妇女具有同样的天性。由于天性的缘故都适于做国家监督，除了在有些方面一方弱一些和另一方强一些——这就是事实。

永不停航的船

◎聂鲁达

很久以来，一些无形的航海家驾着我在陌生的大海上通过奇妙的大气乘风破浪。我在深邃的空间里永不停息地自由遨游。我的龙骨曾把一大块漂动、闪亮的冰山撞碎，因为它企图借那尘封的躯体挡住航道。后来，我航行在茫茫的云海里，那云海在另一些比地球更加明亮的天体间扩展开来。然后，我在白皑皑的海上，在红彤彤的海上航行，我顿时被大海用它们的色彩和雾霭涂染。有时我还穿过纯净的大气，那浓密明亮的大气浸透了我的帆，使我的帆像太阳那样灿烂夺目。

我在一些被水或风征服的国度里久久停留。有一天，而且总是那么令人意外，我的无形的航海家们拖起我的锚，让风涨满了我那难扬的帆，驾着我重新驶进漫无路径的永恒中，驶进空寂的平原上空那没遮没拦的大气中。

我驶抵了一个国度，便在蓝天下很陌生的澄碧的大海上停泊。我那高耸挺直的桅樯，是太阳、月亮以及给它以考验的多情的风的挚友。从未见过的鸟儿飞来，在桅樯上停留，然后划过天际，一去不再回还。我的锚已经习惯于波涛的绿色的吻，在海底金色的沙子上休息，一面与海底缠绕扭曲的植物嬉戏，一面扶持着从绵长的白昼里游来骑在它身上的白生生的美人鱼。我于是爱上这天空、这大海，爱上了这一切……

可是，我的无形的航海家们又要来到，不知哪一天。他们将拉起我那扎入深水海藻中的锚，我那璀璨的帆又将被风涨满……

于是，我又将在那漫无路径的永恒中，在那永远孤寂的其他星体之间的红彤彤的白皑皑的海洋中驶进。

自我尊敬

◎爱因·兰德

为了追求并获得生命所需的价值，进而成功地与真实世界打交道，人们需要自我尊敬，他们需要对自己的能力和价值有充分的信心。

与自我尊敬相对立的是焦虑和犯罪感，并且是心理疾病的症状，它们使人价值丧失、思维分裂和行动麻木不仁。

只有当一个自我尊敬的人选择了他的价值，确立了他的目标，并且有一个长远的规划时，他才会有统一的行动。这就像一座通向未来的桥，生命将在这座由信念支撑的桥上通过，这种信念是一种思维、价值和判断的能力，也是人的价值。

这种信念不是特殊的知识、能力和技巧对真实世界的控制。它不依赖于某种特定的成功或失败。它反映了人与真实世界的基本关系，人们信念的基本能力和价值。它也反映了一种自信，也就是人在本质上或原则上对世界的权利。

自我尊敬是一种形而上学的评价，具有传统道德的人是不可能接受它的。他们的自我牺牲和神秘主义信条都不可能使人达到心理健康或自我尊敬。这些信条是心理论和存在论的自我毁灭。维持自我生命和达到自我尊敬，要求人们完全运用理智，而道德传统却要求人们具有完全信赖于一种教条的信仰，而这种信仰是不具备感官事实和理性证据的。

一个人自己判断的标准只有两条，要么是理性，要么是他的感觉。所谓神秘主义者就是以自己的感觉为认识工具的人，在这种人的心目中感觉与知识的方程式等同。

为了达到所谓信仰的"德性"，自我牺牲的信条驱使人们放弃自我的观察和判断，过着无法使自己的生活感受成为他人知识一部分的非理智的生活，并使自己陷入假想之中。由此，人们必须压抑自己的批判性思维，并把它看成是罪恶的，人们必须限制由此不断产生的任何问题。

所有人类的知识和概念都是一个有等级秩序的结构。人类思维的基础和出发点是人的感官知觉。只有在这个基础上人们才能形成最初的概念，然后通过确认和整理更大范围内的新概念构造知识大厦。

幸福的价值

◎费尔巴哈

如果你为了追求幸福而将自己弄到自杀的地步，这并不能说明什么，只能说明你是为了自己认为是主要的东西而牺牲你认为是次要的东西，为了你的更高幸福而牺牲你的生命，为了高级的福利牺牲低级的福利，为了必要的东西牺牲可以缺少的东西，虽然这种可以缺少的东西也是你认为你所舍不得的，虽然缺少这种东西会引起你的苦痛。但是，如上所述，只要你想得到比它更好的，你的不舍也会变成舍得。

水不是酒，它只不过是适于饮用的一种液体，在各种饮料中它是一种无色无味的必需品。人们认为它具有一定魔力的时候，正是人们急需要它的时刻。这种必要性将水变为酒，将黑麦变为极精细的上等小麦粉，将草垫变为由鸭绒做的被褥；将泥土塑造为公爵，而反之也常将公爵变为泥土！将最平常、最不起眼的东西变为最高级的东西，将最不值钱的东西变为无价宝；通常被人们任意践踏的乡土，到了远在他乡的落难者手中，却如同害怕别人抢夺的宝贝。

幸福生活的价值是变幻多端的，如寒暑表一样，它有时会升高，有时会降低。一个陈腐的真理是：我们并不把经常不断享受的东西感觉为幸福，并加以珍重。另一个陈腐的真理是：为了认识某种东西是幸福，最好我们先丧失这种东西；虽然我们不认识也不注意某种东西，但只要我们能拥有它就是幸福的。健康就是其中之一，对于一个健康者说来，健康是毫不为奇的，是当然的，是不值得注意和重视的，而实际上其他幸福的来源都基于它之上。当健康变成一种健康的饥饿时，那是因为自己的一贫如洗。但是，如果一个健康的穷光蛋一旦病了，或开始感觉不舒适，啊！你看，原来极少受重视的健康会怎样立刻在人生幸福中抬高自己的地位，会怎样变成超越其他一切幸福的幸福，变成最高的幸福！这个穷光蛋会激动地大声说："只要有健康。我就是世界上最幸福的人，贫穷和苦难都滚一边去吧！从现在开始，我要用我的劳动来换取财富，我要成为最富有的人！"

成功之门永远开着

◎奥里森·马登

在古希腊，克莱恩是一个膜拜在神圣的艺术殿堂前的奴隶。他感知美，欣赏美，美是他的上帝、他的灵魂，他以一种狂热的心态崇拜着美。然而在他所生活的时代，由于那位大权在握的波斯入侵者对艺术的憎恶和反感，因此法律规定除了自由民之外，奴隶是不允许从事和追求艺术的，否则就要被判处死刑。当这样的一部法律被通过时，克莱恩正在忘我地追求着艺术。他希望自己的作品能够在某一天得到著名雕塑家菲迪亚斯的肯定，甚至想得到伯利克里本人的赞赏。

然而法律是无情的，克莱恩现在该怎么办呢？是放弃还是执著的追求呢？克莱恩用行动作了最好的回答，他把他的头脑、他的心灵、他的全部精神和生命都投入到了面前冷冰冰的大理石块中。他每天都虔诚地下跪，祈祷太阳神赐予他永不枯竭的灵感和崭新的技巧。他满怀感激并且自豪地相信，太阳神阿波罗听到了他虔诚的祈祷，而且一直在旁边守护着他，帮助着他，指引着他的动作，并为他雕刻的物体赋予栩栩如生的生命活力。但是在统治者制定的这部法律的作用下，众神似乎都抛弃了他。

克莱恩受到沉重的打击以及承受的痛苦被深爱着他的姐姐看在眼里，这令她万分难过。她祷告道："不朽的美神阿佛洛狄特！你是主神宙斯最具怜悯心的孩子啊！你是我的女王，我的上帝，我的保护神，我每时每刻都在你的神龛前奉上献礼。现在请你成为我的朋友吧，成为我弟弟的朋友吧，我们需要你无私的帮助！"

接着，她对弟弟说："克莱恩，到地下室去工作吧！我会给你准备灯光和食物，上帝会保佑我们的。"于是，克莱恩搬到了地下室，在姐姐日夜精心地守护和照料下，克莱恩继续着自己那神圣而危险的创作。

不久以后，在希腊的雅典举行了一个盛大的艺术展览，所有的希腊人都被邀请去参观这个展览。展览的中心设在当地的一个大市场里，由伯利克里亲自主持。站在他身旁的是他所宠爱的阿斯帕齐娅，以及雕刻家菲迪亚斯、哲学家苏格拉底、悲剧诗人索福克勒斯以及许多知名人士。

在这次艺术品展览上陈列的作品都是伟大的艺术巨匠的得意之作。但是在琳琅满目、美轮美奂的艺术珍品中，有一堆作品显得尤为出众，它们是那么精美绝伦，仿佛凿刻它们的就是阿波罗本人。这堆作品成了所有人瞩目的中心，它那摄人心魄的艺术之美让人心荡神移，赞叹不已，就连那些参与竞争的艺术家们也心悦诚服。

"这些雕塑作品的作者是谁？"没有人回答。传令官又一次重复了这个问题，还是没有人回答。"没有人知道吗？难道它们的作者是一个奴隶吗？"

突然，人群开始骚动起来，一个少女被拖到了大市场里。她衣衫凌乱，头发蓬松，双唇紧闭，美丽动人的眼睛里闪着坚毅的光芒。当地的行政官声嘶力竭地喊道："这个女人，就是这个女人知道这些作品的雕刻者是谁，我们确信这一点，但是她却一言不发。"

无论受到了怎样严厉的盘问，克莉恩的回答只是沉默。她被告知了，此种行为应当受到怎样的惩罚，但是这个勇敢的姑娘仍然沉默不语。看到此情此景，伯利克里说："法律是神圣不可违背的，把这个姑娘关到地牢里去，让她接受最严厉的惩罚。"

话语未落，一个长发的年轻人气喘吁吁地冲到他的面前。这个年轻人身材消瘦，满脸憔悴，但那乌黑的眼睛里却闪烁着只有天才才有的那种耀眼的光芒，如同漆黑的夜空中两颗闪亮的明星一样。他高声地央求道："伯利克里先生，请您饶恕和赦免那个女孩吧！她是最爱我的姐姐，那些雕刻出自我这个奴隶的双手。"

"把他关到地牢里去，把这个奴隶关到地牢里去。"愤怒的人们群情激昂地喊道。

这时，伯利克里从座位上站起来，并威严地说道："我绝不允许这种事情发生！看一看那堆雕像吧！阿波罗以他的名义告诉我们，在希腊还有比一部不正义的法律更为重要的东西。发展有生命力的事物、培植美好的事物应该是法律的最高目的。如果说雅典会永远活在人们的记忆中，会名垂史册，那是因为她对艺术作出巨大贡献，是这种贡献使得她永远不朽。让那个年轻人站到我身边来吧，不要那么无情地将他关到地牢里去。"

接着，阿斯帕齐娅把拿在自己手中的用橄榄枝编成的花冠当着聚会的成千上万的公众的面戴在了克莱恩的头上。与此同时，她在人群如雷般的掌声和喝彩中温柔地吻了克莱恩深情挚爱的姐姐克莉恩。

雅典人为了纪念著名的寓言作家伊索，还专门为他塑了一座雕像，而伊索也出身于奴隶。由此我们知道，荣誉和成功之门，对所有人都是畅开的。在古希腊，只要你能够在艺术、文学或战争中表现出非凡的才华，那么，财富和不朽的名誉终将属于你，没有任何国家能够在这方面做得如此好，给那些不幸的在境遇中苦苦挣扎、力争前程的人们以激励和鼓舞。

常常的思考

◎亨利·梭罗

我们常常思考，人生的主要目的何在？什么是生活中真正的必需和手段？初想之时，似乎人们不谋而合地选择了一种共同的生活方式，因为这种生活方式更能让他们接受。然而，他们却又真诚地认为，舍此之外别无选择。但是，人们哪里知道，自然界已历经沧桑，从前的自然更灵敏、更健康，那时的东升之阳更明媚、更灿烂。放弃偏见尚为时不晚。任何思维和行为的方式，不管多么由来已久，都不能够不经揣磨就可以依赖。有些事情，今天人们附和着，不声不响地信以为真，明天就会证明是虚妄，不过是一缕看得见却摸不着的轻烟。有些人错把它当成云彩，相信它会向自己的田地洒下甘露。老人们说不可做的事，你实践了，发现它可做。旧事旧人做，新事要由新人为。

困难并不等于不幸

◎戴尔·卡耐基

　　爱德华·道希是一家租车店的老板，他与我毗邻而居，专门出租高级客车。我十分欣赏他的品格，他很善于听人讲话，心胸开阔，又喜欢接受新事物，是一个多才多艺的人。有一天，我和他在一起喝茶聊天，当聊到伟人与成功者话题时，我们都认为那些伟人和成功者通常也都是能够克服困难的人。接着，爱德华问我："你听说过纳达尼·鲍德齐这个人吗？"

　　我问："是不是一位相当精通航海术的人？"

　　爱德华点头说："是的。他生于1773年，1838年去世。他在10岁之前几乎是以自学的方式完成学业的，如拉丁文等。因此他能阅读牛顿的《数学原理》。到21岁时，他已经算是一位相当优秀的数学家了。他自小就喜爱航海，又学习了航海术，据说他还在航海时教导全体船员如何用观察月亮与星座的关系来计算船舶的位置呢。后来，他写了一本有关航海术的经典之作。这对一个没有受过正规教育的人来说，是非常不容易的。"

　　爱德华说得对，鲍德齐的确是个极富勇敢钻研精神的人。也许没有人告诉过他："大学教育对于科学家来说是不可或缺的训练。"因此，他能不顾一切地向前冲，用自学的方式得到各种必要的知识。在纳达尼·鲍德齐或爱德华·道希这类人眼中，世界上没有"困难"二字。

　　对不思进取的人来说，困难是最好的挡箭牌。许多人把自己没有获得成功归咎于没有受过大学教育，其实，即使他们真的上了大学，他们仍能为自己找出其他许多没有成功的理由。而一个真正成熟的人则不会为困难寻找借口，他们会积极地想办法去克服困难，而不是退缩、回避困难。

　　有一次，亚历山大·贝尔在工作不顺利时，向他的朋友约瑟·亨利抱怨说，都怪自己缺乏有关电机方面的知识，致使现在工作起来十分困难。约瑟·亨利是华盛顿区一家工学院的校长。他虽然同意贝尔的说法，但却没有说出来，只是简短地告诉他："现在去学并不晚。"

亚历山大·贝尔果然去攻读有关电机的课程，最后终于成为历史上对机电学做出重大贡献的科学家。

那么，贫困是失败的理由吗？美国总统赫伯特·胡佛的父亲是一个铁匠，后来父母离世，他又成了无家可归的孤儿；IBM 的董事长托马斯·沃森，年轻时曾担任过簿记员，每星期只赚 2 美元。这些著名的成功人士，都没有认为贫穷是他们的障碍。相反，贫穷成为他们成功的动力，他们把别人用在自怜上的时间全都用在了工作上。

终生忍受疾病痛苦的罗伯·路易·史帝文森并没有因此而颓废。与他交往的人，都认为他十分开朗、有活力；他所写的每一行文字也充分流露出这种精神。正是由于他不愿向身体的缺陷屈服，他的文学作品才更显风彩，极具生命力。

回顾历史，许多著名人物、成功人士都有身体上的缺点，如：拜伦爵士长有畸形足，朱利亚斯·凯撒患有癫痫症，贝多芬后来因病成了聋子，莫扎特患有肝病，富兰克林·罗斯福则是小儿麻痹症患者，而海伦·凯勒更是盲聋哑俱全。

就是那些在银幕上光彩照人的演员，也有很多坎坷遭遇。被誉为"女神莎拉"的莎拉是个私生女。她的童年充满困苦与磨难，生活毫无希望。但她却以坚强的毅力，克服重重困难，创造了不朽的辉煌人生。

我有一位朋友的儿子患有口吃的毛病。他外表英俊高大，成绩优秀，同学和老师都很喜欢他。为了治好他的病，从小学开始，他的父母就为他请过许多心理专家和口吃治疗专家，但成效甚微。

一天，他回家告诉我的朋友，他将代表全体毕业学生在毕业典礼上致辞，并开始兴致勃勃地准备讲稿。我的朋友除帮他积极查找资料和提供见意外，根本没有提到该如何在演讲时避免口吃这个老毛病。

毕典业礼终于开始了。这个男孩昂首阔步走上讲台，开始发表演讲。会场观众都鸦雀无声地注视着他，因为许多人都知道他患有口吃的毛病。他一开始讲得很慢，但很有信心，接着便很顺利地把 15 分钟的演讲说完，丝毫没有口吃的痕迹。等他讲完之后全场报以热烈的掌声，因为大家都知道，这个男孩是竭尽全力克服了自己的缺陷和困难，理应获得他们的嘉奖。

卡尔顿·葛立夫是个小业主。一日，他开车经过莫里镇的一个十字路口，正好见到一名眼盲的少妇，牵着一条狗要穿过街道，卡尔顿急忙将车停了下来。

这时，一名男士走到卡尔顿的车旁，说明他是那名少妇的训练师。他要求卡尔顿以后遇见这种情况，不用紧急刹车，他说："训练这狗就是用来防止发生交通事故，假如每部车子都像刚才一样停下来，狗会以为这是应有的状况，而不会特别警觉。这么一来，一旦有车子不这么停下来，便会发生交通事故。"

这件事真正使我感动的倒不是那位训练师的话，而是那名少妇能采用这样的训练来克服自己的生活，令人可敬可佩。

这些人的心灵都是高尚的，成熟的他们不会陷于自己的困难当中，而是勇敢地去面对它、接受它，然后想办法加以克服、解决。他们不需要怜悯，更不会萎靡不振，甚至去逃避。

我看过一本极富鼓舞性的传记《一个完整的生命——在死神的门口》，作者是洛埃·史密斯。传记的主人公名叫艾莫·赫姆，出生在俄亥俄州的亨特维，当时他的医师在他婴儿期就判处了他的死刑，认为活下去的希望渺茫。

但是赫姆还是活下来了，而且是 70 高寿。虽然这几十年来，他常因右半身严重受伤而常痛楚不已，但他始终没有向死神屈服。由于身体不便，他无法从事体力劳动，便转而努力阅读。28 岁那年，他成了卫理公会的传道士，郝姆的一生，后来又历经两次致命的事故，他都没有因此而失去信念。后来，他的病引起了有名的巧克力制造商约翰·惠勒的注意，几个月之后，在约翰的资助下，这位倒在死神门口的传道士，终于顺利地恢复了健康。

艾莫·赫姆病好后开始募集传道基金，兴建教堂，并以自己的力量帮助当地的学校和医院。这名"单肺传教士"募集了将近 300 多万美元，资助了许多被困苦缠身的人。到了 69 岁的时候，他"告老退休"，但还是没有间断工作。他又举办了上千次的讲道，写了两本书，为教会和其他慈善机构募集了 50 万美元，并且担任 20 余所专业学校的董事。除此之外，他还捐助 5 万美元以兴建在加利福尼亚州立大学附近的一所教会。

艾莫·赫姆身上到处都是缺陷，但他却无视缺陷的存在，他只知道自己有生命，而且这生命要活得有意义。他已把自己有生的 90 多岁充分使用，并用"勇气"谱写了人生。

现代社会处处强调年轻与活力，致使许多上了年纪的人，不免要感叹自己的"缺陷"。有时，他们会感到自己过时了，就要被社会陶汰了。几年前，我在纽约的训练班里来了一位已 74 岁高龄的女学员，她坦然承认不知该如何度过自己的余生。

这位老太太退休前是位教员，一直到强制退休才离开自己的工作岗位。她的积蓄不多，因此必须时时保持忙碌，这对经济和精神上都十分重要。由于她有很多教学经验，无事时便到各个幼儿园去讲故事。她的故事都是精挑细选的精典之作，她还制作了很多幻灯片来加强效果。

我认为她的工作很有意义，并鼓励她把这当做事业来做。

于是这位女学员开始投入到了她的事业中。她知道，年纪并不是一种障碍或缺陷。正是有了这许多年的教学经验，她现在才更有能力把故事讲得更好、更生动。

她不仅用口讲，而且拿东西让大家看，因此很容易被接受。她充满温馨和富有戏剧性的讲述方式，受到了孩子们的热烈欢迎。

现在，这位老太太已把自己的热忱和信心带到美国各地，并把智慧和欢乐带给成千上万个儿童。她不愿让自己的年纪成为障碍或偷懒的借口，她没有借口年纪大而不出去工作，相反的，她重新认识自己的能力和经验，然后把构想付诸行动，因此做得非常成功。对于这位 74 岁的老人来说，岁月的流逝并没有使她变老，反而让她变得更成熟。年纪对她不但不是缺陷，反而成为一种新生的动力。

萧伯纳很是看不惯那些爱抱怨环境不顺的人。他说："人们常常抱怨自己的环境不顺利，因此使他们没有什么成就。我是不相信这种说法的。假如你得不到所要的环境，可以制造出一个来啊！"

事实上，假如每个人每天都认为自己的环境不好，很可能就会把自己的过失推给"缺陷"或种种其他原因。在我年轻的时候，常因自己长得比别人矮而气馁不已。多年之后，我才逐渐明白，身高跟其他许多与生俱来的条件一样，不仅有坏处，还有很多好处，完全在于自己的态度。

如果别人有双手，而我只有一只手；如果别人富有，而我比较贫穷；如果我长得高、矮、胖、瘦、脸黑或脸白——无论哪一点使我与众不同，都很可能成为我的缺陷——这种认识是你自己确定的。

把自己与众不同的地方看成是缺陷和障碍的人，是一种心理不成熟的表现，他总是期望自己能受到特别的待遇。成熟的人则不然，他会先认清自己的不同之处，然后心平气和地承认它，并以此为动力，创造自己的辉煌。

幸福的寄托

◎霍尔巴赫

在现在的世道下，德行远不能使实践它的人得到安乐，反而会使他们时常陷于不幸，给他们的幸福安置些连续不断的障碍。这些都是常常被人们说，并在实践中已证明了的。

我们常常看见德行是得不到报答的，我说什么呢？我这样回答：我承认由于人类迷误的必然结果，德行很少被引向那些能寄托幸福的事物上去。大多数社会，常常被那些由于无知、谄媚、偏见、权力的滥用，以及罪而不罚等等共同使之成为德行之敌的人们所统治，这些人不惜把他们的尊重和恩惠给予那些不肖的属下，他们只对浅薄而有害的才能给予奖赏，决不给有功劳的人以公平的待遇。

每个人的幸福依赖于他在一些人（使命使他处于这些人当中）的内心引起并培养起来的种种情感。显赫的身世固然足以使人头晕目眩；威权和力量固然足以取得别人并非出自心愿的敬意；家资豪富固然可以贿买那些低下和卑劣的灵魂。然而，唯有人道、慈惠、同情和公正，才能使那些亲切的、深情的、尊重的情感被毫不费力地给予有理性的人。

享 受

◎康　德

　　平复一切痛苦最容易、最彻底的办法是，人们也许可以使一个有理性的人想到这样一个念头：一般说来，如果生命只用于享受幸运机会的话，那么它是完全没有任何价值的，只有生命被用来指向某个目的时才有价值。运气是不能带来这种价值的，只有智慧才能为人创造它，因而是他力所能及的。生活永远不快乐的人，就是那些担心价值损失而忧心忡忡者。

　　年轻人！我希望你能放弃关于娱乐、饮宴、爱情等等的满足，就算不是出于禁欲主义的意图，而是出于高尚的享乐主义要在将来得到不断增长的享受。这种生活情致上的节省，实际上会使你更富有，所以就算你在生命的尽头，亦不要放弃这种对欲望的节省。把享受控制在你手中这种意识，正如所有理想的东西一样，要比所有通过一下子耗尽自身因而放弃整个总体来满足感官的东西要更加有益，更加广博。

　　鉴赏力与过度豪华的享受是相违背的，于是在社交公共活动中，便有了奢侈的说法。但这种过度豪华如果没有鉴赏性，就是公开的放纵。现在让我们来讨论一下关于享受的两种不同结果。奢侈就是一种对生活资源的严重浪费，它会导致贫穷；放纵却影响了人的身体健康，它会导致死亡。后者则是一味地享受，最终自食其果。两者所俱的表面性光彩却比自身的享乐性更多。前者是为了理想的鉴赏力而精心考究，比如在舞会上和剧场里，后者是为了在口味和感官上的丰富多彩。用反浪费法对这两者加以限制，这是毋庸置疑的。然而，用来部分地软化人民以便能更好地统治的美的艺术，却会由于简单粗暴的干预而产生与政府的意图相违背的效果。

　　好的生活方式是与社会活动相适应的。显而易见，好的生活方式会受到奢侈损害，而有钱人或上等人却常常说："我懂得生活！"这一说法意味着在社会享受中，他目光远大，为了使享受从两方面得到增益，他带着有节制的、清醒的头脑精明地做出选择。

人类的镜子

◎普里什文

　　了解大自然最简单的捷径即是与人亲密接触，那时大自然将成为一面镜子，因为人类的心灵里包含着整个大自然。大自然——这就是为全人类的经济提供的材料，也是我们每一个人走向真理之路的镜子。只要好好思索一下自己的道路，然后根据自己切身的体会去看大自然，那么必然会在那儿看到你个人思想、感情的感受。

　　这好像给人一种简单、容易的感觉，如两滴雨点在电线上互相追逐，一滴雨珠耽搁了一下，另一滴赶上了它，于是两滴水合为一滴，一起落到了地下。这么简单！但如果想想自己，想想人们在孤独中，彼此尚未相遇，尚未会合在一起时心中的感受，带着这些想法去研究水滴的结合，那么就会发现，雨滴、水溶合在一起，原来也很复杂。

　　如果献身于这种研究工作，那么就会像在镜子里一样看见人类的生活，就会发现，整个大自然就是整个人类——这位帝王——生活得像镜子一样的见证者。

　　大自然里有水，它的镜子映照出天空、山峦和森林。人类不仅自己站了起来，他同时还拿起镜子，照见了自己，接着开始细细观察、审视被照出来的自己的形像人。狗在镜子里照见自己，认为那是另一条狗，而不是它自己。

　　很可能只有人能够懂得，镜子里的形像就是他自己。

　　一部文化史就是一篇故事，叙述人类在镜子里看到了什么，而且用它在这面镜子里还将看到什么样的形式来规划我们美好的明天。

版权声明

　　本书部分作品无法与权利人取得联系，为了尊重作者的著作权，特委托北京版权代理有限责任公司向权利人转付稿酬。请您与北京版权代理有限责任公司联系并领取稿酬。联系方式如下：

北京版权代理有限责任公司

北京海淀区知春路 23 号量子银座 1403 室

邮编：100191

电话：（010）82357058 / 57 / 56　　　传真：（010）82357055

E-mail：bookpodcn@gmail.com

Website：www.bookpod.cn